有爱的青春陪伴者

腿短了不起

落樱沾墨 · 著

广东旅游出版社
GUANGDONG TRAVEL & TOURISM PRESS

中国 · 广州

图书在版编目（ＣＩＰ）数据

腿短了不起 / 落樱沾墨著. — 广州：广东旅游出
版社，2023.11
ISBN 978-7-5570-2746-9

Ⅰ. ①腿… Ⅱ. ①落… Ⅲ. ①长篇小说－中国－当代
Ⅳ. ①I247.5

中国版本图书馆CIP数据核字(2022)第078988号

腿短了不起
Tuiduan Liaobuqi

落樱沾墨 / 著

◎出版人：刘志松　◎总策划：胡晨艳　◎责任编辑：何方　◎责任技编：冼志良
◎责任校对：李瑞苑　◎策划：廖妍　◎设计：Insect 椰椰　◎图片绘制：寂阳

出版发行：广东旅游出版社
地址：广州市荔湾区沙面北街71号
邮编：510130
电话：020-87347732 020-87348887（销售热线）
印刷：长沙鸿发印务实业有限公司
地址：长沙黄花工业园三号
邮编：410137
开本：880毫米×1230毫米　1/32
印张：9
字数：202千字
版次：2023年11月第1版
印次：2023年11月第1次
定价：42.80元

目录

目录

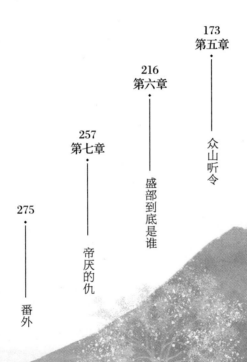

第一章

有一条蛇被泡酒了

——他表情古怪地问：

"你是说我卖给你的蛇会唱歌？"

"请龙君怜悯天下苍生。"

说完这句话，姜王将头磕在了降星台下的十万台阶的第一阶上。他年过半百，头戴鎏金玉冠，身披明黄色王袍，身后跟着三百奴仆。

随着他的动作，三百奴仆也跟着他躬身向降星台磕头。

山峰耸起，仰头望去，高接云月的地方有一四方降星台，台下九万九千九百九十九级碧石长阶一目难及。

"请龙君怜悯天下苍生。"

为首的姜王又沉声喊道。

姜王身边错一步跪着的臣子低声说："大王，回吧。"

姜王仰起头，表情严峻，双目死死盯着降星台上的青衣人。

"若他不应，万山枯竭，万水断流，朕的子民将会血流成河，死无全尸，朕如何去面对苍生？"姜王说完，将额头撞在冰冷的石阶上，誓死不归。

降星台上光滑如镜，上面有一棋盘，棋盘两端分别坐着一个人，一个身穿青衣，一个身穿灰衣。

听见台下的声音，灰衣人捏着棋子犹豫不决，抬头看了看对面的青衣人，轻声问道："龙君听见了吗？"

对面的青衣男子极为俊美，微微合着眼睛，神情散漫，顾盼间神采飞扬，他青丝未束，随意地披在身后。

闻言，他懒洋洋道："你也想让本君出手？"

灰衣人低头不语。

龙君帝厌抬头，碧绿多情的眸子倒映着九万长阶下的姜王，漫不经心道："三百年前，他称帝为王，杀玄皇后族，引起雷霆愠怒。上天贬人族到了平原，平原严寒，人族冻死多半，他来求本君为人族引火，本君应了。"

听见他提起此事，灰衣人藏在袖中的手紧紧握了起来。

龙君帝厌为人族引火，用龙鳞藏火种，人族得到了火，在平原繁衍生息。

但天火有灵，厌恶为卑鄙的人族所用，将恨意转移到帝厌身上，让残余火种在帝厌鳞中灼烧了整整一百年。

灼烧之痛，如附骨之蛆，粉身碎骨，经脉崩裂，然而这种痛只有万山湖里的龙君帝厌知道，他在湖里的漆黑深渊中忍了一百年，才终于褪去灼烧的鳞片。

灰衣人明白那种痛，小心翼翼地看了看龙君的面孔。

帝厌撑着头，目光清明，悠然地望着远处。

灰衣人没有从他的脸上看出一丝愤怒和不满，便心想，也许他不痛了吧。

"龙君的大恩大德，人族永远不会忘记。"灰衣人停顿了会儿，艰难道，"只是平原怪兽猖狂，人族处境艰难，如今又临山海枯竭，若……若没有水，人族就要……就要……"

他没说下去，因为这时帝厌将目光落在了他的脸上。

灰衣人看见那双碧眸中的轻笑。

帝厌捻起一粒棋子在指间把玩，不紧不慢地说："姜王想要本君用万山湖的水淋湿中原，你可知道，万山湖乃是本君的灵血所化，若倒空了本君这万山湖，本君会灵气大伤，二三百年才可恢复。"

灰衣人垂着头，肩膀紧绷。

帝厌看了一会儿，觉得索然无味，便低头欣赏广袖里手腕上若隐若现的鳞片。这是他受了天火之后重新生出来的碧鳞，他对这颜色很满意，美美哒。

帝厌愉快地欣赏了会儿自己，听见啜泣声，一抬头，看到对面的灰衣人隐隐在颤抖。

"抬起头。"帝厌冷冷道。

灰衣人抬头，脸上有两道泪痕，说："我爹娘已经死了。"

帝厌愣了一下，一手撑在棋盘上，倾身过去，用手指蹭掉了他的一滴眼泪，然后收回手，默默看着。

过了会儿，帝厌叹了口气，说道："怕了你们了。"

帝厌最受不了人族哭，姜王送给他的那些姬妾一哭，粉泪盈盈，真是看得他要断肠。他深有庸君的自觉，一挥袖子站起身，青衣拖地，俯瞰着九万长阶下的姜王，说道："姜禹，本君不是为了你，而是为了受你牵连的人族，你且记住。"

姜禹慌忙磕头："谢龙君。"

话音落下，浩渺的苍空龙啸高起，万山湖中林木婆娑，山水奔腾，飞瀑如缎。一时间，地面动荡，远处巨兽惊恐地咆哮，九天之境，雾霭渺渺，青龙出世，十万山水飞旋出万山湖。

顷刻之间，干旱龟裂的平原细雨如丝。

雨下了七天七夜。

第八日，万物复苏。

姜王众人和灰衣人在降星台等了八日，终于等到了龙君归来。

帝厌脸色苍白，青丝在风中飘摇，落在了九万长阶前。他负手看着跪在身前的人，淡淡地说道："姜禹，以后不可妄自戮杀他族。"

姜禹勾起唇，笑了："龙君为了救人族耗尽心血，朕感激不尽，朕准备了……"

帝厌摆手，眼角有倦容："不必。"

姜禹道："那怎么行，龙君还是笑纳吧。"

帝厌皱起眉。

就在姜禹语毕时，一柄黑玉古剑从帝厌的胸膛破出，炽热的龙血顿时喷了姜禹一脸。

帝厌精疲力竭，灵气消耗，没注意到身后走来的人。

血水在青衣上绽放，帝厌微微侧头，看见他视为挚友的灰衣人手中握着穿透他胸膛的黑玉古剑。

姜禹微笑道："与其每一次苦苦哀求龙君，不如朕收了龙君的能力，以后就不用叨扰龙君了。"

帝厌腹诽：这些人……可以的……都是大骗子。

他闭上眼，倒在九万长阶上。

失去意识前，他轻轻抬了抬手，念出一句咒语。

姜禹看着倒在地上的龙君，皱了皱眉，问："什么意思？"

灰衣人脸色惨白，眼露惊恐，喃喃道："他诅咒人族，汲水亡，未汲水亦亡……收回了人族的长生。"

"别让你的眼泪成为地球上的最后一滴水。"

"节约用水，人人有责。"

电视上掀起了新一轮的保护环境热潮。

中年男人关了电视，将一个快递袋递给坐在客厅沙发上的女孩。女孩握着手机，与自己的爸爸对视，目光里是不甘心和委屈，她打着电话，目送爸爸进了房间。

"嗯……我到家了，没事，一把年纪了，该回老家相亲结婚了。"

电话那边的人淡淡地"嗯"了一声。

女孩心里涌起委屈，她压了压自己的情绪，抠着腿上的快递盒，说道："盛先生，没能等您把这一篇完结再走，我真的挺抱歉。工作我已经交接给许章编辑了，他之前对您的作品一直有关注，对您的风格也有了解。还有，关于您的私人信息我也叮嘱过许章编辑，让他不要轻易泄露，您可以放心。"

她想象着电话那头的盛部一定是西装革履、肩背笔挺地坐在办公桌前，眉目俊朗沉静，神秘冰冷。

然而，电话那头的男人却是歪靠在电脑椅背上，叼着支烟，线条流畅肌肉紧实的胸膛赤裸裸的，只穿了一条紧身四角裤，露出两条坚实的大腿。

"我知道了。"男人的声音里有一种让人羡慕的沉静严肃。

女孩继续说道："还有三十万字就快完结了，之前我帮您申请了特约专栏，下个月会有读者见面会，不过我已经帮您推掉了。如果许编找您，您可以……"

"快递收到了吗？"盛部问。

女孩愣了下，目光落到膝盖上被她抠得破破烂烂的快递上。她迟疑地放下手机，一时之间想不出这位冷冰冰的悬疑小说作家会给她邮寄什么东西。她和盛先生合作了三年，除了工作上的事，几乎没有多余的交谈。

她小心地撕开外面的黑袋子，随手找了把钥匙，划开了快递盒上的透明胶。

快递盒子里是一个精美的黑色盒子，不大，用丝带扎成蝴蝶结，打开盒子，里面是一支口红和一张漂亮的卡片，卡片的背面是盛部的签名。

女孩看见里面的东西后一下子捂住了嘴巴，眼睛顿时模糊了。她想起盛部去年的作品被拍成电影后，由于盛部不愿意出席发布会，便由她代为接受采访。

聊起编辑和作家之间是否会有不为人知的暧昧事情，当时她笑着说："现实里不会出现小说的剧情，虽然我也很想被自己签约的作者送口红和签名。"

这个梗出自一本大火的言情小说，里面刚好是写手疯狂追求编辑的狗血甜宠剧情。

"原来他看电视了。"女孩尴尬得羞红了脸。

签名卡片的内容很简单，一句"加油"，一个盛部的名字和落款日期，就没有其他的了。

女孩看着卡片上的字，忽然想学言情剧给自己大喊几声"加油"，但觉得太丢脸，只好默默在心里道：盛先生，我相亲会加油的！

盛部挂了电话，收到了新编辑许章的加好友通知，他点了通过，关了手机，重新将注意力放到电脑屏幕的文档上，准备完成今日的稿子。但是没多久，手机又嗡嗡响起来。盛部本想挂了，扫了眼来电备注，只好捏着眉心接通。

"妈。"

"是妈咪。"

盛部内心汹涌，他一把年纪了，叫"妈咪"真的合适吗？

然后，他语气无比沉稳地喊："妈——咪……"

盛妈妈不以为意地说："部部啊，你这么大了，不要再卖萌学猫叫了。"

盛部哑口无言。

"部部，你最近忙不忙呀？工作累不累呀？还是日理万机吗？要注意保护眼睛。首都的王阿姨给你介绍的对象你去见了没？没事，不想结婚出去转转也行，妈咪没事，就是找你聊聊，你没事就行。哦，对了，差点忘了，妈咪想问你，你知不知道蛇酒，听说大补，你爸想买一瓶。"

盛部无奈。

明明最后一句才是重点吧。

"稍后我给您转三万。"

盛妈妈十分不好意思，使劲摆手道："不是，妈咪打电话是想参考一下你的意思，那你转支付宝吧。"

盛部想了下，问："您是要网购？"

盛妈妈热情道："已经放在你购物车了。"

挂断电话，盛部给妈妈的微信和支付宝分别转了三万块钱，然后他打开某宝，打算看一下母亲要买的蛇酒，毕竟是要吃进嘴里的东西，如果是三无产品就不好了。

购物车刚被点开，各种花里胡哨的蛇酒瞬间占据了整个手机屏幕，形态各异的蛇被装在透明酒桶中，有点像医院的地下室里用福尔马林浸泡的标本。

那透明酒桶中的东西怎么看怎么吓人。

盛部看着，"啧"了一声，将烟按灭在烟灰缸里，觉得爸妈的口味有点重。

每种蛇酒都不算贵，最便宜的二三百元一桶，最贵的也不过两三千元，他联系上卖家，询问这类东西是否可以出售。

卖家很快就回应了，还给盛部发来十几个小视频，说道：【我家蛇酒的制作工艺来自祖上，配方几十年都没变过，我爷爷的爷爷泡的蛇酒还送到宫里给皇帝喝过。】

盛部不怕蛇，但看着视频里架子上大大小小的透明酒桶和几十条蛇还是有些不适。正当他准备关了视频时，他忽然看见一抹白闪了过去，可能是卖家拍摄结束之后关闭手机时镜头无意间扫过的，速度很快，画面模糊。

盛部将进度条来回拉了几次都看不清，只好将这个视频转发给卖家，问道：【刚刚的白色是什么？】

卖家过了一会儿才回，估计也是仔细看视频去了：【没什么啊，我这店里就只有蛇酒。】

盛部提醒道：【刚刚的方向，慢一点，再拍一遍视频。】

卖家发过来一个无奈的表情：【亲亲，我还要做生意呢。】

盛部瞬间"霸道总裁"附身，回道：【我买你店里最贵的蛇酒，把刚刚的东西再拍一遍给我。】

卖家立刻发过来一个飞吻表情，直接和盛部开了视频聊天。

卖家举着手机，从店铺外面拍到里面，声音豪放粗犷："亲亲，看见了吗？我家真是百年老店。"

盛部腹诽，大老爷们，亲什么亲？

卖家举着手机，不遗余力地向盛部推荐蛇酒。镜头慢慢移到最靠里面，最下一层的架子上，盛部看清了刚刚那抹白是什么。

那是商店里常见的白酒瓶子，白光源自里面浸泡的蛇。

那条蛇是真的小，小拇指粗细，也是真的白，如雪一般悬在酒水中央，尾巴盘在一起，上半身骄傲地挺立着，绿豆大小的眼睛直勾勾盯着前方，像是正驰骋在陆地上捕捉猎物的毒蛇，又让人联想到这蛇是不是活生生被泡进酒里的。

卖家似乎对这瓶蛇酒不感兴趣，镜头一扫就过去了。

就在镜头移开的瞬间，盛部看见酒瓶中直勾勾的蛇眼眨巴了一下。

盛部身上蹿起一股寒意，冰冷的感觉隔着屏幕钻进了他的骨缝里，顿时浑身毛骨悚然。

他冷静了片刻，说道："倒回去，拍那条白蛇。"

卖家走回去，将镜头对准了一条黑白相间的蛇。

"不是，是那条没有杂色的白蛇，最下面一排。"

"唔……"卖家迟疑了，然后镜头里忽然露出一张满是胡楂的大脸，大脸粗声粗气的，还故作亲昵，"亲亲呀，你最好还是别看这瓶酒。"

"我姓盛。还有，为什么不能看？"

卖家道："盛先生，买蛇酒的一般有两类人，一类是为喝了强身健体，另一种是爱好，买了收藏。不过不管是哪种买家，我都不建议买这一瓶。这瓶之前也卖出过几回，都是买家一上来觉得挺好看，但看得时间久了，就觉得浑身难受，也不敢随意扔掉，就又退给我了。别看是摆在我家货架上，我平常都不愿意多看。"

"这是什么品种？"盛部问。

卖家道："我也说不上来。这瓶蛇酒是我爸留给我的，说爷爷告诉他，就算是卖不出去，也不能扔，还说是爷爷的爸爸，也就是我的老爷爷嘱托的。这不，现在就到了我的手里。"

盛部皱起眉，心里有种怪异的感觉。他不是那种喜欢猎奇的人，却莫名有种强烈的情绪——想要那条蛇。

至于为什么想要，他也说不清楚。

卖家得知他的想法后，安慰说有一部分人看到这条蛇就会生出这种感觉，好像非要不可，可真买回了家，没过多久就又送回来了，甚至钱都不用退，也不要它了。

"原来我不特别哦！"盛部对刚刚的白蛇少了一点兴趣。他让卖家挑了几种适合老年人喝的蛇酒，准备关了视频通话去下单。

就在卖家关闭视频的那一刻，盛部又看见那条邪性的、目不转睛地盯着前面的白蛇眨了一下眼。

隔着视频和酒瓶子，盛部仿佛从那双小眼里看出了几分眼巴巴的意思。

咦咦咦，他被什么奇怪的东西抛媚眼了吗？

一条死了不知多少年，还被泡了酒的蛇怎么会眨眼？

盛部眉头紧锁，关闭手机之后，他捏了捏眉心，重新看向电脑，自己今日的稿子还有一半没写完，他更新时间是晚上七点整，向来很准时，今天也是一样。

然而，当盛部望着文稿上密密麻麻的字时，脑中却不停地浮现出那条白蛇的样子。他闭了下眼，回过神后，看见自己刚刚写的一段剧情里，主角的最后一句话是：我想要它。

盛部心想，哦，原来它就是我的中国好蛇酒。

五天后，盛部接到父母打来的电话，说蛇酒已经收到了，卖家贴心地在里面放了写有饮用方法的卡片。与此同时，他这边也拿到了装着那条小白蛇的蛇酒。

他还是买了。

卖家和盛部加了微信。卖家自称董降，说如果盛部收到之后不想要了，就再退给他，说这玩意儿不敢乱扔。

快递包装得非常严实，盛部带回家后没着急打开快递盒，而是先处理完今天的工作，将稿子发给新编辑后才去厨房拿了剪刀。

盛部独自住在首都郊外某栋环境优美的别墅里，他喜静，又由于作家身份，这种生活环境有利于他码字。

独栋别墅每户自带一个小花园，外面是幽幽的小树林，花园里爬着藤蔓种着鲜花，外人想从中窥见主人家里基本是不可能的。

盛部取出快递盒里的东西，剥了好几层外面裹着的报纸和海绵，那之前在视频中见到的酒瓶渐渐露出了真身。

酒瓶是水滴形状，就跟那观音手中的观音瓶一样，触感很冰凉，里面白色的小蛇倨傲地支棱着脑袋，盘在酒中央纹丝不动，眼睛像两枚绿豆大小的碧玉，一动不动地盯着前方。

盛部将透明酒瓶放到餐桌上，拉过椅子坐下，点了支烟，靠在椅背上，修长的双腿交叠。

就着这样的姿势，他嗖地把衬衣脱了，露出紧实的胸肌和腹肌，对着空气秀身材。

淡淡的烟雾弥漫，盛部在薄雾中盯着桌上的酒瓶，表情很酷很冷淡，心里想着，这玩意儿还会眨眼？我是瞎了吗？

就这么对视了一支烟的时间，瓶中的小白蛇却始终一动不动。盛部将烟按在烟灰缸中，拿着手机对准瓶中的小白蛇拍了张照片，然后他打开相册，将照片放到最大，滑到蛇眼的位置仔细看了起来。

这么做是因为盛部忽然想到，蛇是没有眼睑的，小白蛇眨眼的动作一定是自己看错了，不过还是要再确认一遍。

小白蛇真的很小，盛部看了几遍，觉得自己可能是单身久了，居然连看一条泡酒的蛇都觉得眉清目秀。

小白蛇的脑袋不是平滑的三角形，额头两边微微凸起一点点，也不知道是长了什么，反正看不明白。它的眼睛很漂亮，虽然对视时会觉得诡谲。

盛部将照片放大到像素模糊，这才勉强从它玉石般的眼睛上发现了什么。

他从手机上收回目光，斜眼看着酒瓶，心想，这小东西不仅有眼睑，竟然还是双眼皮！

盛部是悬疑推理小说家，虽然性格冷淡，但脑洞很大，就在发现这一惊人的事情后，他忽然想起来一部一言不合就唱歌的电视剧——《新白娘子传奇》，难不成……

应该不会吧！

夜深人静时，幽静的别墅里，忽然有一阵寒风贴着后现代风的大理石冷调灰色餐桌拂过，但是一旁落地窗前的白色窗帘纹丝未动，好像对这股莫名其妙的邪风置若罔闻。接着，妖风吹拂过的地方渐渐凝起了一层水汽，空气中水汽越来越重，潮湿得犹如大雨刚停的山林。

桌上水滴形状的酒瓶里，盘旋在酒水中央的小白蛇圆溜溜的眼睛微微眯了起来，幽暗的碧眸在昏暗的月色中浮出诡异的笑意。

桌面上的露水越来越多，水汽越来越重，就在快要达到某种顶点时，漆黑而静悄悄的餐厅里忽然响起了古怪的动静。

"嗝——"

随着这声响，桌面凝聚的露水像是被抽走了力量，骤然化作一摊水在桌面铺开，顺着桌边渐渐沥沥地流了下来。

水滴酒瓶里的小白蛇半眯的眼睛一下子睁圆，雪白纤细的身体在酒水中一颤。

"嗝，咕噜咕噜咕噜——"

白酒中冒出一连串小泡泡，粘到小白蛇的脑袋上，又噗噗噗碎掉。

小白蛇渐渐幻化成帝厌的样子，然后郁闷地甩了甩小脑袋，隔着透明酒瓶无声打量这里。左右没有见到人，它低头叼住自己的尾巴尖，沉到瓶底，郁闷地睡觉去了。

第二天，盛部从楼上卧室下来时，看见开放的餐厅地面湿漉漉的，餐桌上还有一片一片的水渍。他看向桌上和鲜花摆在一起的水滴酒瓶，里面的小白蛇还是一如往日，倨傲地悬在酒中央，昂着小脑袋，碧眼幽幽地注视着前面，一副泡酒也要泡得雄赳赳的模样，就好像昨夜不是它枕着自己的小尾巴在水底呼呼大睡一样。

盛部检查了天花板和洗碗池，没发现有漏水的现象。

他缓缓走到桌边，用手指抹了下桌面的水渍，意味深长地盯着小白蛇，然后将手指凑到鼻尖嗅了下。

酒瓶里的小白蛇帝厌心里"咯噔"一下。

盛部什么也没闻到，桌上的水就只是水。

用过早餐，盛部开始准备今天要更新的稿子。

快到中午的时候，蛇酒卖家董降打来电话："亲亲，退货吗？退这瓶蛇酒可以七天无理由哦！"

从没见过对退货如此积极的卖家。

盛部看了眼远处餐桌上的七天无理由退货卡，回道："不退。"

卖家董降马上说："好的，亲，那我明天再来问一遍。"

盛部："……"

挂断电话，盛部点了支烟，走到餐桌旁拿起蛇酒，看到里面的小白蛇随着酒水微微有些倾斜，但小身板依旧笔挺。他举起来，和小白蛇的绿豆小眼对上。

不管是什么蛇，蛇眼都生得森然诡秘，但死了这么久的蛇，这双小眼睛如何还能保持这么水汪汪的？

莫非……是"卡姿兰"干的？

盛部默默看了会儿，不知道想到什么，忽然抬起手，将酒瓶猛烈地上下摇晃。

帝厌心中一惊：喝前还要摇一摇？

酒水激荡的漩涡一下子把帝厌转得五迷三道，他努力维持着孤傲的姿势，把自己当成了风浪中宁折不倒的小船，随着高浓度的白酒浪花转起了"爱的圈圈"。

盛部摇了一会儿，看见里面的小白蛇除了跟着漩涡一起转圈，姿势竟然没垮掉。他想起沙漠中的胡杨树，讹传生三千年不死，死三千年不倒，倒三千年不朽。白蛇虽小，倒是也有几分死而不散的气概。

盛部在屋中找了个置物架，将水滴酒瓶摆了进去，然后退后一步，环着手臂欣赏。刚见面时的那种毛骨悚然已经没有了，看着水滴瓶折射着窗外的阳光，里面的小白蛇干干净净端端正正地盘在酒中央，当成装饰品来欣赏，确实有一种妖异惊艳的感觉。

盛部欣赏了一会儿，回到了工作台前继续码字。

就在他刚转身的时候，那条有气概的小白蛇忽然晃了晃自己的小脑袋，掉到了瓶底，晕死了——反应慢半拍。

当天夜里，盛部做了个梦，梦见自己掉进了海里，海上狂风暴雨，巨浪滔天，远处就是岸边，岸上站着一个白衣人。他拼命朝那边游却游不过去，海面上形成巨大的漩涡，一下子将他卷了进去，疯狂的海水带着他旋转，活生生将他转晕了。

在晕过去的那一刻，他忽然听见耳旁有个好听的声音懒洋洋地说："你这个淘气的小娃娃，惹得本君好生气，此番就当作对你的惩罚。"

盛部从梦里惊醒，坐了起来。在清醒的那一刻，强烈的眩晕直逼他的头顶，他使劲掐了掐眉心，半晌才回过神。

时间是凌晨四点半，卧室一片黑暗，空气中弥漫着淡淡的潮湿味。

盛部怔了怔，忽然掀开被子冲到楼下。

别墅的一楼全部是开放式装修，在一处采光良好的角落，灰色金属置物架作为隔断，面对着盛部平常的工作桌。他打开灯，温暖的黄色光晕一下子照透了置物架上的水滴瓶，酒瓶被照耀得通体泛着淡淡的金光，里面的小蛇光滑的鳞片也折射着流光，精致得如同传世的水晶工艺品。

盛部却没有心思再去欣赏，他的声音因为才醒来而有些沙哑："你……是什么？"

小白蛇面无表情地和他对视。

周围静悄悄的，盛部听见了自己的心跳声，良久之后，什么动静都没有。

盛部看着瓶中的小蛇，觉得自己脑子也被酒泡了，他竟然在怀疑这条蛇是什么鬼怪。

盛部坐到办公桌后的椅子上，闭上眼平静了一会儿，再睁开眼时，他又是一个坚定的唯物主义拥护者。

到了中午，卖家又发微信来问盛部："亲亲，要退货吗？我帮你升级了八天无理由退货哦！"

盛部想起梦里的白衣人，回道："不退。"

董降正拿着抹布擦店铺里的蛇酒坛子，收到消息，他打开一听，挑起了粗粗的眉毛。

今天一天盛部都没再去搭理那瓶蛇酒，晚上也没做噩梦。

帝厌蜷着尾巴在酒里起起伏伏，心想，我是不是吓到那个小娃娃了？

一夜无梦，睡醒后，盛部径直走到置物架上，拿起那瓶蛇酒使劲摇晃起来。

摇完，他去睡了个回笼觉，然后果然又做了一个被狂风巨浪卷走的噩梦。

这下盛部能肯定了，这瓶蛇酒有猫腻。

到了中午，董降来问盛部退不退货的时候，盛部在微信上反问道："你知道那条会唱歌的蛇吗？"

董降没明白什么意思。

盛部靠在椅背上，神情严峻地看着电脑上正播放的《新白娘子传奇》，给董降录了一段"啊啊啊——啊啊啊——哎嘿哎嘿……"。

董降贴着耳朵听完语音，表情古怪地问："你是说我卖给你的蛇会唱歌？"

盛部瞥了眼柜子上的水滴瓶，打字道：【不，是会划水。】

董降：【……】

为了弄清自己做噩梦和蛇酒有没有关系，盛部想了一个办法，他把蛇酒放进了冰箱的冷冻室，在写完今天的稿子后才取出来。

水滴瓶上结着一层雪白的冰霜，里面的酒没冻住，不过应该很冰凉。盛部盯着酒瓶里的小白蛇看了一会儿，没发现什么不同，于是将稿子发给编辑过审，早早地上床睡觉。

不知道睡没睡着的时候，盛部忽然觉得周围的温度降低了，很快，即便裹着被子也依旧冷得不行。

已经入夏了，不该这么冷的，盛部迟钝地思考着，他一低头，看见自己站在一片白茫茫大雪中，周围缭绕着白色的寒气，雾气朦胧的远处站着一个人。

那人负手而立，白衣迤逦，青丝垂地，背对着盛部。

盛部想走过去，却发现自己的脚被冻住了。

"小娃娃。"一个声音从空灵的雪境中响起，散漫慵懒。

盛部皱起眉，不确定白衣人是否在对他说话，因为他一个成年男人，跟这三个字完全不搭边。

"你若是再淘气，本君就要罚你了。"白衣人的声音略微带了丝宠溺，是那种长辈对待无知淘气小儿的态度。

盛部不知道自己哪里淘气了，于是问："怎么罚？"

白衣人没说话，一副很高深莫测的样子。

帝厌是被噎住了，他大概是没想到这一代的小屁孩如此难糊弄。

盛部看见白衣人的身姿猛地矮了下去，似乎是准备释放什么大招，突然想起惊涛骇浪的大海，于是绷紧了神经。

帝厌蹲在地上，一手撑着下巴，另一只手指抠着脚边的冰块，沉思怎么罚小孩比较合适。

盛部等了一会儿，什么也没发生。

白衣人长长的头发一直铺到地上，在虚无缥缈中极为好看。

"你是谁？"盛部想走近看看白衣人的样子，脚却动不了，转念一想是在梦里，不受自己控制也是正常。

帝厌拍掉手上的冰碴站起来，背对着盛部，说道："本君的身份不是你一个小娃娃能晓得的。"

说出来吓死你。

帝厌淡淡地说："本君想好了。"

盛部一愣。

帝厌负手，说道："本君就罚不给你吃食。"

千年之前人族最怕的就是饿肚子。

盛部心想，竟然还在想怎么惩罚我，有点可爱是怎么回事？

盛部问："给过吗？"

闻言，帝厌一想，哦，是没给过，于是又有些抑郁，人族这一代真难搞。

清脆的闹钟音乐响了起来，盛部从梦中醒来。

灰色的窗帘上落着从树叶缝隙中透过来的阳光，明媚热烈而真实的一天。

盛部回忆了片刻昨夜的梦，冷硬的嘴角浮出一丝笑容。

置物柜上的蛇酒在阳光中晶莹剔透，盛部若有所思地看了几眼，去厨房准备早餐。

他转身走时，酒瓶里直勾勾的蛇眼忽然打了个转，斜着小眼追上他的背影。

十分钟后，盛部发现家里的吃的全不见了。他独居在城郊，所以每次外出采购时都会将冰箱和橱柜塞满，距上一次采购才过了四天，而他买的食材的量是一个星期的。

盛部飞快走到小白蛇跟前，表情冷峻，沉默不语，内心戏却十分丰富：哦，这就是他的惩罚？哦，原来他说的小娃娃真是我！

盛部双手环着肩膀，冷冷地想，自己长得这么嫩吗？

帝厌见盛部一脸阴沉，心里乐开了花，暗道：龙君神姿威严，岂容尔等娃娃戏弄!

帝厌偷着乐,不小心没绷住嘴,咧了一下。

于是,就在盛部的注视下,那条泡酒的小白蛇忽然张开小嘴,露出了一点鲜红的小舌头,不过又飞快缩了回去,依旧是死而不僵,僵而不倒的小模样。

盛部的瞳孔骤然收缩了下,心跳猛地漏了一拍,虽然只有瞬间,他却感觉后背忽然蹿起了一股寒意。

厨房的地莫名潮湿,他接二连三做噩梦,虽然知道和这条小白蛇脱不开干系,但这些现象的产生,一方面是因为外界,另一方面也可能是由于人的神经受到了某种干扰,活动频繁而已。他本来就是作家,想象力丰富一点,没什么坏处。

但这一刻,盛部清楚地看到不知道被酒泡了多少年的蛇吐了下小舌头,就和当日他好像看见它眨巴眼睛一样,一种强烈的感觉直逼盛部的胸腔。

盛部回味了下这种感觉,在心里总结:又惊悚又呆萌,"悚萌悚萌"的。

盛部被小白蛇可爱到了,声音低沉道:"我看见了。"

帝厌:"……"

听不懂听不懂听不懂。

盛部道:"你是什么?"

小白蛇面无表情地盯着前方。

盛部道:"是你进了我的梦里吗?"

小白蛇继续盯着前方。

盛部表情严肃,继续道:"现代社会提倡科学创新精神,如果你曝光,会立刻被科研所带走解剖,不过……"他话音一转,"如果你动一下，我答应不会把你交出去。"

帝厌不为所动，表示自己是一条经得起威逼的龙。

盛部漆黑的目光中流露出一丝失望，自言自语道："我是傻了吗？"他说完就转身要走，刚抬起步子，忽然又猛地回头。

帝厌心中一惊：啊啊啊，吓死了，脖子不怕甩断吗？

盛部一本正经地胡说八道："我看见你眼睛动了！"

帝厌微微转了下眼珠子，表示不可能的事，从自己被封印起，这瞪眼神功已经练了好几千年了。

这会儿，小白蛇思考的样子彻底落进了盛部眼底。

盛部环着手臂，沉静稳重，表情严肃，心里冒泡，没人知道外表冷冰冰的神秘作家"盛大佬"，却对模样玲珑又可爱的东西毫无招架之力。

盛部沉默地想，糟糕的小东西，爱了爱了。

当天晚上，盛部更新完小说之后，发了条微博——【准备养宠物。】

坐拥两千万粉丝、背景神秘、腿长腰窄盛世美颜随时可以出道的盛先生一发微博，就被各路粉丝顶上了热搜，热评的前几名竟然是演艺界大火的明星。

小"鲜肉"明星A：【盛总想养什么宠物？我也喜欢小动物。】

小"鲜肉"明星B：【我知道首都有家宠物店，里面的宠物粮都不错，盛总需要的话，我们一起去。】

小"鲜肉"明星C：【恭喜盛总，求晒照片。】

演技派演员：【什么时候带出来瞧瞧？】

演技派大佬：【小盛啊，你什么时候"加更"？有时间养宠

物，没时间加更吗？你对得起老大哥天天等更新吗？到底谁是杀人犯？】

小说网站官博：【投票，有奖竞猜盛总养了什么宠物。】

编辑许章：【加更吗？】

……

网上议论得热火朝天，而即将作为"当事宠"的帝厌却毫不知情，他听了听外面的动静，然后把自己沉到酒瓶底，无所事事地抱着自己的小尾巴，懒洋洋打了个哈欠，把小脑袋折过来枕到尾巴上——今天也是被泡的一天，没什么不一样。

夜深人静，帝厌睡着的样子被电脑桌上的一台监视器监控到。别墅二楼的卧房，盛部通过手机打开监视画面，顿时被酒瓶里小白蛇的睡姿萌到了。

他心里被猫抓似的痒痒，神色却越发冷静，严肃地把手机上上下下转来转去，全方位观看小白蛇睡觉。

帝厌睡熟了，蜷缩的身体慢慢放松，露出了白嫩嫩的小肚子。

盛部发现它肚皮上好像有什么东西，但监控画面像素不行，看不太清楚。

正当他还想再研究研究时，就看见小白蛇忽然张开小嘴，然后一连串透明小泡泡从它嘴角冒出来，升到水面破掉。

盛部瞳孔一缩，天，它是不是打小呼噜了？可爱，想宠！

酒瓶里，熟睡的帝厌咂咂嘴，喃喃道："汝甚美……本君欲封汝为姬……啧啧啧……"

一想到自己的小蛇也许是个"小妖精"，还能进入到自己的梦里，盛先生实在有点开心。他彻夜查了养蛇攻略，做足了功课，准备第二天就把他的小蛇放出来，毕竟酒精对脑子不好，他的小蛇天天泡在酒里，会不会把脑子都泡发了。

带着这个忧心忡忡的念头，盛部通过监控画面又围观了一个多小时小白蛇睡觉，这才关了手机。

第二天，盛部起来的时候，腹部传来饥饿感，这才发现自己昨天因为心情愉悦，一整天都没想到要找点吃的——他的小蛇为了惩罚他，把食物都变走了。

想到这个惩罚，盛部变态地品出了一点养宠情趣。

盛部倒了杯水喝，走到置物柜前拿下酒瓶，之前买的时候他只是觉得这瓶蛇酒好看，从没想过要打开喝，所以现在才发现水滴酒瓶的瓶口竟然是用一种透明无色的蜡状东西封死的。

蜡胶渗入瓶里有五厘米以上深，酒瓶密封十分严实，盛部不知道他的小蛇被困在酒里是怎么活下来的，反正看着它小小的样子很心疼。

帝厌面无表情地盯着外面，考虑这个小屁孩再淘气的话，他就不客气了，以大欺小应该没问题。

盛部将手指探进瓶口，指头碰到了透明蜡胶。

小白蛇圆眼骤然一紧。

剧烈的疼痛瞬间从盛部的指尖席卷全身，好像有一簇炽热滚烫的火从指腹烧起，火舌贴着皮肤剖骨削肉，然后在他的身体里沸腾。

"淘气！"瓶中的帝厌怒骂一句，忽然一卷尾巴，带动瓶里的酒泛起圈圈涟漪。

剧痛之下，盛部看见酒瓶里的小白蛇慌慌张张地贴着瓶壁游走。盛部额上布满冷汗，竟还分出一点心思想着，小乖乖是担心我吗？

帝厌仰起头，凝眸盯着封住瓶口的蜡，在心里聚集灵气，默念繁复晦涩的咒术，酒瓶中渐渐出现一股乳白色的烟雾，雾气缓缓化作一柄锋利的剑刃，帝厌瞳孔微眯，低声道："破。"

雾剑瞬间没入封蜡，盛部在被烈火灼烧的剧痛中感觉到一丝针芒般的冰凉，随即身体被大力弹开。

盛部的后背撞到了书架，"轰隆"一声，眼前凉雾拂面，他晕了过去。

他再睁眼时，见周围萦绕着淡淡的薄雾，远处似乎有青山的影子，但也只是一片朦胧的绿，看不清，也走不过去。

盛部坐在地上，低头望见触碰封蜡的右手，从指尖到小臂呈现出一道烈火灼伤的丑陋伤疤。

一声悠然的叹气在耳边萦绕，盛部抬头望去，一只修长的手搭在了他的右手上，雾气散开一些，他看见一人半跪在他身旁，广袖长袍，白衣胜雪，青丝铺地。

是梦中那个白衣人。

盛部看不清楚白衣人的脸。

白衣人身上散发着冷冷的酒香，用凉雾抚平盛部的伤口，低声说："疼吧？好好的，你摸那个做什么。"声音中带着长辈同小辈说话的和蔼关怀。

盛部皱了下眉头，不大喜欢白衣人的语气："你是小蛇。"

他的小蛇虽然喜欢故作老成，但是小蛇摸他了，摸他了，开心！

帝厌愣了一下，笑盈盈地训斥："胡说。"

盛部空着的手抬起来，想去碰白衣人。

一碰之下只摸到了一把虚无的寒凉，盛部想起来这里是小蛇制造的幻境，眸光一黯，说道："我想救你出来。"

帝厌好似没看到盛部的小动作，慢悠悠地为他治疗手臂上的烧伤。

盛部见白衣人没反应，肃然地又说了一遍："我想救你出来，你知道如何去掉瓶口的封蜡吗？"

帝厌在盛部右臂上轻抚，漫不经心道："那不是封蜡，而是灵火的火种。"

"我没听过。"

帝厌淡淡道："是吗？"

他站起来，负手背对着盛部说："回去吧。再有下一次，本君就不救你了。"

帝厌的衣角拂过盛部的脖颈，犹如清风般缥缈。

盛部的手臂已经完全看不出烧伤的痕迹了。他站起来，向白衣人走了一步，问道："小蛇，你不想出来吗？"

帝厌心想，本君不想出去吗？本君被人封印了七千年，如何不想出去？

因为灵气被人族抽干，头几年的时候，帝厌真是恨不得将贪婪险恶的人族屠尽。

可是难以数清的漫长岁月在风云诡谲中渐渐磨平了他的恨、他的怒、他的怜悯、他的希冀。他在烈酒中看人间山河巨变，看血流成河，也看万物生长和万物灭绝。

他的心被烈酒烧得久了，已经烧完他的意气风发和睥睨无双，连带着刻骨之恨和血海深仇也都烧没了。

他是生是死，是自由是束缚，也没什么区别了。

帝厌背对着盛部，摆摆手，说道："回去吧。"

"我想救你。"小蛇会帮他疗伤，盛部相信对方绝非为非作歹之徒，就像他前几天看的电视剧里那条会唱歌的白蛇一样，也许小蛇也是被不懂爱的法海封印的呢。

帝厌好像听到了什么可笑的话，低声笑了起来。

"为什么笑？"盛部问。

帝厌收了收袖子，不以为意地说："想到封本君的火种，想到你要将本君放出来，不知怎么，就觉得好笑。"

他转过身，神情严肃了一些："行吧，你若是想放本君出来，是要付出一些代价。"

盛部想了想："会牵连其他人吗？"

"不会，只与你有关。"

"好。"

"答应得如此干脆，不问问什么代价？"

"被灵火灼烧，还有其他的吗？"

对于盛部的不知者无畏，帝厌失笑，摇了摇头："好厉害的小娃娃。"

帝厌淡淡的讥笑并没有引起盛部反感，反而是他的态度中似乎隐藏了许多事，盛部总觉得他一笑了之的淡然中有着难以说清的过往，这让盛部很心疼。

盛部好想把小蛇团在手心撸一撸，安抚它。

盛部从幻境中苏醒的时候，发现自己还躺在倒了一地的书里，右手手臂完好如初，一点也不疼。他活动了下手，从地上站起来。

既然自己已经被发现，帝厌也不藏着掖着端着了，毫无威严地贴着透明瓶壁往外面看，小圆眼眨巴眨巴，水汪汪的，双眼皮很漂亮，小睫毛挺翘。

帝厌看盛部怎么救自己。

盛部看着小白蛇的样子，心都被萌化了，爱不释手地拿着酒瓶，想了想，给卖家发了条语音："怎么打开蛇酒？"

董降很快回了一条语音消息："啊，亲亲，你不仅不退货，现在还想喝它？"

盛部其实是想宠小白蛇，但不能告诉别人，回道："嗯。"

"你乃真汉子。这瓶酒都不知道泡了多少年了，要不是看着邪性，也算是我家祖上留下来的传家宝，我记得这瓶蛇酒的瓶口是用蜡封的，这么久了，就只能试试硬掰，毕竟大力出奇迹！"

大力出不了奇迹，只会显得自己很傻，因为盛部记得自己的指尖碰触到小蛇说的火种时，封蜡一样的东西是绵软的，像刚滴下来的烛泪，没有受力的点，看来卖家对此也并不了解。

帝厌趴在瓶壁上，心里嘀咕道：这人族的小娃娃干什么呢？大言不惭了一通，现在才想起来怕了？

他懒洋洋甩了甩尾巴，反正对人族早就失望了，多一次少一次有什么区别。

盛部又上网查了查，没找到有价值的东西。盛部倒是不怕什么，只是想找些对他们都更有利的解决办法而已。

既然已经决定要养小蛇，把它放出来是很有必要的第一步，毕竟只有放出来才能好好地养。

爱宠物，就要给宠物自由。

盛部用玻璃碗接了一杯水，带着小蛇一起坐到餐桌边。

看见水，帝厌撇了下嘴，如果天火的火种能被水浇灭，当年他又怎么会在万山湖冰冷的湖底忍了一百年。

盛部冷峻地看着那碗水，脑中幻想着小蛇在里面嬉戏吐泡泡的样子。他觉得小白蛇既然能在酒里活着，兴许是条水蛇，他怕小蛇出来之后突然接触空气会不适应，所以贴心地备了碗水。

准备好这些，盛部看了眼自己的手指，毫不犹豫地沿着水滴瓶口探了进去。

他触碰到灵火的火种时，熟悉的灼痛感立刻顺着指尖烧了进去，经脉里流动的鲜血仿佛是助燃剂，火种在皮肤下迅速熊熊燃烧。

盛部能看到自己的皮肤从血肉里向外生出烧焦的黑斑，五脏六腑都在烈火中煎熬，浑身沁出的汗水化作鲜血的颜色，从支离破碎的皮肤中缓缓流淌。

为了救一条宠物蛇，就这么死了？

盛部不知道自己后不后悔，只是清楚自己是真的想要救出小白蛇。

酒瓶里的帝厌冷眼看着外面的人族，如今，终于有人尝到了七千年前他曾受过的灵火的噬骨之痛。

有多痛呢，不过是活生生烧掉了他的一层鳞。

人族也知道，反正他的鳞还会再长出来。

可是，这个人却只有一层皮。

帝厌看着外面渐渐失去生息的人，忽然闭上了眼。

原本安静的房间只有噼里啪啦的燃烧声，但是在帝厌合眸的瞬间，房间里刮起了一圈风，那风湿润得很，从花瓶的水里生起，从加湿器的白雾中生起，从厨房湿润的水台生起，有水之处，处处起风。

水生成的风慢慢凝结，迅速转动起来，犹如剑刃。

帝厌低声道："去吧。"

水汽瞬间扑向盛部。

盛部单膝跪在地上，紧紧地攥着水滴酒瓶。

帝厌看着他的动作，叹了口气："你……有心了。"

随着这声落下，盛部探进瓶口的指尖淌出一滴鲜血，血水滴进火种里。不知怎么竟没烧着，血滴渐渐穿过封蜡状的火种，滴进酒里，开出了一朵缥缈的血花。

帝厌仰头，血花轻飘飘地落在他白色的鳞片上。

盛部侧头看去时，酒瓶发出玻璃裂开的声音，然后"砰"的一下，酒水四溅，彻底崩裂。

盛部再次清醒的时候，身上还残留着被灼烧过的疼痛，但皮肤完好，看不出一点问题，估计是小蛇已经帮他治疗过了。

他撑住地面试图站起来，却没力气，只好顺势坐在地上，环顾周围寻找小白蛇的踪迹。

一步之外的水滴酒瓶碎成了一片一片的，浓烈的酒香萦绕在屋子里，盛部从未闻过如此清冽的酒味，古朴中饱含岁月沉淀的悠然。

盛部眼睛一凛，他的小蛇呢？

"啪嚓——"

盛部按在地上的手背一凉，他低下头，一个银白色的小脑袋搭了上来。

小白蛇张开嘴，幽幽说道："许久未出来，本君连路都走不好了。"

帝厌在地上扭了扭，总觉得哪哪儿都不对劲。

盛部看着扭来扭去的小白蛇，冷峻的嘴角一勾。

舒展开来的蛇身大约有啤酒瓶的长度，身为蛇，着实有点短了，不过短也有短的好处，看起来没那么吓人，"短萌短萌"的，身上的鳞片是银白色，泛着水光，如同水晶般闪烁。

帝厌扭了一会儿，还是走不好路，就懒洋洋地靠着盛部，把小脑袋枕着他的手背，仰望着他。

"小娃娃，本君小看你了，你救了本君，想要本君用什么报答你？"

盛部内心愉悦，暗道：当然是用你短小呆萌的身体报答呀！

不过他脸上却一本正经："小蛇，我不求你报答，你别叫我小娃娃就好。"

"小娃娃"虽然听起来很可爱，但盛先生身高一米八五，和可爱不沾边。

"唔……"帝厌道，"本君准了。既然你护驾有功，本君就封你为座下臣，你叫什么名字？"

"盛部。"

帝厌笑道："好，盛爱卿还想要什么？"

盛部见小白蛇一笑，小圆眼就会弯成月牙，十分好看，忍不住碰了碰小白蛇柔软无骨的身子，说道："小蛇。"

帝厌的小圆眼微微眯起，流露出精光，说道："爱卿哪，本君可不是什么蛟蛇，本君乃是三千之水、万山之湖的龙神，你应当唤本君一声龙君才可。"

盛部愣了一下，看着手背上狐假虎威的小白蛇，一时没明白，说："你是龙？你的爪子呢？"

帝厌懒洋洋地翻了个身，露出白嫩嫩的小肚皮。

盛部凝神仔细地看，这才看到小白蛇肚皮上有四只可可爱爱的爪爪。

"……"

"喏，龙犄。"帝厌探过头。

盛总盯着小白蛇的小脑袋努力地看，这才明白之前看到的它小脑袋上的凸起是什么玩意儿——竟然是威风凛凛的龙角。

帝厌露出真身，然后仰头观察盛爱卿的反应，见盛爱卿的表情冷冷的，帝厌心里一"咯噔"：我这条上古老龙该不会吓到他了吧？吓坏了，我去哪儿再捡个便宜臣子？

盛部越是面无表情，心里就越激动，暗道：我的小蛇，不是，我的小龙竟然有小爪爪，好小好短好可爱。还有一对小龙犄，一点也不威风，竖在脑袋上简直就是"呆角角"，要可爱死了。

见盛部一直都没反应，帝厌探出一只小爪爪戳了戳他："爱卿不必惊慌，本君……"

盛部忽然将小白龙拎起来，动作温柔又小心地放进碗里，声音低沉悦耳："小龙饿了吗？"

"呃——"帝厌脑子进酒了，被酒泡久了，这个弯急转得让他有点反应不过来。

盛部道："就知道你饿了，小龙想吃什么？"

好激动，第一次养龙！

帝厌的两只小爪爪抓着碗边，上半身立起来，被盛部的称呼激起了一身鸡皮疙瘩，牙疼似的咧咧嘴，猜想盛爱卿应该是对谁都这样，于是努力忍住了，选择忽略。

"本君欲食……"

帝厌由万山灵气所化，食灵源为生，不过现在山河巨变，十万山川的灵气早已被人族污染了，还能食什么呢？

盛部见小白龙的小眼神忽然暗淡下来，心里也跟着一紧，暗道：难道小龙被封印了这么多年，连吃什么都忘了？简直我见犹怜。

他想了想，问道："吃海鲜好吗？"

小龙不是水蛇，是水龙，跟水有关的，都爱吃海鲜。

帝厌挑眉："海鲜是何物？"

"鱼虾之类。"

刚刚还不食人间烟火的龙君肚子"咕叽"一声。

帝厌大大咧咧道："好，就食海鲜。本君饿了许久，爱卿要多备些才好。"

为了创造良好的居住环境，别墅区离市区有些距离，不过可以在超市的线上渠道购买，配送很方便，别墅群的这条路线配送得尤其快。

盛部在高级海鲜区采购了一圈，把觉得小龙能吃的海鲜都买了，考虑到小龙很久没吃饭了，每种都买了很多。

东西很快就送到了，送货员知道住在别墅里的都是大客户，所以态度特别好。

帝厌泡在餐桌的碗里，看着盛部抱着一个半人高的泡沫保鲜箱走了进来。

一股淡淡的腥味飘过来，帝厌趴在碗边，用小爪子捂住鼻子，闲闲地扫了他一眼。

盛部心里好激动，暗道：被嫌弃了，被嫌弃了！被嫌弃的滋味不要太棒，小龙嫌弃巴巴的样子好可爱！

"等我。"盛部将保鲜箱送到厨房后说道。

帝厌张望了一会儿，也让盛部把自己端过去了。

帝厌自以为帅气地从碗里跳了出来，落在白色大理石桌面。

盛部怕小龙滑掉下来，一边处理着小龙虾，一边分神关注着帝厌的去向，他看见小龙爬到橱柜台面上，然后开始像蛇一样努力地往前扭，左扭一下，右扭一下，小尾巴跟着甩，看模样笨拙极了。

盛部深邃的双眸瞅着帝厌，超想揪一下那条尾巴。

帝厌扭了一会儿，发现不大对劲，自己在酒里泡久了，都忘记怎么走路了，想起来自己还有爪，于是往地面一撑，站了起来。站起来后，肚皮离地大约一厘米，底盘特别低。

盛部心道：唔，这小短腿是来萌死我的吗？

帝厌挺胸抬头，神气优雅，一副上古帝君的沉静气质，迈开步子，如同巡视领地，高贵地走在桌面上。

盛部看着小龙迈着小碎步走到自己面前，好像每一步都踏在他心口，心脏如同擂鼓般跳动，大概没有谁能把小碎步走得如此清新脱俗了。

"爱卿在做何？"帝厌巡视到盛部面前。

盛部在刷龙虾的壳和剃虾线，帝厌觉得很有趣，静静地看着，从盛部的手看到脸。

盛部的手骨骼匀称，手指有力，生得很好看，但他的脸更好看，俊美端正，五官深刻，双眸漆黑，有一种古朴沉稳的美。

这个人族对于帝厌而言确实太年轻了，帝厌的爪子轻轻敲着桌面，为自己已经一大把年纪叹了口气。

盛部一边处理龙虾，一边注意着小龙。见小龙一会儿盯着自己看，一会儿又垂眸叹气，心里跟着一紧——自己该不会长得不入龙眼吧？

拥有两千万"颜粉"的盛部为自己捏了把汗。

就在这时，眼前忽然白光一闪，盛部低头，看见他正刷洗的龙虾挥舞着的钳子被一只小爪子扣住了关节。

"下等畜生胆敢伤本君的爱卿？怕是活得不耐烦了。"帝厌扣住险些夹住盛部的龙虾钳子，用力一拉，就把那只罪恶的钳子捇掉了。

帝厌冷冷地将其扔掉，扫了眼盛部，淡淡道："爱卿小心些，莫伤了自己。"说罢就转身走了，留下一个事后拂袖去，深藏功与名的背影。

盛部看着小龙呆萌的背影，心跳快了两下。

刚刚，他还以为小龙伸爪爪要摸他呢！

盛部的厨艺很好，但除了父母，几乎没有人吃过他做的饭菜，毕竟盛总不是谁都给做饭的人。

他做了海鲜大餐，放在六人位的餐桌上，盘子从桌子这头摆到那头。

空气中飘着鲜香麻辣的味道，帝厌嗅了一下，打了个大大的喷嚏，整条龙都震了一下。缓过神后，他暗自调整好情绪，故作沉稳地从餐桌上踱步到盛部身边，本想拍拍盛部的肩膀，但是够不着，就用爪子拍了拍盛部放在餐桌上的手，说："爱卿好手艺。"

盛部把小龙摆到上座的位置，椅子肯定是坐不了的，他便用筷托给它当了座椅，然后在它前面摆了一个吃饺子用的小醋碟。

帝厌蜷起尾巴，大刀阔斧地坐到盛爱卿准备的"王座"上，对着一桌子热腾腾的海鲜大餐跃跃欲试，他饿了七千年了，饿得好像能一口吞了万山湖。

"吃什么？"盛部坐在帝厌旁边，戴上了一次性手套，随时准备帮小龙剥壳剔肉。

帝厌满意地点点头，小爪子往前一指："此物，有劳盛爱卿。"

那是一盘用郫县豆瓣加蒜泥和啤酒爆炒的花甲。

盛部剥了一个，将花甲肉递过去。

花甲肉不大，但对于帝厌的小爪爪而言还是挺大的，他两爪抱着油辣辣的花甲，嗷呜啃了一口，吃得嘴巴旁边的几根龙须都沾了油。

盛部越看小龙越觉得可爱，它就像偷吃烤鱼的猫咪吃得津津有味，满脸都是满足。

他开始给小龙剥龙虾，把白净的虾肉蘸了汤汁放到一旁，然后是粉丝扇贝、红烧鲍鱼、海参汤、豆花烤鱼、麻辣螺蛳等等。

帝厌吃完了花甲，舔了舔爪子，又用爪子捋了捋嘴巴旁边的小龙须，把自己整得干干净净的，冲盛部露出心满意足的微笑，然后打了个嗝，说："本君吃饱了。"

盛部正在剥龙虾的手一顿。

这就是大吃一顿？

他低头看着自己碟中堆积的已经剥好的海鲜，又看了看小龙碟子里孤零零的一枚花甲壳，满桌还冒着热气的海鲜大餐似乎都流露出一丝淡淡的忧伤。

帝厌浑然不觉，拍拍盛部正剥壳的手背："余下的就赏给爱卿了，莫要浪费本君的心意。本君乏了，这就准备入寝了。"

盛部在心里鄙视：吃了就睡。

说完，帝厌在屋里巡视一圈，忽然凌空跃起，在空中几个摆尾，就潇洒地跳进了电视柜上的一个鱼缸里。

那鱼缸只有巴掌大，没有鱼也没有水，之前也许有的，现在已经没了。帝厌从鱼缸里露出小脑袋，扒着鱼缸边，说："爱卿，给本君倒一瓶你做菜用的那种酒好吗？"

他被酒泡的时间长了，一时之间用不惯水。

盛部做花甲用的是啤酒，只好去餐厅拿了一瓶，咕噜咕噜倒了一鱼缸。

帝厌在冒泡的啤酒里打个哈欠，冲盛部摆摆手，然后沉到底下去睡了。

盛部愣愣地看着一桌海鲜大餐。他是不怎么吃海鲜的，但想到是小龙的好意，只好重新坐了下来。就在他准备重新拿起筷子的时候，忽然在餐桌上发现了一枚油乎乎的爪爪印。

盛总冷静地盯着爪爪印看了半天，然后飞快拿出手机对着那枚爪印360°全方位进行了拍摄，再加上各种滤镜，帝厌的爪印顿时占据了盛部手机的相册。

做完这些，盛部拿着手机在三百多张照片里挑出了一张光线、角度、曝光、滤镜都最完美的照片，发到了微博上，配字:【它的爪。】

微博发出二十分钟后，盛部又被顶上了热搜。

小"鲜肉"明星 A：【好可爱的爪爪印，想摸。】

小"鲜肉"明星 B:【盛总养的是什么宝贝呀？看起来好可爱。】

小"鲜肉"明星 C：【求看真容。】

实力派明星：【老盛，你弄了什么回家？】

实力派大佬：【这就是你今天没更新的原因？】

小说网站官博：【# 我在盛总家里当宠物 #】

编辑许章：【盛老板，今天的稿子呢？（委屈巴巴）】

兽医张大明：【看脚印是禽类，有点像鸡。】

路人粉：【盛大佬养鸡了？】

CP 粉：【盛大佬竟然在别墅里开了养鸡场，大明主子，你不去给盛总传授点养殖经验吗？】

博物菌：【咦，这个爪印我好像不认识。】

兽医张大明回复博物菌：【像不像小鸡崽？】

博物菌回复大明：【呸。】

兽医张大明：【……】

路人粉：【哈哈哈哈哈哈！】

CP 粉：【君君今天很傲娇，站一天的明君。】

博物菌：【@ 盛部 你到底养了什么？让我看看，不然我今天睡不着。】

盛部回复博物菌：【那就睡不着。】

博物菌：【……】

CP 粉：【啊啊啊，盛总每天都"超 A"。】

热搜：【# 博物菌也不知道盛总养了什么 #】

著名青年导演王小福发来私信：【盛大编剧，你欠我的剧本什么时候还？】

盛部一边吃龙虾，一边回复：【没空，日更中。】

导演王小福：【有空养宠物。】

盛部毫无表情地说：【嗯。】

……

帝厌在啤酒里睡着了，正在冒泡。

盛部吃了一半吃不下了，趁帝厌睡了，把龙君的"心意"倒进了垃圾桶，并默哀了片刻。

晚上十点，盛部终于码完了今天的稿子，然后赶在十一点前发了出去。

他端着啤酒味的鱼缸往二楼卧室走，里面的小龙枕着尾巴尖睡得很熟。

编辑许章发来微信：【盛总，睡了吗？】

盛部单手拿手机，回道：【没。】

许章：【有家外资出版社想和网站合作，出《空房里的歌声》的英文版，您这边的意见是？】

盛部：【可以。】

许章：【那您这边什么时候有空？我们和出版商见一面，谈谈出版和版权事宜。】

盛部让许章安排时间就结束了对话。

许编辑对着不再回复的微信头像挑起了眉，心想这位盛先生还真是一如传说中的冷漠寡言。

室友看见许章这表情，凑过去，眨巴眨巴眼，问道："怎么了？催稿不成功？"

许章往后一仰，含笑望着室友亮闪闪的大眼睛，晃了晃手机："盛大佬什么时候拖过稿？"

室友一愣，眼里露出惊喜之色，眼巴巴地说："盛大佬哎，快让我看看他和你说了什么，你有没有提我很喜欢他？我很低调的。"

许章把手机举高躲过去："私密！"

室友扑到许章身上，双手捧着许章的脸，两眼放光："听说盛大佬是华音传媒的幕后老板，是不是真的？是不是只要能签为华音的艺人，就能和盛大佬见面，说不定还能出演盛大佬的作品？盛大佬有没有女朋友？你快满足一下我熊熊燃烧的八卦之心！咩咩咩！"室友说完还发出奇怪的声音，软绵绵的，像刚出生的小羊。

许章嫌弃地瞥他一眼。

室友的眼里闪着光，眼巴巴地瞅着他。

许章还想说些什么，一道惊雷忽然响彻天际，漆黑的深夜瞬间被白光照得苍白。

室友害怕，躲进沙发里，一边咩咩咩地哼唧着，一边瑟瑟发抖。

窗外开始狂风大作，惊雷阵阵。

许章轻轻拍了拍室友的肩膀，室友藏在沙发抱枕里的脑袋露出两只五厘米长的小羊角。

许章惊叹："啊，可爱的羊角。"说着，他伸手去摸，羊角瞬间暴涨，把他戳出去好远。

许章愣了愣："听说这篇短萌属性是王道。"

室友一抬头，长长的羊角把顶灯戳破了。

屋里暗下来，雷电在窗外狂闪。

许章抓住室友的角让他别乱动，然后去关窗户："没事，估计是快下雨了。"

室友说着好怕怕，神色却不见慌张，目光望着窗外，若有所思道："是恕斯出来了，咩！"

盛部走进卧室，把鱼缸放到床头，原本还晴朗的夜晚忽然狂风呼啸，似乎要下暴雨。

帝厌被惊雷吵醒，从啤酒里懒洋洋冒出脑袋。

"吵醒你了？"

盛部说着去关窗户。

帝厌趴在鱼缸边，用小爪爪托着下巴，望着漆黑如墨的外面，看了片刻，淡然道："哦，原来是只小怪兽。"

盛部一愣。

帝厌看着盛部，忽然露出坏笑，用那种大人吓唬小朋友的口气，老神在在道："爱卿怕吗？"

盛部觉得帝厌很想自己说怕，于是表情严肃道："好怕怕。"

帝厌冲盛部勾勾手："站到本君身后来。"

盛部看了看鱼缸的尺寸，自己肯定进不去的，只好配合小龙演戏，站在了床头柜后面。

但盛部没想到帝厌并没有开玩笑，只听窗外的狂风"呼"的一下，把屋里的窗帘吹得鼓起来个大包，盛部记得窗户只开了条缝隙的。

灯忽然灭了，一股浓重的土腥气冒了出来，厚重的窗帘在昏暗的夜色里发出呜呜呜的声音。

盛部皱起眉，从身旁的书架上抽出了一把软剑。

毫无预兆地，大雨噼里啪啦地砸了下来，在那风声雨声和土腥气中，窗帘后的那股风渐渐出现了形状，就好像有什么藏在窗帘后面。

"出来。"帝厌在啤酒里说，声音还是懒懒的，却有种不容抗拒的威严。

窗帘后的风逐渐扭曲鼓动，慢慢静了下来，终于成了最后的形状——一个人形的东西被窗帘裹着，缓缓渗出殷红的血，像是窗帘后藏了一具尸体，在昏暗中触目惊心得骇人。

帝厌皱了皱眉，似乎对来者的形象不甚满意。

"装神弄鬼。"帝厌淡淡道。

窗帘后的"尸体"愣了一下，刹那间碎布纷飞，窗帘被震了个粉碎，那后面的东西也露出了真面目。

一只野猪一样的东西冲了出来，鼻子上甩着一根长长的玩意儿。

帝厌和盛部同时被丑了一下。

野猪看见帝厌时，愣了愣，继而愤怒起来，张开大嘴朝他们咬去，嘶吼中还发出含混不清的声音："小……好小……"

盛部正想挡住野猪，眼前忽然闪出一个影子，待他看清时，也顺势屏住了呼吸。

挡在他面前的白衣人一头如泼墨的青丝散在背后，柔滑地铺陈而下，他一出现，空气中便弥漫着淡淡的酒味——是盛部家冰箱里啤酒的味道。

白衣人，不是，白衣龙背对着盛部，负手冷冷道："本君不嫌你丑，你倒是嫌起本君来。"

野猪愤怒地低吼，大概想说，你明明就很嫌弃啊！

野猪咧开大嘴，发出难听的怒吼声，四蹄狠狠一蹬，朝帝厌冲去。

盛部眯眼盯着小龙，悄无声息地拿起手机。

作为一枚称职的"舔龙"，就要随时随地捕捉小龙最帅最可爱的样子！

帝厌毫不在意地一挥手，一股强劲的风将野猪挡了回去。野猪发出凄厉的惨叫，屋里一片血腥味。

盛部面无表情，甚至还打开了闪光灯。

野猪摔在地上，猪嘴喷出一口血，它甩了甩长鼻子，吸溜了一下。

吸鼻涕声顿时把帝厌恶心到了，他抬起手，正准备应对下一次攻击时，身体却猛地一颤。帝厌下意识地按住胸口，向来镇静的双眸出现了一丝茫然和慌乱。就在这眨眼之间，他扑通掉到了地上，毫无预兆就变成了十八厘米长的小龙。

小龙摔在地上，摔得盛部心肝疼。

野猪兴奋地扑过去，一蹄就要踩下去。

盛部甩手，刚刚从书架上拿出的软剑破风而出，在野猪的长鼻子上划出一道血淋淋的伤口。

野猪疼得惨叫，盛部飞快地抓回了小龙。

帝厌被盛部团在手心，整条龙萎靡地蜷缩成一圈，像一块娇弱酸甜的山楂卷。

盛部垂眸看着帝厌，心疼地轻轻碰了碰龙脑袋。

帝厌闭着眼，感觉胸腔旧伤复发般钻心蚀骨、痛苦不堪，浑身的灵气在飞快流逝，如同人在失血，看着血水汩汩流出，就要流干而亡，却没有任何办法。

他忘了，自己已经不是七千年前的龙君，他的灵力早已被抽干枯竭，不复当初了，而现在残留的灵力，不过只能撑着自己生息罢了。

帝厌浑身冰冷，如同坠入深渊，深渊没有尽头，只有浓稠的恨意像火一样在燃烧。

盛部唤不醒小龙，只好虚虚地将它握在手里，一边观察野猪的动向，一边往门外逃。

野猪痛苦地甩动鼻子，盯着盛部，喉咙里发出流口水的声音。

盛部悄悄反手开门，用力拉了几下，屋门却没反应。

野猪漆黑的小眼露出了邪佞的笑容，显然是通人性的，长着粗毛的蹄子踩着地面，发出哒哒哒的声音。它仰起头，甩着伤痕累累的鼻子，一副唾手可得的样子走过来。

盛部暗中活动了下手腕，不管是野猪，还是其他什么怪兽，他是不怕的。盛部年少时学过击剑，练习了很多年，还曾作为运动员参加欧洲锦标赛，得过冠军。

他看清地上剑的位置，做好了和野猪交锋的打算。

野猪撅起屁股，四蹄狠狠蹬地，长鼻子高高伸起来，猛地扑了过来。

盛部就地一滚，拿到了自己的剑。

不过不等他刺向野猪，一股凭空出现的风已经提前将野猪抽到了一旁。

盛部手心一动，帝厌滑了出来，四爪落地，是一个龙腾虎啸的姿势。

一条"奶凶奶凶"的小龙。

帝厌没和野猪废话，凝聚起屋里的水和风，一起发力，像刀子一样锋利，劈头盖脸地抽向野猪。

就算灵力仅剩一成，他也不曾将这世间的妖魔鬼怪放在眼里。

"好些了？"盛部单膝跪在地上，关心道。

帝厌不想搭理盛部，他憎恨人族，心里还气着呢。

都是这群忘恩负义的东西，害得他连人形都维持不住。

野猪被当成了撒气的沙袋，帝厌操控着屋里的水生风将它狠狠恶揍一顿，打得鼻青脸肿，野猪脑袋比初见时更像猪头。打到最后，野猪一屁股坐在地上，伸着长长的鼻子，被打哭了。

帝厌收回灵力，跳上窗台，居高临下地瞪着它。

"你是什么怪兽，报上名来。"帝厌冷冷地问道。

野猪像个委屈的大象宝宝，小孩臂长的鼻子抽抽搭搭的，一颤一颤，时不时还冒出个鼻涕泡："恕斯。"

"恕斯，你如何知晓本君在此处？"

恕斯哼哼唧唧道："这里星巅异动，有古灵力苏醒，大家都能感觉到，我是最先找到的。"

恕斯翻着眼睛瞅了一下帝厌，估计是没想到找到的灵兽这么小，有些失望，但想想灵兽打自己的狠劲和法力，不由得又打了个冷战。

帝厌听了没什么表情，依旧倨傲地站在窗台上，像一尊白玉雕琢的玉像。

停了片刻，帝厌说："你既然输了，就要被本君收服，为本君座下兽，受本君差遣，你意下如何？"

恕斯吹了下长鼻子，小声说："现在是法治社会，不带……"它瞥了眼帝厌，浑身颤了一下，哼哼道，"若是……若是不同意……"

帝厌纹丝不动，沉静威严，俊目瞥恕斯一眼，恕斯就不敢出声了，马上扑腾跪到地上，鼻子贴在地面，喊道："恕斯拜见君上。"

帝厌"嗯"了一声。

见恕斯看着盛部，帝厌虽然心里特别讨厌人族，但是他金口已开，封了盛部为臣，也不能反悔，不情不愿地说："这是盛爱卿。"

恕斯心领神会，对盛部拜了拜："见过盛大人。"

盛部莫名其妙就当了官。

帝厌在恕斯身上点了一下，一道白光没入它的鼻子。

帝厌告诉恕斯，这是他的标记，如果需要他，就会通过标记召唤。

恕斯点点头。

帝厌让恕斯没事就退下，于是那野猪就吸溜着长鼻子，迈开小蹄子消失在房间里。

房间里一片狼藉，血水、鼻涕，斑斑点点。

帝厌是万山湖的龙君，肯定不会打扫的，扭头走了，反正他不睡床。

盛部是华音传媒的幕后老板、神秘设定的悬疑作者、击剑冠军，现在还是万山湖龙君的唯一宠臣，也不打扫卫生，跟着走了，反正他家床多。

一人一龙去了隔壁的房间。

帝厌要睡鱼缸，盛部又回来取了小鱼缸，还贴心地换了一缸新啤酒。

帝厌懒洋洋地没入淡黄色的啤酒里，脑袋上沾着一圈啤酒小泡泡，不看盛部，看了糟心。

盛部隔着鱼缸，看小龙故意一直用后脑勺对着自己，不知道自己是哪里招惹它了。

小宠物的心思你不要猜，猜来猜去也猜不明白。

盛部偷偷用手机对着小龙生气的后脑勺拍了二三十张照片，这才安慰道："生气？"

帝厌打个哈欠，用尾巴拍拍啤酒，不搭理。

人族都是口蜜腹剑，他舍己为人，都没有人舍己为龙，真是太气愤了。

盛部从小宠物莫名其妙的怒意里品出了一点女朋友无理取闹的滋味，觉得还挺甜，有心让着小宠物，说："我错了，我给你赔不是，你别生气了，嗯？"

帝厌在啤酒里冷冷地哼了一声，一个泡泡从小鼻孔里冒出来，升到头顶破碎。

盛部快被萌死了。

帝厌决定人族不管说什么，他都不会再相信了。

盛部声音低沉，表情温柔地说："为了表达我的歉意，我给你买个大鱼缸，让你可以在里面游泳，好不好？"

帝厌的角一动。

大鱼缸？

帝厌动动蜷缩在小鱼缸里的尾巴，扭过头，怀疑地问："有多大？"

"你想要多大就有多大。"

帝厌想了想，说道："本君还要海草。"

盛部的黑眸带着一点笑意："再给你买几条小金鱼怎么样？"

帝厌心情好了。

他从鱼缸里露出脑袋，伸出爪子。

盛部走近一点。

帝厌说："头过来。"

盛部把头伸过去。

帝厌用爪子沉稳地拍拍盛部的脑袋，心满意足道："爱卿有心了。"

把龙哄美了，盛总深得龙心。

第二章 · 本君是龙

——帝厌的少女心

一下子就被击中。

　　快到凌晨才入睡，所以第二天盛部和他的小龙都醒得很晚。

早上十点，盛部起来的时候，看到帝厌还在啤酒鱼缸里打着小

呼噜。

　　帝厌真的累，刚解开封印时为盛部疗伤就用了些灵力，夜里

解决恕斯又用了一些，直到现在还没恢复。

　　盛部也不起床，侧躺凝望着床头柜上泡在啤酒里的小龙。

　　啤酒里的小泡泡粘了帝厌一身，窗帘外阳光渗透进来，照得

那些泡沫流光溢彩。

　　盛部静静欣赏着，直到鱼缸里发出咕咕咕的声音。

　　帝厌睁开绿眸。

盛部犹如看见阳光洒落在清澈见底的碧色湖水中般的晶莹剔透，他的心跟着狠狠一抽，有种压抑隐晦的苦涩慢慢渗透进他的四肢百骸。

　　他愣怔了，身为一名作者，竟一时不知道怎么描述这种感觉，好像魂魄都是苦涩的。

　　帝厌趴在鱼缸边，用两只小爪爪撑着下巴，任由盛部直勾勾地盯着看，心里挺爽的，暗道：老龙虽一把年纪了，但仍旧英俊潇洒。

　　帝厌肚子又咕噜一声，打断了盛总犯花痴。

　　"爱卿，早膳呢？"

　　盛部猛地回神，心里还残留着酸痛的滋味。他也觉得莫名其妙，他的小龙明明就在身边，自己怎么生出一种怅然若失的感觉？

　　盛部忽视刚刚的异常，起床去给小龙准备早膳。

　　帝厌在他屁股后面跟着，迈着小龙爪走四方步，叮嘱道："本君吃得多，爱卿多做些。"

　　盛部又想起了那枚孤零零的花甲壳。

　　小龙不会不识数吧？

　　盛部做了香菇煎蛋、蟹黄包、海鲜蔬菜粥。

　　帝厌坐在餐桌摆的筷托上，兴致勃勃看着他，夸奖道："爱卿当真不错。"

　　"多吃点。"

　　"好。"

　　盛部端上来卖相好看的海鲜粥，用家里最小的碗给小龙盛了半碗。

帝厌答应多吃点，就还真的多吃了点，连汤带米，一共吃了十粒。

盛部："……"

帝厌看着盛爱卿直勾勾地盯着自己，本想放下的爪子又抬了起来，给他面子，又吃了一粒。

"嗝。"帝厌歪歪斜斜地靠在筷托上，一副快撑死的样子。

盛部认命了，把剩下的早餐全部吃完。

盛部吃的时候，帝厌就趴在一旁看着，碧眸里都是"本君给爱卿的心意"。

盛部意识到一件事，按照这么养下去，小龙胖不胖不好说，自己是一定会胖的。

吃完早饭，一人一龙出门去买昨天说好的大鱼缸。

帝厌从酒瓶里出来之后第一次出门，不免有些激动。

盛部去换衣服，帝厌跟在后面溜达。

盛部看了帝厌一眼，觉得自己是要出去遛龙。

别人遛狗，他遛龙，特高级。

帝厌看着盛部换衣服打理发型，心里嘀咕：人族就是麻烦。

然后，帝厌往镜子里瞥了眼，看见自己的模样，顿时被吓了一跳。

盛部看见小龙站在茶几上跟见了鬼似的往后跳了一步，便蹲下来关心地问："怎么？"

帝厌指了指镜子里的小白龙，爪子颤了颤："本君的鳞片……"

"受伤了？"盛部仔细地看了看，没发现异常，还是一如往常白玉光洁。

帝厌忧郁地把龙爪搭在盛部手指上，郁闷地说道："本君掉色了。"

盛部愣了愣，好像没听懂。

帝厌仰起头望着窗外，白净的龙脸线条俊美，龙须纤细，龙犄优美。他忧伤地感慨道："本君之前长的是碧青的鳞片。"

盛部的脑中自动播放起一首歌：

我是一条小青龙，小青龙，

我有一个小秘密，小秘密，

就不告诉你，就不告诉你……

"那现在是？"

帝厌鼓起腮帮子："泡掉色了。"

盛部："……"

帝厌对着镜子左左右右上上下下看来看去。

盛部回过神，既心疼小龙掉色了，又觉得好笑。

看小龙忧郁的样子，盛部怕他伤心，绷紧了脸皮，严肃地安慰道："别伤心，白色也很好看。你找什么？"

帝厌道："有没有湿帕子？"

盛部递给帝厌一片湿巾，有些担忧地望着帝厌，心想：不会要自杀吧？如果小龙想不开，我可以带他去染色，别说绿的，彩虹龙都行。

帝厌坐到盛部手里，把脑袋折过去，用湿巾仔细擦起身上的鳞片，边擦边叹气："白色很不耐脏的。"

盛部："……"

帝厌爱惜地摸着身上的白鳞，觉得老龙冰清玉洁，美美哒，很需要孤芳自赏一会儿。

"本君这么白，下地容易染脏，爱卿驮着本君吧。"

以后就不走路了，身为白龙，一定要注意洁净，白白的才好看。

盛部开车，帝厌就坐在副驾驶座的位置，身前摆了个小镜子，两只爪子捏着湿巾认认真真地擦鳞片。

盛部默默地想：哦豁，瞧我家的崽儿，还会自己洗澡。

他打开音响，给小龙放了首歌。

"洗刷刷，洗刷刷，我洗刷刷……"

帝厌说："爱卿有心了。"

盛爱卿总是很有心。

盛部笑得温柔。

车子开过首都郊外的别墅区，帝厌一路听着《洗刷刷》，一边给自己洗刷刷，进城了。

城市里的摩天大楼鳞次栉比，人来人往，车水马龙。

帝厌立起来身体，趴在车窗玻璃上往外面看。

城市极尽繁华热闹。

帝厌想起盛爱卿远离人群藏在小树林里的二层小房子，再看看眼前街道上数不清楼层的大楼，大概明白了——盛爱卿一定很穷，不然也不会住在荒郊野岭。

真可怜。

幸好给他封了个大臣，不然没钱也没权，混得好惨。

盛部一扭头，看见小龙趴在窗户上，默默地望着外面，背影细细的，白白的，像一根白色巧克力棒，很香甜的样子。

"咦？"帝厌看了一会儿，忽然惊讶。

"嗯？"盛部在等红灯。

帝厌伸爪指着路边的人，啧啧起来。

盛部扭头看见一个穿着十分暴露的姑娘在玩手机，两条长腿又白又细。

想到小龙被封印了很多年，从古代突然转换到现代一定接受不了这种开放的文化，于是盛部想替现代文明解释一下，他还没开口，就听帝厌说了话。

"真好看，软绵绵的。"

盛部腹诽：小不要脸的。

他们到了花鸟鱼虫市场，市场很大，一条街卖花花草草盆景奇石，一条街卖猫猫狗狗虫鸟，还有一条街卖鱼。

下车前，盛部说："躲进我的口袋，你最好不要露面。"

帝厌瞅瞅盛部的休闲外套，觉得不妥，自己好歹也是上古神兽，躲进人族衣裳里有辱他龙君的威严。

"爱卿，本君何曾怕过人族。"帝厌迈着小爪子就要从敞开的窗户里跳出去。

盛部眼疾手快，一把将帝厌抓住："白龙应该一尘不染，别让人间的肮脏不堪乌烟瘴气弄脏了小龙，还是让臣抱着你吧。"

"抱？"帝厌瞥他，一副高傲的样子。

"呃，背？驮？要不……骑？"

盛部觉得自己可真是棒，宠物都能骑到自己头上了。

帝厌看着盛部张扬不羁的短发，觉得盛爱卿的脑袋坐着一定很舒服，答应道："好啊。"

盛部心道：骑在头上一定会更加引人注目，他的目的不是低调低调再低调？

最后一人一龙下车的时候，是帝厌盘在盛部手腕上，充当了一只非主流造型的"手镯"。

盛部用手指摩挲小龙的背鳞，心里美滋滋的。

帝厌觉得盛部黏黏糊糊的，于是挠了他一爪。

手背被抓出几道红痕，盛部勾唇一笑！

卖鱼的街靠后，卖宠物的那条街最热闹，哼哼唧唧喵喵汪汪闹闹哄哄。

帝厌盘在盛部的手腕上，闲散地看去，突然之间，热闹的宠物市场安静下来，好像所有的动物都失声了。

离盛部最近的宠物店里，老板对着一只玄凤说话："哟，小八，突然不骂街了？"

小八垂着脑袋，把嘴藏在肚皮下面"咕哝"一声。

街上的人开始七嘴八舌。

"欸？我这猫怎么不喵了？"

"我这狗怎么不汪了？"

"我的鸟怎么不啾了？"

"我的兔子怎么不叽了？"

"你那兔子什么时候叽过？"

"我这不是配合你们嘛。"

……

"因为你的原因？"盛部小声问道。

帝厌在他手腕上转了一圈，探出小爪子在空气里挥了挥，慵懒华贵仪态万千道："该干什么干什么去吧。"

话刚出口，宠物市场就恢复了热闹。

盛部："……"

这种平民拜见君王的既视感是怎么回事？

他低头看看手腕上一截纤细的白色小龙腰。

哦，他的小龙还是宠物界的杠把子，"一统宠界，萌主至尊"。

水族店里有点腥，里面流光溢彩，各种各样的鱼五光十色。

盛部说明来意，卖家把他们引到摆放鱼缸的地方。

"现在都买造景鱼缸，看这里面有山有亭子，可以装饰成古风龙宫，欧式龙宫，金字塔龙宫。"

帝厌小声嘀咕："龙宫住烦了，没兴趣。"

盛部问道："有别的鱼缸装饰风格吗？特别一点的。"

卖家给他看了一张粉粉嫩嫩的照片，介绍道："粉红芭比公主城堡鱼缸，满满的少女心，最适合送女朋友。"

帝厌偷偷摸摸地看，哇！老龙的少女心一下子被击中。

盛部说："就这个吧。"

选完了鱼缸装饰风格，开始选尺寸。

卖家拿出来一个，帝厌吃惊："好大。"

盛部腹诽：跟笔记本电脑屏幕一样，大吗？

盛部问："有没有再大一点的？"

卖家指了一个五十寸的，大概就是家里常见的电视尺寸，盛部又给小龙看。

小龙激动得用爪子在空气里比画："这么大！"

盛部依旧不满意："有没有再大一点的？"

卖家问："你要多大？"

盛部想了想，说道："把你们店里最大的鱼缸给我看看。"

卖家侧身，指着店里的一面墙："这个怎么样？"

那只鱼缸占据了整整一面墙的位置，里面蓝色的水波荡漾，数不清的鱼虾在缸底假山和珊瑚水草间穿梭，灯光从水面照下来，蓝汪汪的水底如梦如幻。

盛部低头看小龙。

小龙的嘴巴微张，被巨大的鱼缸给惊呆了。

看着小龙没见过世面的表情，盛部满意了，当即刷卡，让卖家送货上门。

出了水族店，帝厌还陷在好大的缸的梦幻中。

其实，之前帝厌也不是这么容易被震惊的，可他被关押在巴掌大的酒瓶里，一关就是七千多年，早就习惯了蜷缩尾巴。他看的天地只有那么一丁点大，以至于他早就忘了连绵无际的万山湖，只记得不足三寸的酒瓶，成了名副其实的"瓶底龙"，再不知海的浩瀚和天的辽阔。

帝厌是恨的。

不过幸好现在有了盛部，盛部愿意给他天地。

老龙的心热乎乎的，刚想夸一夸他的盛爱卿，就见远处有一个人朝他们挥手，然后跑了过来。

"盛总？我还以为我认错了。"跑过来的人年纪看起来不大，戴着黑色口罩和黑色棒球帽，看不见脸，背着一个双肩包，露出的眼睛微笑着，睫毛很黑很长。

盛部见了其他人，又变成那个冷静寡言、神秘多金的盛总，他朝男孩微一点头，淡淡"嗯"了一声，气质冷淡疏离。

"我看见您发的微博了，听说盛总家里养了宠物，今天是来买宠物用品的吧？"男孩热情地说，"您养了什么？我也经常养宠物，可以帮您参考一下买什么比较好。"

盛部微微皱眉，并不想和男孩交谈下去。

帝厌盘在盛部手腕上，小脑袋微微竖起，面无表情地瞪着小眼看着前面，假装自己是一只古怪的手镯，真的很普通，完全没有存在感。

男孩一下子就看到它，说道："这个男士手环的造型非常好看，我从来没看过这么特别的，是哪个设计师的作品？"

千穿万穿马屁不穿，男孩一下子拍对了马屁。

盛部眉头稍缓，漆黑的眼里藏着愉快，轻轻转动了下手腕，说道："嗯，我也觉得很好看。"

他的小龙竖着的时候是最好看的巧克力棒，弯着的时候是最好看的手环！

不接受任何反驳！

得知盛部已经买过了东西，男孩依旧不肯放过和盛部相遇的机会，他使劲夸那只内心觉得挺可怕的手环好看，最后得到了和盛部去咖啡厅坐一坐的机会。

男孩叫李江南，新晋演员，是华音传媒刚签的艺人，在最近热播的一部网剧中饰演活泼开朗的男二号，长得很阳光，受到观众好评。

华音内部有一个尽人皆知的秘密，那就是中国青年作家盛部，其实是华音传媒的幕后老板。

老板有才有权有名，不抱大腿是傻瓜。

"盛总喝些什么？"李江南递过来菜单。

盛部把手腕放在菜单上，帝厌偷偷点着菜单上的奶茶图片，给盛部传密音："爱卿爱卿，这个黑色的蛋看起来很好吃的样子！"

盛部点了一杯珍珠奶茶，还专门给他的小龙多加了一份"黑色的蛋"小料。

李江南在心里记小本本：盛总喜欢喝珍珠奶茶，并且喜欢吃珍珠。

盛总在心里记小本本：小龙喜欢吃黑色的、圆圆的蛋类。

聊天的过程还算愉快，李江南主要围绕"盛总的小说""盛总的手环""盛总的华音传媒"，以及"盛总的华音传媒的旗下艺人的自己"，进行了隐喻暗喻明喻等全方位的赞美。

盛部表情淡漠地听着，被桌子遮挡的下面，帝厌用尾巴勾着他的手腕，竖起来身子，用两只小爪子抱着一颗"珍珠"正大快朵颐。

盛部听见它吧唧吧唧的声音，忍不住弯了一下唇。

座位对面，正说着自己是新人演戏经验不足的李江南，看到盛总的微笑，当即愣住了，反应过来后脸上一下子烧红，结结巴巴道："以后……以后我会更加努力的，不会辜负盛总的赏识。"

盛部表情淡淡地"嗯"了一声。

没过一会儿，李江南被认了出来，粉丝拥上来要合照。

他是新人，拒绝的话会被说耍大牌，只好微笑着配合粉丝，然后眼睁睁看着盛总结了账，淡淡地冲他一点头，头也不回地走了。

李江南只好摘下口罩，耐心地给粉丝签名合照。

正签着，他听见人群里有嘀嘀咕咕的声音。

"哎，你看见没，就刚刚走的那个人，超帅啊。"

"看见了看见了，身材和长相都一流，帅得很高级，和小鲜肉不一样。"

......

没一会儿，嘀咕的声音连成了一片，像星星之火，瞬间点燃了人群。

"我也看见了，充满了男性魅力的帅！"

"没在电视上见过。"

"和小鲜肉完全不一样！"

"素人颜值逆天！"

"身材超完美！有一米八五！"

"气质绝美！"

"瞬间爱上了。"

"我的天，有没有人认识他啊，我想要照片！"

......

粉丝议论的声音越来越大，甚至有路人粉问李江南那人是不是明星。

李江南微笑着摇头，说刚刚的先生是自己的一位朋友，不出道，不接受采访，不曝光，心里却暗暗酸了起来：庆幸盛总没出道，不然此刻自己的风头就全被压了下来。

回到车上，帝厌还在吃那颗"珍珠"，吧唧吧唧，很是努力，两只小爪黑乎乎黏糊糊的。

实在吃不下了，帝厌把剩余的一半"珍珠"丢进了盛部手里，懒洋洋地往他拇指上一坐："本君用膳用得好累。"

盛部瞅瞅小龙纤细的腰身，估计了下肚子的位置，用食指轻轻碰了下。

"帮你揉揉？"

帝厌讶然，然后很快就答应了。有人伺候，他从不推辞，舒展身体，四爪朝天，仰面躺下来，慵懒道："有劳盛爱卿了。"

盛部用指尖轻轻按压小龙的肚皮。

超可爱的小肚肚。

终于揉上了。

这可是龙身上最柔软的地方。

盛部内心很满足。

帝厌躺在人族的手里，舒服得甩动尾巴，根本没意识到自己就像是一只被撸毛撸舒服的狗子，小尾巴欢快地甩来甩去。

盛部看着小龙活泼的尾巴，忍不住捏了一下。

懒洋洋的帝厌忽然一个激灵，一屁股翻身坐起来，瞪大碧眸瞅着盛部。

盛部以为捏疼了，立刻温柔道："抱歉，没忍住。"

帝厌直勾勾地看着盛部，目光变得很奇怪。看了一会儿，他慢吞吞地把尾巴尖蜷缩起来，语气古怪："爱卿哪，你是本君的爱卿。"

忍不住也要忍住！

盛部看着小龙藏起尾巴的样子，眼里有点失落：不给摸吗？

帝厌跳到副驾驶座上坐好，心想：这个人族的小娃娃脑子里都想什么呢，小小年纪的。

巨大的鱼缸安装在客厅的一面墙上，原先的位置是一幅价值三十万的油画，盛部将其堆进仓库里，一点都不心疼。

鱼缸安装了两天才彻底完工。

当背景灯打开的时候，原本灰色现代简约风的别墅里以粉色为基调，散发着夺目的流光溢彩。

占据整面墙壁的鱼缸里铺着一层又一层粉色的造景底砂，连绵的假山上，粉红色的珊瑚和水草随着水流轻轻摇摆。

在假山的中央，坐落着一座城堡，城堡有三层，足有半米高，甚至能让两三岁的小孩爬进爬出。入口处能看到一层客厅精致的小家具，二层是走廊和小房间，第三层是露天的，装饰成露天花园，种植了一些水草，几乎是完全复制了童话故事里公主的城堡。

帝厌站在地上，仰头呆呆地看着自己的鱼缸，嘴巴张成了"○"形。

"喜欢吗？"等工人走了，盛部蹲在地上问道。

帝厌一只小爪捂住胸口，另一只摸着鱼缸的边缘，感动得一塌糊涂——盛爱卿这么穷，自己都住在荒郊野岭，却给我买了这么大的鱼缸。

"爱卿……"帝厌嗓子发哑。

盛部等着被夸。

帝厌说："下次莫要这样了。"

盛部一愣。

帝厌的碧眸认真地看着盛部，语重心长道："不可此番推心置腹对龙好，爱卿今日遇见的是本君，若是他日有居心叵测的龙呢？爱卿尚且年幼，不知龙心险恶，就像本君……"

他住了嘴。

盛部追问："就像你？"

帝厌其实想说，就像当年的自己，便是如此信任和怜悯人族，才落得如此下场。人对龙如此，龙对人怕也没什么好感。

帝厌虽然不会将对人族帝王姜禹的恨波及无辜的人族身上，

但对人，他终究不会再像七千年前一般。

盛部说："我不对其他的龙好，只对你好。"

帝厌说教了一番，发现盛爱卿还是执迷不悟，真把他当作善类，明明他和人族是有血海深仇的，盛爱卿如此信任他，可怎么是好。

帝厌叹气摇头，心想，爱卿年幼，天真无邪。

不过当帝厌的余光瞥见粉红色的豪华超大鱼缸时，心事瞬间灰飞烟灭，两爪托着脸颊，碧眸里满是小星星。

盛部看着小宠物一会儿摇头晃脑"杞人忧天"，一会儿满面桃花满眼欢喜，不由得微微一笑。

卖家送了盛部十条小金鱼和两只小乌龟。本来这么大的鱼缸，卖家是想多送点东西的，增加一下买方的好感，这位显然就是大客户，将来还有合作的机会。

但盛部没要，比小龙大的鱼都不要。

他担心小龙被大鱼欺负。

他的小龙脾气好，性子纯良，被欺负肯定也不说的。

"进去试试？"

鱼缸里已经灌上了水，海底城堡造景如梦如幻。

帝厌跃跃欲试，不等盛部来抱他，一摆尾巴，凌空跃起，"扑通"一声，跳进水里了。

水珠溅了盛部一脸。

调皮。

帝厌在五光十色的水底游来游去，一会儿钻进城堡，在客厅里摸摸这个摸摸那个，一会儿在小房间里穿梭，从门进去，又从窗户游出来，一会儿落在露天花园里，扶着雕花栏杆往远处眺望。

几条小金鱼躲在草丛里偷偷看帝厌。

帝厌坐在花园里，冲那边招招爪。

两条鱼尾最红最漂亮的小金鱼犹犹豫豫地吐泡泡，不敢过去，有点害怕。

帝厌邪邪一笑，从城堡顶层一跃而下，在水中划出白色的水痕，波浪滚滚，风驰电掣般就冲到了那两条小金鱼面前。

小金鱼惊慌失措，往右边逃。

帝厌张开爪子朝右边一拦。

小金鱼往左边逃，帝厌往左边拦。

帝厌玩得似乎很愉快。

盛部给自己的小宠物找到了玩伴，心情就像是看着上幼儿园的小崽子终于有了小朋友玩耍一样。

"铲屎官"很释然。

他又看了一会儿，觉得没问题，就走到办公桌前码字更文。

鱼缸在他斜侧方的墙壁上，一抬头，就能看见水里的霓虹荡漾。

可惜小龙有点小，鱼缸里的装饰太多，离得这么远，看不清楚。

盛部的速度很快，正码着，收到了编辑许章的微信，内容是和外商出版社见面的时间定在了本周六，地点是香舍小雅。

这家饭店的私房菜非常出名，盛部吃过几次，觉得还不错，他想到几道海鲜，觉得小龙应该也会喜欢。

虽然小龙吃得少，但明显是条小馋龙。

不过小龙不能曝光，下次再专门带它去吧。

盛部回了许章：【可以。】

许章退出微信。室友端着果盘走过来，上面有一把新鲜的草，问许章："去我那里吃饭？"

室友不是老板，是服务员。

"欢迎吗？伺候好我，到时候多给你点小费。"

室友攥住衣袖，突然娇羞，叼了一小撮草，咩咩咩地笑："能见到盛大很开心，咩咩咩，我要和盛大'面基'了，人生好美满。"

许章瞥他一眼："小兽兽，不记得你被吓得钻沙发里的时候了？"

室友眼睛一瞪。

咩！

"好兽不提当年屎"！

盛部结束小说更新之后，已经是晚上八点半了，他去看了小龙。

小龙和两条漂亮的小金鱼在水草之间追逐嬉戏。

帝厌隔着鱼缸向盛部表示：一切都好，爱卿一点都不用担心。

盛部觉得崽儿终于长大了。

等码完字再去看，就看见小龙两只小爪左右搂着那两条红尾巴金鱼，一龙二鱼漂浮在城堡的露天花园里看星河。

星河是造景灯光打进水里的条条霓虹灯影。

盛部隔着鱼缸玻璃看着它左拥右抱，不知为何，心里突然有些别扭。

帝厌搂着小金鱼，摇摆着尾巴，浮上水面："爱卿。"

盛部的目光在两条吐泡泡的小金鱼身上游走。

帝厌抚摸着其中一条金鱼，说道："对啦，爱卿，给你介绍一下，这是本君刚册封的鱼姬。"

盛部愣住了，册封虞姬？

盛部深深地看了帝厌一眼，没有对"虞姬"发表意见，扭头走了。

帝厌敏锐地察觉到盛爱卿的眼神不对，他垂眸望着傻乎乎却很漂亮的小金鱼，心想，盛爱卿该不会也喜欢这两条小金鱼吧？若是这样，本君岂不是夺人所爱？不妥不妥，这个人族小娃娃如此忠心单纯，待本君极好，本君怎可夺他心头好？

想到这里，帝厌松开小金鱼，用尾巴驱赶它们："自己去玩，本君收回刚刚的册封。"

反正它们也听不懂。

"霸王别姬"，分分钟就翻脸不认鱼了。

盛部走了之后，一夜都没再回到客厅。

夜深人静，帝厌趴在水底细软的砂石上，一爪托腮，另一爪挠着肚皮，猜测盛爱卿是不是生气了，所以才不愿意理他。

人族真是麻烦，一肚子的弯弯绕绕，叫龙猜不透。

直到第二天，帝厌才又见到了盛部。

盛部拿着渔网和一只小鱼缸，把城堡里的小金鱼都捞了出来。

捞鱼的时候，帝厌就坐在花园里看着，一肚子愧疚。

有的小金鱼受了惊吓，在水草里快速钻来钻去，盛部的渔网捞不住，帝厌就默默地游过去，用两只小爪抓住小金鱼，帮忙丢进盛部的渔网里。

做这些时，一人一龙还是没有对话。

帝厌心想：好愧疚，本君一把年纪了，竟干出横刀夺爱之事，有辱神威。

盛部看着帮忙捉鱼的乖巧小龙，心想：好乖，不愧是我的小崽儿，以后也是我的。

盛部故意把换了鱼缸的小金鱼放得远远的，放到小龙的视线死角，这才善罢甘休。

帝厌看着盛部的动作，腹诽：爱卿对小金鱼果然是真爱，连看都不让我看。

盛部重新回到巨型鱼缸前。

帝厌也浮出水面，扒住鱼缸，惭愧地开了口："爱卿莫要生气了，本君给你赔不是。"

盛部看着小龙白色的鳞片在霓虹的照耀下闪过耀眼的流彩，碧眸湿漉漉的，好似一汪春水，荡漾得盛部的心也快跟着荡漾。

小龙好软好湿，只能是他一个人的。

听了帝厌的话，盛部阴错阳差以为帝厌知道自己为什么不高兴了，便微微勾唇，用指腹碰了碰帝厌的脑袋："好。"

帝厌不喜欢盛部这么腻腻歪歪地摸自己，尤其这还是个人族。

不过一人一龙关系刚和解，帝厌看在盛部是小辈的分上，也就不计较了。

"本君饿了。"帝厌仰起头，假装无意地避开盛部的手指。

"我去做饭，小龙想吃什么？"

帝厌小眼睛里都是兴奋："上次那个，嗯，海鲜大餐！"

盛部无奈，做海鲜大餐没问题，但按照小龙的标准，就太难了。

毕竟谁没事就炒一个花甲呢。

太孤单了。

所以盛部爆炒了十个花甲。

等饭时，帝厌从水里出来了，坐在灰色的餐桌上用小帕子擦鳞片。

顾影自怜，孤芳自赏，老龙白着呢。

盛部感慨：我崽儿纯洁可爱，爱干净，还爱漂亮。

盛部端盘上菜。

帝厌把小帕子系到细长的脖颈下面，摩拳擦掌，跃跃欲试。

不管能吃多少，起码吃饭的态度很端正。

帝厌今天心情好，吃了一个半花甲。

他吃完之后见花甲壳花纹独特漂亮，还抱着去水龙头下洗了洗，打算放进自己的水底城堡。

盛部看了直点头，表示我家宠物和外面的龙一点都不一样——朴实，简朴，没见过世面，但是非常有出息。

吃完早饭已经十点多了，盛部需要处理一些公司和出版社的工作，帝厌于是决定去看电视。身为一位"一表人才"的神君，帝厌要求自己才华横溢，见多识广。

他在酒瓶里的时候经常见卖家目不转睛地看着那个黑色的匣子，匣子叫电视，有很多人族藏在里面。

帝厌并不是完全不懂现代科技社会，他被封印在小小的酒瓶中，能看到外面的世界在渐渐改变，物是人非，沧海桑田。

只不过他是瓶底之龙，所见所听，都局限于酒瓶外的一方世界。他年纪一大把，既不蠢，也不傻，耳不聋，眼不花，只是见识少而已。

他的头发很长，见识很短，就是这样，没错！

客厅里有一套价值七十多万的真皮沙发，但盛部不怎么使用，也不邀请客人来使用，所以到现在为止迎接的第一位客人竟然是一条白白嫩嫩的龙。

自诩白嫩的老龙在沙发上溜达了一大圈，然后跳上靠背，忽然竖起一只小小的爪子。

龙爪呈银钩状，有模有样的，形态威风凛凛。

盛部从电脑桌前望过去，幸好他视力极好，不然还真看不见。

"小龙？"

帝厌在沙发后说："本君龙爪长了。"

盛部心道：粉嫩嫩的小肉爪，想握。

"可以磨吗？"老龙有礼貌地询问，四只爪子跃跃欲试。

盛部冷硬的嘴角露出淡笑："小龙不必客气，在这里你想做什么都可以。"

话音刚落，盛部七十多万的沙发发出一声尖锐的"刺啦"。

盛部："……"

接着，是一阵一阵的刺啦声。

帝厌弓起身子，在真皮沙发上痛快舒爽地磨爪，一边磨一边发出满意的哼唧声，像极了吃饱喝足没屁事干的猫，连抓痕都一模一样。

盛部淡定地坐在电脑桌前，看着不远处七十多万的真皮沙发一边发出刺啦声，一边飞起絮状物，体会到了养宠物的心境——

不是主人疯，就是宠物疯，没有第三个选择。

盛部第一次庆幸自己还算有点资产，足够他的小龙这么磨爪。

"唔……"

帝厌发出闷闷的声音。

盛部连忙起身去查看。

磨爪磨得爽快的小龙一只爪子因为指甲太长，锐利的指甲钩住了沙发的纤维，被一根线缠住，拿不出来了。

帝厌仰头看盛爱卿，心情十分幽怨——盛爱卿果然太穷了，连让我磨爪的东西都做工不好。

见帝厌一副委屈巴巴的可怜模样，盛部的心一下子被击中，恨不得立刻上前给小龙呼呼小龙爪。

盛部把帝厌解救下来。

帝厌恹恹地坐在靠垫上，心塞地瞅着自己鹰钩般锋利的爪子。

痛。

要不是他灵力大减，为了节省使用，他也不至于被一根棉线牵制住。

当真有辱龙君神威。

还是要把人族拉出来恨一恨。

帝厌的指甲像极了猫爪，看着爪心粉嫩的颜色，盛部没忍住，上手捏了一下。

帝厌正怜惜自己的龙爪，没预料到盛部的动作，下意识防备地一抓，盛部的手背当即出现了三道血痕。

"嘶！"盛部吃痛。

闻声，帝厌一跃而起，跳到盛部身上，抓住他的手，着急地训斥道："别动，你这个小娃娃好生不听话。"

帝厌伸爪按住盛部的伤口，半合双眸，无声吟诵，淡淡湿润的白雾从他的龙爪里氲出，不消片刻，盛部手上的伤口已经愈合了。

但帝厌依旧抓着盛部的手没动。

盛部见小龙直勾勾地盯着自己的手，就像橘猫盯紧了肉，便小心往回收了一下。

帝厌皱眉，不悦地抖了抖龙须，松开了爪子。

"怎么了，小龙？"

帝厌姿态傲然地走到沙发的扶手上，自以为孤傲地卧下来，懒洋洋甩着尾巴，漫不经心道："你的血令本君觉得味道很熟悉。"

盛部翻了翻没有伤疤的手，问道："像谁？"

帝厌烦躁地瞥他一眼："不记得。"

几千年都过去了，他怎么还记得。

帝厌是想不起来了，但这不是烦躁的原因，他不悦是因为总感觉好像自己年纪大了，所以记性才不好。

老态龙钟，龙钟龙钟……

人族怎么这么坏，成语里也诅咒龙会老？

帝厌心情不好，冷冷道："爱卿，给本君倒酒，开匣子。"

他要一边喝酒，一边看电视，以排解忧愁。

盛部在屋里找了一圈，也没找到适合小龙用的杯子。帝厌让盛部拿个碗，盛部去拿了个碗放到茶几上。

帝厌跳进碗里，脑袋枕着碗边，冲盛部抬爪示意："倒满。"

盛部给他倒了一瓶冰镇青岛啤酒。

帝厌在里面边划边喝，"龙生"巅峰——酒池肉林，完成了一半"酒池"。

盛部饶有兴趣地蹲在一旁瞅着，对着那对在酒水里划动的龙爪说道："白'鳞'浮绿水，'龙'掌拨清波。"

帝厌："……"

盛部回到电脑前继续工作，帝厌一边在酒里扑腾，一边看电视。

这样的日子过了三天。

到了周末，盛部要出门去见出版商，本来是不打算带着小龙的，怕其身份暴露。

但当盛部说完自己的行程之后，帝厌竟然只是歪在沙发上，抱着一颗香喷喷的爆米花边吃边冲他挥挥爪："去吧。"一点都没有要黏着他的意思。

盛部有些疑惑，别人家的崽儿不都是主人要离开时，依依不舍、可怜兮兮的吗？

盛部往客厅看了一眼，而他家的宠物舒服地靠着沙发，正全身心投入到电视剧情里，根本没有一丁点不舍的意思。

冷峻威严的盛总裁一下子就心塞了。

"等等。"

就在盛部关门的时候，听见帝厌出声了。

盛部漆黑的眸子一闪——小龙是要黏自己了吗？快来黏呀！

帝厌伸了个懒腰："爱卿哪，本君忽然想起那日吃的黏糊糊的黑珠子，至今还回味无穷，滋味甚好。"

盛部心道：想吃就说想吃，什么叫突然想起来？小龙口是心非的样子真"别致"。

"我回来给你买。"

帝厌微微一勾唇，笑得像只馋猫，自己还觉得挺帅，语气深沉道："爱卿深知我心。"

盛部无奈，温柔地说："谁让我想把小龙养得白白胖胖。"

帝厌腹诽：白白就好，胖胖？安的什么心思？

盛部和许章在饭店外碰面，许章夹着一沓资料，和盛部边走边介绍外资出版商的情况。

饭店外面是胡同巷子，里面曲径通幽，竟还有小桥流水，环境十分典雅清静。

许章说着，朝一边的迎宾员扫了一眼，一棵树形的落地灯后藏着一个探头探脑的人影——盛部从未在公开场合露面，其他人是不认识盛部的，所以这个贼兮兮的影子非自己室友不可。

即便许章没有在室友跟前，也能想象到室友现在一定脸皮发红，在心底激动得咩咩叫，恨不得露出四只蹄子哒哒哒地踩来踩去，兴奋无比。

事实是，许章只猜对了一半，躲在树灯后的室友脸色不是红的，而是微微发白。他惊慌地远远望着许章身旁的男人，啃着自己的手指，心想：为什么盛大佬身上有一股这么大的灵气？难不成盛大佬他也是……咩，好害怕，可是他好帅……

出版商也准时到了饭店，许章故意选了室友负责的雅间。

虽然早有准备，室友还是因这个能近距离接近大神的机会而兴奋了半天。

太高兴的结果就是室友上菜的时候，不小心把盛部的酒杯打翻了，盛部的衬衣被弄湿了一片。

帝厌在屋里看了几天电视，从《××上下五千年》看到《××王朝》，最后来到二十一世纪的《××崛起》，时间从蛮荒时代走到东西方科技人文缭乱的现代，繁荣昌盛的人类从懵懂的远古人变成了西装革履的精英，一朝看下来，感慨良多。

帝厌最大的感慨是觉得自己老了，第二个感慨是自己好值钱，天底下没有比自己更老的古董了吧。

于是，帝厌又拿着小帕子蜷起尾巴一片一片地擦鳞片，擦得仔仔细细、认认真真。

如白玉的鳞片在灯光的照耀下泛着清透莹润的光芒，帝厌越看越欢喜，忍不住在自己身上摸了好几把，上上下下地摸。

他对自己的白嫩很满意。

盛部开门回来，身上换了件衣服，手里拎着一杯少糖的珍珠奶茶。

一进门，冰镇的青岛啤酒的醇香酒气四溢。

沙发上一根纯白笔直的"棍子"朝他扑过来。

盛部张开手，神色冷静沉稳，心里很激动——快到"铲屎官"的怀里来！"铲屎官"好想小龙！小龙最乖了！小龙一定最喜欢"铲屎官"！

帝厌喝得醉醺醺的，但还是精准地扑到了盛部手里的奶茶上，挂在包装袋的拉手处，像狗一样使劲摇摆尾巴，对着奶茶痴痴道："本君终于等到你了。"

盛部："……"

活得不如奶茶。

帝厌先对奶茶表达欢迎之情，然后才注意到盛部，四爪并用地跳上男人的肩膀，在他身上嗅了嗅，微眯起眼，危险又怀疑地打量着他。

帝厌没说话，盛部倒先莫名其妙地心虚了。

小龙的表情好像在质问他，你是不是在外面有龙了？

盛总被自己的脑洞惊了一下。

帝厌嗅着盛部身上的味道，用爪子捋了一下龙须："爱卿身上有异常。"

盛部振奋地想：这是考问？小龙装作漫不经心，一定还是在意我的！

帝厌皱了皱脑袋上的龙角，说道："你遇见的人里有古怪。"

盛部回想了下今天一起吃饭的人，猜测里面谁会有问题。

帝厌指着他的衣服，问道："为何换了衣裳？"

小龙连自己穿的什么都记得清清楚楚！盛部的嘴角勾起淡淡的笑容，解释是因为服务员上菜时将酒弄洒了，弄脏了衣服所以才换的。

帝厌又问："有人碰过你的身体吗？"

盛总正色地摇头，他有轻微洁癖，不喜欢被人碰触，龙不算。

帝厌"哦"了一声，不知道在想什么。

盛部刚想说话，忽然眉头一皱，想起来了，有人碰过的，那名服务员将酒弄洒之后，曾拿了纸巾帮他擦拭，虽然没几下就被他拿过了纸，但还是碰过了。

帝厌听后了然地点点头："哦。"

盛部热血地问："接下来要如何做？"

如果小龙要和那人大战一场的话，他一定要想尽办法助小龙，一日为崽，终身为崽，一定要护好自己的崽。

帝厌奇怪道："什么如何做？爱卿，奶茶要'凉'了。"

盛部连忙把奶茶打开，用小碟子给帝厌倒了一颗"珍珠"，说道："我以为你会去降伏那人。"

帝厌用两只爪子抓住"珍珠"，莫名其妙地问："降伏那人做什么？爱卿遇见人族后也会想要降伏他们吗？"

盛部："……"

当然不会，他又不是神经病。

理好像是这个理，但是仔细一想又觉得不对。

怪兽不都是用来降的吗？

帝厌得知盛部这个想法后，大笑起来。

盛部从帝厌咧开的小嘴里看到了鲜红的小舌，于是顺手把龙爪上没吃完的"珍珠"塞了进去。

"哈哈哈——唔？"

帝厌叼着那颗"珍珠"，坐在餐桌上，郁闷地瞪着盛部。

盛部做完这些之后才意识到自己做了什么，脸有点发红，干笑道："你好可爱。"

帝厌咕咚一声吞掉"珍珠"，走到沙发上坐下，继续看电视去了。

盛部受了冷落，抿了抿唇，回卧室了。

帝厌听见关门声，一跃而起，在屋里没头没脑地转了一圈，发现电视机暗下来的屏幕能照出自己的身影，就站在电视柜上，支起身体，如痴如醉地照起来，赶紧去自恋一下。

小娃娃说老龙好可爱。

老龙也觉得自己好可爱啊。

盛部换了衣服下来时，帝厌已经回沙发上坐着了。

盛部想起方才受的冷落，黯然地往办公桌那边走去。

帝厌趴在沙发后背上，瞅着盛部，不知道盛爱卿怎么了，不由得叹口气，小孩的脸跟六月的天一样，说变就变。

帝厌告诉自己，对待小孩子，而且还当了龙君的爱卿的小孩子，一定要有春天般的温暖。

"爱卿。"帝厌慈祥地笑。

盛部抬起头，就见小龙一脸"娇羞"。他立刻大步走过去蹲下，和沙发靠背上的小龙持平，问道："我在，怎么了？"

帝厌伸出爪子，探过去摸摸盛爱卿柔滑的黑发，喃喃道："没什么，就是看了几日电视，见识了你们人族的发展，本君感慨良多。"

帝厌捏着盛部的一小撮头发，微微眯起眼看他，却又好像透过他，在看漫长遥远的时光。

帝厌不喜欢追忆往事，因为一旦回想起来，就是山河巨变，沧海桑田，什么都不是最初的样子，连他也老了。

他又在酒中泡了那么久，脑子进酒了，也不好使了，有什么事也容易忘记。

"本君在想，人族昌盛，其他族群如今又在何处呢？你说兽族本就应该是被诛伏的……"

盛部赶紧道："我不是这个意思，你别生气。"

帝厌看着盛部紧皱的眉头，勾了下唇，小爪子轻轻抚摸他的眉宇，无声叹息盛爱卿年幼纯良。

"嗜杀贪婪狡诈是人族的天性，刻在骨血里的劣根即便几千年过去，也依旧锋利无比。本君明白你并非此意，但其他人就说不好了，本君在电视里见过了，涉及兽者，最终都会被人族诛伏。"

"电视是虚假的。"盛部解释。

帝厌道："本君知道，但本质没变。"

盛部沉默。

帝厌望向窗外："你说，它们都在何处呢？"

"我去找那人……怪兽来。"盛部说道，就是那个让他沾染了兽气的怪兽。

帝厌摇头，大大咧咧地拍拍盛部的额头："不必去打扰它，别忘了本君有恕斯。"

帝厌开始召唤恕斯。

房子里慢慢升起湿润的风。

盛部伸出手，触摸风，风温柔四溢，在他手背上柔柔卷过，在皮肤上留下一层细细的水珠。

小龙连法术都温和柔顺至极。

盛部看向帝厌的目光也很温柔，满眼都是"我崽最好，我崽最棒，我崽无敌最可爱"。

湿润的风在屋中形成一股淡白色的风卷，越旋越快，小龙站在餐桌上，淡然地挥爪："恕斯，来。"

湿润的风突然大作，犹如肆虐的龙卷风。盛部下意识地眯了一下眼，不过也只有一瞬间，狂风很快散去，盛部看见屋里一如之前，并没有被狂风凌虐的痕迹。

风卷消失的地方，没有长鼻子的恕斯，只有一摊刺眼的血水。

帝厌的碧眸一凛。

盛部问："恕斯出事了？"

帝厌跳下餐桌，神情有一丝冰冷："它的血里有人族的气味。"

"你怀疑是人干的？"

帝厌漫不经心地驱散血雾，冷冷地说："我猜得不错，至今为止，依旧有怪兽在被猎杀。"

盛部道："会不会是误会？毕竟恕斯长得那么特别。"

像一头小猪和小象的杂交品种，也许是猎人不小心当野兽捕捉了。

帝厌对盛部为人族开脱有些不悦，但转念一想又释怀了，望着盛部叹气："只有找到恕斯，才能知道答案。"

这是最简单的办法，但是从何找起，又犯难了，召唤令不管用了，这人间他又人生地不熟的。

　　盛部处理完了工作，帝厌还在发愁。

　　见小龙托着腮帮子四十五度仰望天空的样子简直就是天下第一忧郁美龙，盛部快步走过去，虔诚地单膝跪地，拿出手机开始拍。

　　上拍，下拍，左拍，右拍，远拍，近拍，咔嚓咔嚓。

　　帝厌从沉思中回神，默然看着盛部："爱卿，你在干吗？"

　　盛部按捺住心里的开心，面无表情道："我在自拍。"

　　帝厌好奇："噢？让本君看看。"

　　盛部站起来把手机放进口袋，严肃地说："我忽然想到一个寻找恕斯的办法。"

　　"什么办法？"

　　小龙的注意力果然被转移了，噢耶。

　　盛部说："我们去找上次我遇见的东西，它在人间时间长，也许知道谁有可能抓走恕斯。"

　　帝厌皱了下小脑袋上的龙角，沉思道："本君并不想去打扰它，不过看来也只有这个办法了。"

　　盛部看了下手表，现在是下午三点，问道："我们现在就去？"

　　帝厌道："不急，明日也可。"

　　盛部沉稳地点头。

　　帝厌亮闪闪的碧眸看着他。

　　盛部又问："饿了？"

　　帝厌兴致勃勃道："本君还是想看爱卿的自拍。"

　　偷拍被抓不能太糟。

盛部虽然内心慌乱，但外表还是冷傲冷静沉稳霸气一总裁，所以决不能被龙当场抓包。

盛部脑子转得飞快："我刚刚的自拍都不好看，小龙想跟我合照吗？"

觉得把自己的样子拍下来随时随地欣赏不能太棒，帝厌立刻就答应了。

他们试过在客厅拍，试过在卧室拍，试过在厨房拍，试过在电脑桌旁拍，试过在餐桌旁拍，最后选择了在阳台拍——终于找到了光线和背景都最适合自拍的地方。

二楼的露天阳台很大，精心布置了许多花草，盛部是个有情调会生活的男人，将花草打理得很好。

帝厌四爪着地站在阳台的台子上。

盛部单手插兜靠着台子，举起手机，对手机里的帝厌道："笑一下。"

帝厌龇牙咧嘴，露出奶凶奶凶的笑容。

盛部愣了一下，也学帝厌眯眸勾唇，邪恶一笑。

手机"咔嚓"一声，照片定格。

盛部把照片点出来，帝厌跳到他肩膀上兴致勃勃地看，看完龙爪叉腰，哈哈大笑起来。

盛部见帝厌如此开心，就有心想用手机逗帝厌玩："要不要再拍一张，用美颜？"

帝厌果不其然来了兴趣，还知道换了个姿势凑过去——只见他竖起一只龙爪指着天空，另一只弯爪如银钩横在胸前，大刀阔斧，横刀立马，模样极其傲慢……十分像奥特曼回去时候的姿势。

盛部点开美颜，手机屏幕里，硬挺俊美的男人和棱角分明锐利傲然的小龙立刻变成了磨皮大眼尖下巴的样子，仔细一看，竟然还有主宠相。

帝厌看看手机，又看看盛部的脸，问道："美颜是不是给丑的人和丑的龙用的？"

丑的龙……盛部忍笑，沉沉地"嗯"了一声。

帝厌这才舒坦地抖了抖龙须，仰天大笑出门去，老龙本就是美颜。

他们换了几个场景和滤镜，又玩了动漫照片和激萌照，最后还换了脸。

一人一龙瞅着换脸的照片久久不语。

良久后，帝厌说道："删了吧？"

盛部点点头："同意。"

不看照片的话，场面一度很和谐。

到了晚上，吃过饭，盛部和帝厌窝在破破烂烂的沙发上，帝厌美其名曰看电视是在学习，盛部在发微博。

微博内容：

【和我崽同框了。】

配图：温暖的阳光从背后照过来，盛部潇逸轻松地靠着阳台，他的身后蹲坐着威武的帝厌，帝厌懒洋洋地伸出一只漂亮的小爪搭在他的肩膀上。

然而广大网友却看不到帝厌的样子，因为帝厌被一张动漫猫的图片挡住了大半，只留下了小小的爪子在镜头里。

如果不是为了炫耀，盛部甚至连小龙的龙爪爪都想要藏起来，谁都不准看。

这是盛部第一次主动在公开场合公布自己的生活照，照片虽然是自拍，但干净简单，没有夸张的滤镜和磨皮，只有身后浅黄色的阳光斜照在他的侧脸上，勾勒出英俊明朗的线条。

神秘背景设定的盛大佬一爆照，在不到一个小时的时间里，经过各路人马转发和评论，盛部瞬间多增了四万粉丝，而且数量还在增加，根据数据分析能看出，基本都是颜值粉。

热门评论如下：

小"鲜肉"明星A：【握爪。】

小"鲜肉"明星B：【握爪爪。】

小"鲜肉"明星C：【想养。】

实力派明星：【哎哟，爆照了，我说你今天怎么又热搜？】

实力派大佬：【不加更，不加更，还是不加更。】

小说网站官博：【舔屏，看了盛大的盛世美颜，想当那只爪爪。】

编辑许章：【盛老板，稿子什么的我都不着急要，真的，一点都不着急，稿子是什么东西，我都不知道。】

兽医张大明：【一定是鸡爪。】

博物菌回复张大明：【你傻乎乎的样子真可爱，我明天就给你邮寄一箱泡椒鸡爪。】

兽医张大明：【……】

博物菌：【你到底养的是什么东西！（抓心挠肺）】

盛部翻着微博下面的留言，挑着回复。

盛总回复博物菌：【猜。】

盛总回复张大明：【呵。】

盛总回复编辑许章：【哦。】

帝厌看着看着电视，忽然"啊"了一声。

盛部抬头，看到电视里正在演古装戏，江湖厮杀，血雨纷飞，一名黑衣剑客手持一把细窄的银剑，在穷凶极恶的杀手中穿梭，神色凛然，出手必见血，一招一式飘逸洒脱。

帝厌目不转睛地看着电视，说："此人武功不错，剑用得很好。"

盛部看了眼那名剑客的脸，重新低头看手机。扮演剑客的那人正是他微博里实力派明星，名叫温展，在演艺界是少有的有颜值有演技没绯闻的演员，自身实力很强，粉丝基础庞大。

盛部点开温展的微信，发了一条消息：【哼。】

温展刚拍完一场戏，中途休息，一打开手机，就收到了来自盛部的信息。

温展挑眉，给盛部回微信：【老盛，怎么了？】

盛部看着电视上大杀四方的剑客，心里很不开心，因为温展刚接这部戏时，剧情里关于剑的使用方法还是向他请教的，他是欧洲锦标赛的击剑冠军，对于西方和东方的剑术都有研究，在用剑的同时不仅兼顾实用还能保持姿势潇洒优雅好看。

盛部没再搭理温展。

温展也习惯了，心想，盛部还是一如往常的高冷。

帝厌要喝水，高冷的盛部跑去给小龙倒了一瓶盖的水，还贴心地递到小龙嘴边。

帝厌伸出小舌头吧唧吧唧舔水，样子很乖。

博物菌前思后想，终于给盛部发了私信：【我们见一面吧。】

盛部喂完水，回复：【不要！】

博物菌当头一棒，血槽已空，还是不死心地爬起来，重新坐到电脑前：【想我博物菌博览群书，博学多才，博闻强识，不可

能有我不知道的物种，你到底养的是什么？】

盛部看着手机，面无表情地勾起嘴角，冷冷一笑，博学又怎么样，我可是有龙的男人。

约定好第二天要去香舍小雅找那位可能有问题的服务员，所以盛部起得很早。他起来的时候，昨天晚上熬夜看电视的帝厌还在豪华鱼缸里吐着泡泡打呼噜。

盛部当然不能错过围观的机会，拿了块冰镇西瓜，站在鱼缸前边吃边围观，是名副其实的吃瓜群众。

帝厌醒过来和盛部隔着鱼缸对望。

他吐个泡，泡泡升到水面破裂，声音从里面冒出来："爱卿，你作甚？"

盛部看了看自己的打扮，没穿上衣，脚上趿拉着拖鞋，没刷牙没洗脸，手里还拿了块瓜，总裁形象不保，便说道："扮演吃瓜群众。"

帝厌"哦"了一声，从水里跳出来，落在盛部肩膀上，甩盛部一脸水，后爪抓着盛部的肩膀，前爪挥了挥。

盛部把西瓜凑过去，帝厌啃了一小口，吧唧吧唧吃掉，说："本君在扮演吃瓜龙。"

一人一龙对视一眼，颇有种惺惺相惜、相见恨晚的感觉。

盛部去浴室洗漱，帝厌也跟了过去。

别墅里的浴室装修得也很精美，有个超级大的按摩浴缸。

"这是什么？"帝厌在浴缸光滑洁净的瓷壁上滑行。

盛部说："浴缸。"

"鱼缸？"

"唔，人用的。"

帝厌露出了然的神色，看着空荡荡的浴缸，心道：爱卿的鱼缸里空无一物，一定是把所有的银两都花在了本君的身上，本君甚为感动，以后要对他好。

对盛爱卿好的第一步就是要邀请盛部来自己的鱼缸中泡泡。

"以后爱卿再想用鱼缸，可给本君说，本君定会毫不吝啬，八抬大轿，迎爱卿入堡。"

盛部在心里翻白眼：这么大架势，我也去不了。

盛部在洗漱。

帝厌跳到面盆台上围观，绿豆小碧眼眨巴眨巴，认认真真，十分好奇。

盛部正刷牙，刷着刷着，俊脸红了。

他就是脸皮再厚，也受不了被自己的宠物用水灵灵的小眼睛盯着看。

帝厌问："爱卿，那个是什么？"

盛部差点呛到："咳……电动牙刷。"

"好用吗？"

盛部道："好用。"他垂眸看了眼好奇宝宝龙，试探着问，"小龙想刷牙吗？"

帝厌立刻龇出一口白白净净锋利的小米牙："本君有自己的方法。"

出门已经是一个小时后的事。

盛部开车，帝厌坐在副驾驶座上拿着小帕子对着镜子擦鳞片，擦角角，最后还擦爪爪。

帝厌忽然抬头看了下盛部。

盛部不解："嗯？"

帝厌摇摇头，对着镜子把爪子弄湿，然后撸了两把龙角，动作像极了今天早上打理发型的盛部，连酷酷的神情都学得一模一样。

盛部："……"

我宠的演技随时都能出道，就是不知道哪个剧组需要龙。

香舍小雅。

一大早来吃饭的客人还是太少了。

老板认识盛部，以为他是特意来取上次弄脏的衬衣，连忙叫人拿了出来："已经清洗干净了，正准备按照上次先生留的地址给您邮寄回去，没想到您就来了。"

见衬衣被隔尘袋装着，已经被洗衣店清洗干净了，盛部点点头，包下上次的包间："可以点餐吗？"

老板立刻招来服务员点餐。

盛部看了一眼，不是上次那个服务员，于是问了下，得知那服务员因为上次的失误，被罚到后厨去了。

盛部道："不怪他，把他叫出来服务吧。"

老板便让人叫去了，自己坐下来倒上两杯茶，端起一杯敬盛部，寒暄起来。

帝厌蜷在盛部的手腕上，觉得好无聊，默默打了个哈欠。

"我也是这两年才在这里开……啊，张张……张嘴了！"老板说着说着，就看见盛部手上白蛇造型的手镯蛇头张开了鲜红的嘴巴，打哈欠的同时还伸出了舌头。

帝厌没想到会被人看见，张着血盆小口不动了。

盛部把食指塞进帝厌的嘴巴里，冷静地解释："这是块表，整点会张嘴报时，按一下舌头就好了。"

"新科技，好高级，不知在哪里买的？"老板低头看下自己的表，"啊，现在才九点四十分。"

盛部："……"

帝厌口里被塞了个手指，立刻把出门前要对爱卿好的誓言忘得一干二净，认为不能惯着孩子，"嗷呜"一下咬住盛部的手指。

盛部没防备："嘶……"

老板忙问："又又……又怎么了？"

盛部拿出手指，上面有两个小洞，冒出两滴鲜血。

他冷峻严肃地说："看，如果时间不准，它就会咬你，你还是不要买同款了。"

老板冷汗津津的，说道："这表也太凶残了，明明是自己不准，还啃别人，谁用谁有病……呃，我不是说盛先生有病，是说谁用这个表……呃……"

聊不下去了，等那个服务员进来，老板赶紧出去了。

那位有问题的服务员一进包间，就看见盛大佬俊美无双、冷淡无比地坐在那里，手里捧着一杯茶。

盛部淡然道："坐吧，关门。"

服务员听话地关上门，然后转身扑通就跪下了。

盛部放下茶杯，表面很冷静，内心很波澜，不动声色地问："你这是什么意思？"

服务员跪在地上，一脸害羞，对着手指呆呆道："不知道啊，我一看见你，就想给你跪下。"

盛部摸着下巴，心中猜测，难道这就是偶像的力量？

服务员道："盛大佬，不知道是你身上的气场太强大，还是我太喜欢你的小说了，反正我现在很想给你磕个头。"

盛部更坚信这就是偶像的力量。

帝厌从盛部手腕上滑到桌子上，走到旋转桌面的正中央坐下，神态倨傲，懒洋洋道："堂下何兽，报上名来。"

服务员感觉到强大的灵气正从桌上纤细的小东西身上散发出来，于是他更想磕头了，唯唯诺诺地说："小兽名唤伯仪，是稷山的兽……我很温顺的，不吃人，你们不要杀我。你们要相信我，我不骗人，那个《山海经》西海篇的第十八页写的就是我，你们可以查查的，咩。"

伯仪乖乖地跪好，从哪里看都是一副乖巧懂事听话的模样。

帝厌扭头看盛部，问道："《山海经》是什么？"

"一本书。"

"写什么的？"

"记载上古神兽和神祇的传说。"

"有本君吗？'帝厌'这两个字。"

"没看过书。"

帝厌失望地转回头。

盛部有点恨自己，竟然错过了一个绝佳的表现机会。

帝厌打量地上的伯仪，问道："那你认得本君吗？"

伯仪垂着脑袋，摇摇头，不敢抬头看帝厌，讷讷地说："没仔细看。"

帝厌收回目光,淡淡道:"那你起身,仔细看看本君。"

伯仪圆脸大眼睛,看起来乖巧听话极了。他忐忑地站起来,磨磨蹭蹭地走到桌子边,抬眸朝帝厌看去。

就在伯仪凑近帝厌的时候,盛部忽然大声叫道:"小龙危险!"

话音还没落下,方才乖顺的伯仪忽然出手掐住帝厌,身上爆发出凌厉的杀气。

伯仪的动作很快,指尖生出绵软的白线,顷刻之间就将帝厌缠成了一个茧,而他的表情竟还一如方才般乖巧,在狠戾的招式中给人强烈的反差。

"你是谁为什么要问我呢?"伯仪软绵绵地说。

盛部没有武器,顺手捞起椅子朝伯仪砸去。

伯仪一抬手,无数白色的丝线抽过去,在半空中将椅子绞成了木渣。

屋里这么大的动静,屋外竟没有什么反应,盛部立刻反应过来这里应该是被下了结界。

桌子上的白茧越缠越大,盛部心急如焚,他的龙龙那么可爱,为什么要伤害龙龙?

手边的凳子都被扔出去当作武器了,然而伯仪却像捏死蚂蚁一样,丝毫不在意,一边狠狠地绞断盛部丢过来的东西,一边认真地犯花痴:"咩咩咩,我碰过盛大佬的椅子啦。"

搞得跟抽奖现场一样。

盛部捡起地上碎成两半的碗碟,在伯仪的白线抽过来时一把将其抓住,另一只手将陶瓷碎片狠狠往上一割。

伯仪被拽得很疼,猛地抽回那把白线。

瓷片被带了一下,在盛部的手背上划出一道血痕。

伯仪激动地叫道："咩咩咩，我弄伤盛大佬了！"

盛部腹诽：这羊有病吧？！

盛部刚冒出这个念头，桌上被缠得紧紧的白茧忽然动了。

一股潮湿的风从盛部手边柔柔刮过，突然如同离弦之箭，瞬间扑向伯仪，生成风的水汽凝成一把透明的剪刀，以迅雷不及掩耳的速度在伯仪身边剪起来。

伯仪不停放出白线，乍一看像一只被蜘蛛咬变异的绵羊。

然而伯仪的速度却比不上水凝成的剪刀，白线像簌簌的雪，纷纷扬扬飘落。

帝厌从白茧中现了形，神情冰冷。

伯仪被剪刀压到地上站不起来，发出吃痛的叫声，紧接着，他的人形渐渐消失，一个庞然大物出现了——它的外形看起来很像羊，长了六条尾巴，羊角漆黑锐利，顶在脑袋上，威风凛凛。

盛部拿着手机，注意着伯仪的动静，靠近小龙，说道："查到了，还真是《山海经》里记载的上古神兽，'稷山有兽焉，其状如羊，九尾四角'，书上说，伯仪外表温顺胆小，战之则勇悍之极，竟然还是反差萌！"

帝厌扫了眼手机屏幕，冷冷地说："《山海经》也不过如此。"

还以为记载的都是什么厉害的怪兽呢，呵呵。

他一点都不期待。

伯仪四蹄刨地，发出愤怒的喷气声，显然已经被帝厌挑起了战斗的欲望。

盛部说："书上还说，把它的毛佩戴在身上，能让人不畏惧。"

帝厌"哦"了一声，瞥了瞥地上白花花的白线——伯仪的羊毛，说："爱卿,认识这么久了本君没什么送你的,今日就送你一件羊毛大氅吧。"

这会儿帝厌又想起来自己要对盛爱卿好的事,于是就地取材,借花献佛。

盛部还没同意要不要,就看见那把剪刀在空中幻化出好几把来。

帝厌淡淡道:"去吧。"

众剪刀一拥而上,将伯仪围在了中央。

视线被飘来飘去的羊毛挡住,盛部皱着眉挥手驱散,帝厌用水制造了一层结界让他进来。

盛爱卿果然是小孩子,只有小孩子才喜欢抓羊毛玩。

帝厌一脸的慈爱。

伯仪被众剪刀围在中间,已无回天之术。

盛部想起澳大利亚剪羊毛大赛,羊还没回过神毛就没了,十分搞笑,就随口问道:"准备剪个什么形状?"

帝厌一愣,剪刀跟着停了一下。

帝厌心道:人族真是麻烦,修理个不懂事的小兽,竟然还要有形状,怪不得本君前两日看的电视上说什么放个屁也是爱你的形状。

帝厌不知道人族有什么喜好,就跟着电视学,在伯仪的脸上修剪了一番:"唔,你们人族说的爱心。"

伯仪身上的毛已经被剃光了,只有脑袋毛茸茸的,呈现出一个完美的水蜜桃状。

盛部笑道:"很好看。"

人族的审美真奇葩,这不就是个臀的形状嘛。

"还打吗？"帝厌问道。

伯仪委屈巴巴地用蹄子画圈圈，被揍得鼻青脸肿，毛被剪得乱七八糟，大大的山羊眼睛红彤彤的，胡须一颤一颤，已经没有了羊应有的样子。

帝厌道："本君无意伤你，是你先动的手。"

伯仪抬起一只蹄子，倔强地说："我没动手。"

盛部了然："是你先动的蹄。"

伯仪被心爱的盛大佬这么一说，更心塞了，脑袋抵着角落，用蹄子一下下戳墙角："你们忽然找到我，我以为是要把我吃掉，所以我动蹄，是因为我要自保。"

"本君寻你就不能找你把酒言欢？"

伯仪认真建议道："我不会喝酒，把'草'言欢可以吗？"

帝厌冷然注视着他："本君不吃草。"

伯仪失望了。

盛部问："按照你的意思，兽族之间其实并不和睦是吗？"

终于有人抓住了重点。

伯仪抬起头，像只刚从美容院出来的博美，歪着精心修剪的脸蛋，好奇地问："为什么要和睦？如果和睦的话，吞噬灵力的时候难道不会尴尬吗？"

帝厌明白了，藏在人族之中的怪兽互相吞噬，互相厮杀，就像那夜恕斯想要吃他一样，这就是怪兽的生存方法。

单丝不成线，独木不成林，也许这就是兽族逐渐没落的原因，亦是人族繁盛的开始。

得知这个结果，帝厌沉默地站在一旁，久久没说话。

盛部很心疼，摸了摸小龙的头，问起了他们来找伯仪的原因："恕斯不见了，你有什么想法吗？"

　　伯仪一下子睁大眼，露出害怕的表情："不是我吃的。"

　　盛部道："我知道，你只吃素。"

　　伯仪赞同地点点头："对呀对呀，我吃素。"

　　盛部："……"

　　"是人抓走了恕斯。"帝厌收拾好了表情，把一只倒扣的茶杯当椅子，坐出了沉静威严的王者风范。

　　"人？"伯仪想了想，"那就是降兽人。"

　　盛部眼神微闪："真的有这种人存在？"

　　那他的小龙会不会也被盯上？

　　伯仪点点头："电影里不都是这么演的吗？"

　　盛部将小龙放到自己肩膀上，说道："我们再寻其他办法吧。"

　　谁说的胡子不长，办事不牢，这羊的胡须都快垂到地上了，依旧不靠谱。

　　帝厌不知道在想什么，心不在焉地点点头。盛部带着帝厌走到门边时，帝厌转身说道："既然本君已经降伏了你……"

　　伯仪缩在角落里，惊恐地说："你不要吃我，我不好吃，我毛这么多，拔着很累的，你看我的角这么长，上面都没有肉。"

　　帝厌不耐烦道："再打断本君的话，现在就把你吃了！毛多很骄傲吗？火一烧就干净了！"

　　伯仪立刻闭上了嘴，还用蹄子把白胡须在嘴巴上缠了一圈。

　　帝厌心情不好，见伯仪老实了，按捺住脾气，冷冷地说："既然本君已经降伏了你，你就必须为本君座下兽，受本君差遣，为本君所用，你意下如何？"

白胡须的伯仪咩咩地问："要是不同意呢？"

帝厌的碧眸泛过暗光，压低声音。

伯仪识趣，立刻点头："那好吧。"说完，从角落里站了起来。

盛部下意识地退后一步，戒备伯仪突然袭击。

但伯仪并没有做出危险举动。

兽族是尚武者，想法没那么多，也不会假意屈服表里不一，只永远向往强者。

伯仪规规矩矩地弯下蹄子，给帝厌和盛部磕了头，认了主，又突然莫名其妙地说了句："怪不得呢。"

帝厌没好气道："又怎么了？"

伯仪害羞地笑起来："我说我怎么一进来就想给你们磕头，原来都是注定的，咩。"

盛部小声对帝厌说："《山海经》里说伯仪骁勇善战，是兽中勇将，我怎么觉得不像。"

帝厌凑到盛部的耳朵边，慈爱地说："兽不可貌相，海不可斗量，你还小，以后跟着本君多见识见识就知道了。"

虽然没有恕斯的下落，但这一趟也不是没有收获。帝厌他们与伯仪分别时，伯仪主动说会帮着打听打听恕斯的下落。

帝厌很满意，和伯仪约好下次毛再长出来，龙君可免费提供造型。

"大佬，我们可以握一下手再走吗？"

盛部问："哪个大佬？"

伯仪小心翼翼地看了看帝厌，又娇羞地指了指盛部："两个。"

于是，一爪一蹄一手就这么握在了一起，好像见证了一个新世纪的开始。

　　看着伯仪离开时美得找不到路的模样，盛部捏着龙爪用力握了握，感叹道："这就是偶像的力量啊！"

第三章 被人族盗走的灵力

——盛部的目光暗沉得像

无底深渊："疼吗？"

回家的路上，帝厌躺在副驾驶座上呼呼大睡，他身上的灵力不多，使用过后总觉得浑身疲乏。

小龙毫无防备地在盛部面前露着肚皮睡觉的样子真可爱，像一只没吃饱的海马。

盛部浑身上下闪烁着父爱的光辉。

帝厌迷迷糊糊地醒过来时，发现到家了。

他慢吞吞地活动身体。

盛部绕到另一旁给帝厌打开车门，问道："还没有力气？要抱抱吗？"

"哦……不必，本君这就来。"嘴上答应着，帝厌的爪子一下下地挠着真皮座椅，一点一点往外面挪，磨磨蹭蹭地，挪了半天跟没挪一样。

盛部看了帝厌片刻，说道："我好像有东西没买，我们再出去一下吧。"

帝厌立刻滚回副驾驶座上坐好，小眼睛亮晶晶的："爱卿，我们这就出发吧。"

盛部好笑，走过去开车。

帝厌问："爱卿，你想买什么？"

盛部道："我还没想好。"

盛部又温声问道："小龙想要什么？想去哪儿转转？"

帝厌笑得花枝乱颤，挥挥爪，说道："本君什么都不需要，爱卿有心啦。本君就是忽然觉得电动牙刷真好用，是真的很好用。"说得自己好像用过一样。

盛部提议："那我再去买一支电动牙刷吧，小龙送给我一件羊皮大氅，我也应该回礼。"

帝厌的小眼睛盈满笑意，抬爪拍拍盛部的手："那本君就谢过爱卿了。"

盛部回手拍拍帝厌的脑袋，没提起他那羊毛大氅现在连毛都不知道在什么地方。

帝厌拿到了电动牙刷十分高兴，盛部教了下帝厌怎么用，于是帝厌就一整天都抱着不放爪。

盛部码完稿子，就见小龙舒服地陷在沙发的凹陷里，把电动牙刷放在背后，用它刷鳞和蹭痒痒。

龙生巅峰，妥妥的。

帝厌最近不再每天一睡醒就去看电视，一直看到晚上盛部写完稿子叫他睡觉才罢休。他追了几部剧，跟着剧更新的节奏慢慢看，其余的时间都用来躺在茶几上吹着空调喝着奶茶思考恕斯的下落。

虽然盛部觉得小龙是在发呆。

呆呆的小龙引得盛部手痒，老是有事没事去摸一下，盛部一直觉得长成小龙这个样子，简直是撩自己于无形之中。

发呆的日子里，伯仪给盛部打来了电话，说有些事要禀告龙君。

盛部开了免提，帝厌在手机屏幕上摩擦，羡慕又隐晦地表示，那只羊都有手机。

盛部往死里惯着小龙："买。"

帝厌觉得一定是因为盛爱卿感受到了来自长者的关怀，所以对自己不错。

伯仪说："我隐隐感觉有什么事发生了。"

帝厌问道："你用什么感觉的？"

伯仪愣了一下，求教般问："我应该用什么感觉呢？"

帝厌对盛部道："关了吧，这羊不行，可能不知道脑子的存在。"

伯仪咩咩咩地抗议起来：明明是你把我带偏的好不啦！

帝厌道："如果你没有正事，本君就拔光你的胡须。"

伯仪像小鹿般惊恐地捂住自己的下巴："你欺负羊。"

帝厌道："就欺负你。"

伯仪遁了。

过了会儿，伯仪又打过来电话。

帝厌懒洋洋地问："你想咩什么？"

"我要咩——呸呸呸。"

帝厌刚刚正跟着盛部学用手机，看着盛部灵活的手指，又瞅了瞅自己略显笨拙的爪爪，心里很愤怒："伯仪，你用蹄子是怎么打电话的？"

伯仪好为人师，天花乱坠地给帝厌咩了一通，得意扬扬地讲述自己用蹄子把手机踩烂，然后告诉修手机的人是羊弄坏的，修手机的人一脸不信，让他找羊再弄坏一遍的光辉事迹。

帝厌扭头对盛部道："本君确定他没有要事，挂了吧。"

伯仪委屈巴巴：明明又是他把我带偏的！

盛部只好出来安抚小龙，说他一定可以学会用手机的，这才平息了帝厌的郁闷。

伯仪说："我有一个朋友，也是兽族，昨日我联系它，想问问它是否知晓恕斯的下落，它支支吾吾的，我觉得它是想今天再告诉我，于是我就去了，但是它消失了！"

"也许它怕你把它吃了，所以跑路了。"盛部说。

伯仪听见盛部的声音，娇羞地在电话那边"嘿嘿嘿"或"咩咩咩"。

盛部翻了个白眼："还是挂了吧。"他去厨房拿了煮好的水果玉米，分给小龙一粒。

伯仪立刻收拾好情绪："不会，我不吃兽。"

"你说的兽是？"帝厌抱着玉米粒，边啃边关心地问。

"泰迪兽。"伯仪说，"经过我刻苦地帮阿泰修炼，这么多年过去，它已经大有成就。"

帝厌问道："多大？"

伯仪说："'汪汪'叫的时候抑扬顿挫，能听出情绪了，比如大声'汪'的时候就是'我要凶你'的意思，小声'汪'的时候就代表'你凶到人家了'的意思。"

帝厌对泰迪兽的成就无言以对并表示质疑。

伯仪有点不好意思，只好错开话题说："今天我去找阿泰的时候，就在阿泰经常刨坑的地方看到了血，是阿泰的血，并且那里还有使用灵力后残留的痕迹。阿泰这些年跟着我，也是修炼出来了一点点灵力的，阿泰既然使用了灵力，就一定是遇见了什么危险的事！"

盛部没好气地说："也许是大狗和它抢骨头。"

"它那一点点灵力比不上大人和我，但对付寻常的家兽完全没有问题。"

盛部看向帝厌，帝厌点点头，确实如此。

"那我们接下来怎么做？"盛部问，"你会不会有危险？"

伯仪在电话里无比感动："对呀，我会不会有危险，好怕怕，咩。"

帝厌微微一笑，用小爪子摸摸盛部的头："不必担心本君，本君的身份你是知晓的。"

盛部惭愧，其实并不是知道得很清楚啊！

小龙的身份盛部查过《××上下五千年》，但除了小龙自己说的，完全没有任何资料可以考证，描述太广泛，形象太模糊，盛部根本查不到关于小龙的传说，总觉得小龙自称本君本君的，就跟大街上动不动说自己是小仙女的小姐姐没什么区别。

不过这绝不是贬低小龙,反而还是他崽儿的一个超可爱的萌点。

妥妥的"主人眼"里出"西施崽"。

伯仪说:"大人,但是我不知道咩,您是什么大怪兽?坐落《山海经》的第几页?"

一提这本书,帝厌的脸色就有点黑。

盛部道:"不重要,你只要听话保护好它就可以。"

伯仪点点头,虽然他不认识帝厌,但从帝厌身上散发出来的强大灵力就能知道帝厌很厉害,甚至他还能看出来那日降伏自己时,帝厌根本没用全力。

他们决定去泰迪兽失踪的现场看一看。

下午五点,盛部和帝厌在滨河公园的大门口和伯仪会合。

伯仪穿着风衣,戴着墨镜口罩,整只羊捂得严严实实。

帝厌缠在盛部的手腕上,问道:"你决定当贼了?"

伯仪闷闷的声音从口罩里传出来:"咩?"

盛部帮忙解释:"因为你看起来很心虚。"

伯仪道:"不是,我是为了掩护你们。盛大佬虽然人不在演艺界,但是演艺界处处都有你的传说,还有我家大人,光天化日你就这么出来,也不化个人形掩人耳目?"

帝厌不是不想幻化成人,而是千年之前的旧伤至今未愈,他所剩无几的灵力一半用来压制内伤,另一半蛰伏着,随时应对突发的攻击,无暇幻化人形。

这一点帝厌不会说出来,盛部也许明白一些,而伯仪是完全不必知道的。

不知是否感受到了帝厌的情绪，盛部摩挲着小龙光滑的龙脊，对伯仪说："但是你更显眼。"

伯仪感受到了路人的目光，戚戚然把眼镜和口罩摘了。

伯仪最后和泰迪兽阿泰见面的地方并不是滨河公园，而是与滨河公园南辕北辙的一个职工老小区里。

盛部只好开车，带着一龙一羊往那里赶。

"那你为何约本君与盛爱卿在这里见面？"帝厌坐在副驾驶座上瞪着后排的伯仪。

伯仪挠挠头发："我怕有人跟踪嘛。"

帝厌无语，继续瞪他。

盛部驶上环城高速，想起自己带着一条龙和一只羊在兜风，感觉有点奇妙："可能《无×道》看多了。"

伯仪捣蒜般拼命点头，感动道："大佬对我太好了。"想摸大佬的小手。

帝厌收回目光，爪子在真皮坐垫上挠啊挠，幽幽道："爱卿帮他说话。"

盛部伸手去摸帝厌的头。

帝厌反手在他手背上挠了三道痕迹。

盛部毫不在意，无比温柔道："不是，我是怕小龙的眼睛瞪的时间太久会酸掉。"

帝厌"噢"了一声。

哼，这才差不多。

伯仪好奇的目光在盛部和帝厌身上转来转去："盛大佬，你不是高冷人设吗？"

盛部目光一闪，后视镜里刚刚还如沐春风的男人神情忽然冰冷疏离。他握着方向盘，淡淡道："伯仪，如果不是你，我们不会绕路，所以稍后我会把账户给你，记得报销油费和过路费。"

伯仪很心痛："大佬，你这么明目张胆地'双标'真的合适吗？"

抵达目的地。

天气炎热，盛部在路边买了两杯冰鲜柠檬水。

伯仪吞咽着口水，额头都是汗，说："我一点都不渴，想想我的工资就透心凉心飞扬了。"

所以油钱和过路费……

盛部递给他一杯，说道："我请你。"

伯仪的嘴往上一翘。

"作为你承包来回路费和油费的报酬。"

伯仪嘴角还没翘上去的弧度立刻又耷拉下来了。

盛部拿着柠檬水，帝厌的尾巴缠在他手腕上，上半身滑出来，探着脑袋凑到吸管上喝。

冰凉的饮品令帝厌十分舒爽，他趴在盖子上，没一会儿，身上就因凉气结了一层水珠，有两滴挂在角角上，随着他动作，欲滴未滴。

盛部觉得好可爱，显得小龙更加冰清玉洁。

伯仪说："哈哈，大人，你好像扎了两个丸子头，笑死羊了。"

盛部腹诽：跨越了人和羊的界限，但是萌点不同，如何做朋友？

帝厌面无表情，抓住时机，立刻动手。

对话以伯仪顶着脑袋上的两个包结束。

他们在小区里见到了阿泰的寻狗启事，果然是一只棕色卷毛的泰迪，而且还是公的。

伯仪骄傲地说："其他狗见了阿泰都会被主人牵着绕路走。"

结合泰迪的属性，盛部非常能理解主人的心境，他把帝厌缠在手腕上的结紧了紧，决心誓死捍卫自己宠物的贞操。

帝厌莫名其妙地看了盛部一眼，微微闭眼，口中默念。

年代久远的小区绿化很好，入户门前甚至还被人种了辣椒，盛部看见刚浇过水的小菜园里叶子上的露水正无声无息地飞起来，一股若有似无的风贴着地面。

片刻后，那股风里的露水聚集在他们面前，"啪"的一声落到地上，隐隐氤氲出淡淡的血色。

"这是阿泰的血！"伯仪说。

帝厌抬眸，伸出爪子，一滴被晶莹的露珠裹挟的血珠缓缓悬浮在他的爪子上："人的血。"

盛部皱眉："他又抓走了阿泰？"

帝厌摇头："不是一个人，抓走恕斯的人能明显感觉到灵力，而这个人没有。"

盛部沉吟："会不会这两件事根本没有关系，而是我们想得太复杂，抓走阿泰的只是平常的狗贩子？"

伯仪道："凭阿泰的智商不可能。"

盛部道："问一下小区里还有没有丢狗的。"

他带着帝厌和伯仪分开行动，半个小时后重新碰面。

伯仪摇头："除了阿泰，没有了。"

盛部微微皱眉，他刚刚去向门卫打听了下，由于小区年代很久了，所以门卫对街坊四邻都很熟悉，提起居民养的宠物狗，门卫大爷更是表示自己认狗比认人还厉害，没有见过阿泰出去，如果说是有人抓走了阿泰，可能性也不太，因为他们半年前才发起了居民众筹，给小区的几个地方都安装了监控。阿泰丢后，其主人也来翻过监控，丢失的那天也有人逗过阿泰，不过阿泰的主人说那人认识，不是陌生人，就是那人走了之后，阿泰曾对着空气狂吠了很久。

盛部说："那个人就是你。"

伯仪哭唧唧："我可怜的小迪迪。"

盛部淡淡地说："还是叫阿泰吧，不然不知道你叫的是谁。"

伯仪看向帝厌，无声控诉盛大佬在他最伤心的时候不安慰他。

忽然，帝厌目光一凛，看着一个空无一人的方向。

伯仪跟着扭头，玩笑的表情渐渐收了起来，乖巧温顺的脸庞上添了一抹晦暗不清。

盛部又后悔没随身带剑了。

然而他不知道自己的定位错了，他是文臣，伯仪才是武将。

不等帝厌下令，伯仪已经冲了过去，帝厌抬爪一挥，设下了一个结界。

空荡的地方在伯仪冲过去时突然现出一个人。

那人出现时有些狼狈，神色慌张，似乎根本没想到自己会被发现。

伯仪抬手砸向他的胸口，动作凶狠决绝，带着干脆利落的杀气，这一拳下去，如果对方用身体承受，大概会百骸崩裂，五脏尽毁。

然而，就在一瞬间，那人忽然拿出了什么挡在了身前，伯仪的拳头砸在上面，数百道白光以他的拳头为中心向四周迸发，就像电视剧里宝器被人破坏时，灵力外泄的场景。

那人和伯仪被同时震开，那人摔倒在地往后翻了个跟头，回过神后匆忙站好，让手里的东西挡住自己。

伯仪倒退几步稳住身形，没他那么狼狈，不过低头咳出了一口血。

随后，他们看清了挡住伯仪的是什么。

一团光，就只是一团白光。

伯仪咬牙，无数羊毛横空出世，像大网一般扑向那人。

那人眼里有畏惧，但大网遇见白光后却好像毫无招架之力，被悉数弹了回来。

帝厌道："回来。"

伯仪已经输了。

伯仪不太情愿，又试了几回，皆被白光弹回。意识到自己打不过，他只好失落地回到了帝厌身边，闷闷不乐地跺蹄子。

那人见他们后退，露出了邪恶的笑容："该我出手了。"说完，他张开手，白光在他手里化作一柄光形大刀，在半空中猛地一划，锐利的光刃杀气滚滚劈过来。

刀光转眼就到眼前，帝厌抬爪在空中比画了一下，"哐啷"一声，刀光好像劈在无形的铁盾上，尖锐的金石之声响起来，在耳边嗡嗡回荡。

盛部听见帝厌"咦"了一声。

那人继续抡起光刃向他们横劈，帝厌控制灵力与其对战。

伯仪喃喃道："大人真的好厉害。"

他问盛部："大人到底是何怪兽？我从来没见过那么奇怪的形态。"

有模有样的。

盛部道："龙。"

伯仪说："不可能。"

"为什么不可能？"

"因为《山海经》中的龙都来自我们。"伯仪解释道，"所谓的龙乃是天地万物化身之首，是由人族发挥想象力，想象出来的。它们想象出来龙，是为了统领我们，认为龙是万兽之首，能够号令群兽，一呼百应，但事实却是，兽无兽主，自古皆是。"

"说到底你还是没有见过而已。"

伯仪噘嘴："好吧。"

他又看向帝厌，激动起来："不过大人的灵力真的很强大，我从未见过如此纯澈醇厚的灵气！"

伯仪捧着脸，说："我这么说你一定没感觉，我乃是《山海经》里排名前十的上古战将，但是大人和我的区别就是大神和小透明的距离！"

说话间，帝厌忽然一动，爪中的灵力以迅雷不及掩耳的速度扑向那人的光刃，没入了光晕中。

那人愣了一下，仰头大笑，笑声还在盘旋，他身前的白光发出轻微的声响，接着，光芒四溢，白光团被彻底打散了。

那人震惊地望向帝厌："不可能，他说不可能有人能……"

伯仪说："大人不是人。"

那人依旧不敢置信："兽更不可能……"

伯仪道："大人他是神！"

那人："……"

盛部："……"

低调，低调，低调懂不懂。盛部表面沉稳镇定，内心已经为小龙高高地举起了应援棒。

那人惶恐地甩出一个东西，冒出一股烟，逃走了。

帝厌用风驱散烟雾，望着无人的地方，叹了一口气："没抓到。"

伯仪眼巴巴地问："接下来怎么办，我们去哪儿？"

盛部看帝厌，帝厌在他手心翻了个圈，呆呆地望着天空，颓废地想：连个人族都抓不住，本君已经是条废龙了。

烧烤摊。

盛部点了藤椒烤鱼、麻辣小龙虾、爆炒鲜花甲、烤韭菜、五十串腰子、五十串羊肉串。

龙在发呆，羊在犯傻，盛部作为人，只好主动投喂。

为了让小龙多尝几道菜还不吃撑着，他特意把鱼肉、花甲肉、羊肉都切得小小的，芝麻点大小，放到小龙的碟子里。

帝厌闷闷不乐地吃了一口，然后小眼睛一亮，顿时爱上了烧烤的味道。

没什么事是一顿烧烤解决不了的，如果有，就再加一顿火锅。

盛部优雅地切着肉丝，桌对面，伯仪边吃边用盛部的盛世美颜和帝厌的盛世绝学下饭，大快朵颐。

帝厌每道菜只吃了一口，小肚皮就鼓了起来，盛部遗憾地把切好的肉丝放进了自己的碟子里。

"羊肉好吃吗？"帝厌觉得伯仪快吃了一头羊。

伯仪唇上带着辣椒油，忙不迭地点点头。

帝厌目光灼灼地看着他。

伯仪又连忙摇摇头："不好吃不好吃，有一首歌不是唱过：别看我也是一只羊，但是我一点都不香……"

帝厌无趣地收回目光。

伯仪怕帝厌垂涎自己，转移话题："今天的那个人没有灵力，但是那团能幻化成刀的光很厉害，能吸收我的灵力，大人，你知道那是什么吗？"

帝厌凑到盛部手边的菠萝香槟上喝了一口，舒服地打了个嗝，微微眯起小眼睛，路边昏黄的灯像烛火倒映在那双幽幽绿眸中。

帝厌懒洋洋地说："嗯。"

伯仪压低声音："是什么？"

帝厌说："本君的灵力。"

伯仪眨眨眼，说："大人，我说的不是你，是那个人手里的东西。"

帝厌说："那是本君七千年前被人族盗走的灵力。"

伯仪嘴里叼着的肉吧唧掉了下来，盛部也放下了筷子。

"怪不得本君觉得好生熟悉。"帝厌若有所思道。

伯仪呆呆地说："灵力怎么能被盗走？"

帝厌抖了抖胡须，用真是没见过世面的目光看了伯仪一眼，说道："剥肉剔骨，逼乱内息，以血生灵，抽丝剥茧。你的骨，你的肉，你的血，只要你一息尚存，灵力就能被一丝一缕地抽出来。"

伯仪咩了一声，缩成一团："好可怕。"

帝厌坏坏地勾起嘴角，在伯仪面前走来走去："让本君看看你这只羊从哪儿下手好。"

"小龙。"盛部在帝厌身后唤道。

帝厌逗伯仪逗得正开心，一扭头："嗯？"

盛部的目光暗沉，像无底的深渊，问道："疼吗？"

帝厌愣住。

七千年前挚友将他一剑破膛，昏暗阴沉的牢房里，他双腕被粗锁链桎梏在墙上，只能浑身淌血地站在那里，鲜血在身下流成血泊，所视之地唯有污血阴暗，所食之物没有山川日月之华光。他被灌得酩酊大醉，重伤难愈，内息暴走，于是就这么剥骨削肉般被抽走了灵力。

帝厌怔怔地看着盛部，记忆仿佛又从那段封印里游走了一遍，难以自抑的痛恨让他浑身散发着怒不可遏的杀意。

盛部心疼地问："还疼吗？"

帝厌从恨意中惊醒，猛地转身，背对着他，龙爪按在酒杯边缘，笑了声："忘了。伯仪，吃够了赶紧滚蛋，本君乏了，没工夫陪你耽搁。"

伯仪眨巴着眼："还有腰子……"

帝厌用筷子敲伯仪的蹄子，笑着怒骂："回去吃你自己的。"

盛部看见帝厌按在酒杯上止不住颤抖的小爪，深深吸了一口气。

回去的路上，气氛有些凝固。

帝厌心不在焉，盛部沉默不语。

伯仪试图活跃了几次气氛都没成功，最后只好默默缩回了头——神仙打架，小羊遭殃，自己还是老实点吧。

不过伯仪又想不通，盛大佬和大人是什么时候干起来的？难道真的如电视剧里演的，高手打架于无形之中。

下车的时候，伯仪像火烧屁股一般窜了。

帝厌在车窗里望着伯仪的背影，说道："他该不会以为本君真的要吃他吧？"

盛部语气淡淡的："可能尿急。"

帝厌嫌弃道："羊肉本就够味了。"

"所以他去清空了。"

帝厌弯了弯嘴角。

继续行驶，车厢里又陷入了安静中。

开往城郊的路没有城市的热闹繁华灯红酒绿，帝厌躺在副驾驶座上，没一会儿就昏昏欲睡。

盛部把空调关了，打开窗户，凉爽的自然风拂面，吹散了今晚在烧烤摊上的沉闷。不经意间又想起小龙的话，盛部的心跟着抽了抽。

小龙的心里有很多事盛部还不知道，虽然养宠物就图个开心，但他想靠近小龙，和小龙一起喜怒哀乐，分担痛苦分享快乐。

于是当天晚上，盛部下载了几本电子书，书名如下：《关于宠物你不得不知道的事》《宠物心事你知道》《关爱宠物、主主有责》，打算研究一下宠物心理。

不过盛部看了几页就不看了，因为这些书里都分着猫猫篇、狗狗篇、小鸡小鸭篇，都是凡夫俗宠，没有一个能比得上他的小龙。

他觉得自己的调研方向可能有些问题，不能拿小龙和寻常的动物比。

盛部一个激灵，忽然想明白了什么，又去下载了几本书，书名如下：《关于养孩子你不得不知道的事》《孩子的心事爸爸知道》《如何当老爸》《养好孩子先养好他的胃》。

被各种育崽心经熏陶了一晚上的后果就是，第二天盛部一看见帝厌，就想让帝厌叫"爸爸"。

盛部站在卫生间的门口，疑惑地问："小龙，你这是在……"

帝厌在马桶圈上溜达，闻言，沉着脸说："本君在……出恭。"

盛部俊脸一红，退了出去，走了两步又从门边冒出个头，冷静地问："需要帮助吗？"

回答他的是洗面奶被风卷起来砸到墙壁上的声音。

盛部边走边嘀咕："适当放开手，能够培养崽儿的自信心和独立，没错。"

帝厌神清气爽地走出来，爪子湿漉漉的，有洗手液的芬芳。

是一个爱干净的小龙崽儿。

盛部在码字，桌上给小龙准备了面包和热牛奶。

帝厌躺在牛奶里泡澡，小爪子探出外面，一点一点撕着面包吃，是端庄高贵的龙。

电视里正在播放《早间新闻》。

新闻主播说："西河村发生的事至今没有专家出来解释，我们连线了几位村民，来听听他们的看法。"

村民甲说："出事的这口井是老井，谁也不知道怎么这两天就开始冒泡，冒出来的水血红血红的，跟血一样，前两天我还在里面冰镇了个西瓜，捞上来吃，口感特别好。"

村民乙说："这是灵异事件，那口井已经有上百年了，我经常往里面撒尿。"

村民丙说："打死你。"

村民丙和村民乙打了起来。

村民甲问道："你最后尿是什么时候？"

村民乙边打边说："前两天。"

村民甲加入混战。

帝厌笑得直拍牛奶。

盛部望向电视的方向，能看见白瓷碗边竖起的小脑袋，听着小龙杠铃般的笑声，也忍不住弯了弯嘴角。

电话响了，是伯仪打来的。

"江北镇西河村出事了咩！"

帝厌用爪子掬起牛奶往身上泼，如贵妃沐浴般优雅："嗯，打得很热闹，原因很搞笑。"

伯仪直接说："那口井里有怪兽！"

盛部："……"

先前没觉得，现在怎么身边到处都是怪兽？

帝厌淡淡"哦"了一声。

伯仪说："那怪兽在井底待了这么多年，怎么突然现在发出了动静，会不会和失踪的恕斯、阿泰有关？大人，我们赶过去看看吧，如果那兽还在，也许会知道什么。"

帝厌忽然丧失了斗志。

没有原因。

反正龙嘛，一个月总有那么几天心情低落，这也不想干，那也不想干，大家互相理解。

伯仪问道："大人，您不好奇自己的灵力都在什么人手中吗？"

帝厌从牛奶中坐起来，丝滑纯香的牛奶顺着光滑雪白的鳞片滑落，斗志像生日蛋糕的蜡烛，被点着了。

西河村离这里不远，开车的话大概五个小时就能到。

帝厌说走就走，从牛奶里爬出来，甩甩身上的水珠，就要往外面走。

盛部把帝厌拉回来，用毛巾仔细地擦干小龙身上的牛奶："小心着凉，等我十分钟，我收拾一下。"

帝厌不耐烦，觉得这小孩怎么婆婆妈妈的。

盛部说："一天来回太紧张，我们估计要待两天，如果查不到东西，可能待的时间更长，出去的这几天你不想用电动牙刷刷鳞了？"

"想。"

"晚上睡觉不想住你的小鱼缸了？"

"非常想。"

"那口井里的水不干净，你想凑合用井水吗？"

"……"

帝厌觉得那还是简单收拾一下行李吧。

在香舍小雅饭店门口和伯仪碰面。

伯仪就背了个包，见盛部车上放了一只半人高的商务旅行箱，说道："又不是出去旅游。"

帝厌问旅游是什么意思，盛部和帝厌简单解释了下，就是从自己待腻的地方到别人待腻的地方拍拍照，爬爬山，赏赏花，尝尝当地的美食。

最后一条还是很吸引龙的，帝厌说："那我们出去旅游吧！"

伯仪："……"

为什么他还觉得之前来找他询问恕斯下落的一人一龙充满了人情味？

错觉，都是错觉。

路上，盛部开车，帝厌霸占副驾驶座，伯仪在后排。

"井里是什么怪兽？又是你不吃的好朋友？"帝厌问道。

伯仪说："确实是不吃的。"

盛部问："它吃什么了？"

伯仪说："我也不知道它吃什么，反正待在深井里面，有什么可能就吃什么，来源不明，吃了有风险。"

想起新闻上的村民说自己往井里撒尿……盛部和帝厌同时给了伯仪一个眼神。

"什么意思咩？"

帝厌道："就是有眼光。"

在路上开了两个小时，抵达服务区休息了二十分钟，再上路时，换了伯仪开车。

盛部和帝厌都坐到了后排。

伯仪幽怨地摩挲着副驾驶座上的真皮坐垫，说道："副驾驶座说自己很寂寞。"

盛部说："寂寞并不寂寞，寂寞在唱歌。"

为了证明自己说的没错，盛部还连上车载蓝牙放了一首阿桑的《寂寞在唱歌》。

伯仪问道："盛大佬，粉丝知道你有两套人设吗？"

盛部危险地一勾唇："你不是知道了？"

"……"

恐吓羊，可怕咩咩。

盛部拆了一包薯片，递给帝厌一片。

帝厌小小的爪子抱着大大的薯片，问道："就没有适合龙的尺寸吗？"

盛部若有所思："有道理，下次我投资下薯片制造厂，会转告他们这个建议。"

帝厌酷酷地弯了弯嘴角，说："爱卿深得我意。"

盛部通过后视镜对上伯仪的目光，微微一笑，俊美沉稳、高贵优雅地问："需要适合九尾羊的尺寸吗？"

"要要要！"伯仪眉开眼笑，最万恶的就是他自己，竟然会吐槽堪称真善美典范的盛大佬，罚自己以后吃一百包薯片。

帝厌吃了一片薯片、芝麻大小的巧克力和一点点酸奶，然后就撑着了。

盛部用一根手指给小龙揉肚子，伯仪生怕那根手指会戳爆帝厌纤细的身体。

不过并没有，事实证明盛部温柔贤惠，手指力道均匀，实在是居家旅行出门必备的良品。

下午一点，他们抵达西河村所在的江北镇。

没想到的是要去西河村，还需要再走三个小时的山路，进入深山老林里才行，于是他们决定先在镇上住一晚上，明天一早再出发去西河村。

江北镇很小，所以西河村也很小，但是小小的镇上人不少，问了几家宾馆都住满了。

伯仪打听了一下，发现是几家小众的媒体和一些闻讯赶来的灵异爱好者。

"难道我们今晚要露宿街头？"

帝厌从盛部的手腕处往袖子里钻，贴着盛部的身体，暖暖和和的——露宿？不存在的。

伯仪只好认真地建议："盛大佬，我的毛很长很软，晚上盖在身上，很保暖，完全不会有饥寒交迫的体验。"

为了两位大神，他要无私奉献自己！

帝厌说："饥寒交迫，还有饿呢？"

帝厌和盛部若有所思地上上下下打量伯仪。

伯仪哭唧唧地躲来躲去，就知道他们一直在垂涎自己！

一直到盛部带他们进了一家在镇上算是比较有档次的酒店，伯仪才松了一口气。身为一道出了名的鲜美多汁的烧烤食材，他总是很操心自己。

盛部要了两个房间。

帝厌问："他和你挤，还是和本君挤？"

盛部说："我和你挤。"

主人不能和自己的小宠物分开，主宠一条心！

帝厌盯着盛部，觉得爱卿好黏龙，君要臣睡一边，臣就要睡一边去才对。

盛部说："钱不多了。"

伯仪瞪大了眼，身家上亿的盛总说他没钱了？

谁信？

帝厌叹了口气："盛爱卿果然很穷，好吧，省着银子用。"

伯仪："……"

回到房间，帝厌一下子就飞扑到雪白的大床上。

看着小龙滚来滚去，盛部莫名地觉得好可爱。

帝厌在床上拉直身体，笔直地陷在柔软的枕头里，一副万丈红尘皆是枯骨的模样在发呆。

盛部这才知道，小龙偶尔也爱走走佛系路线。

他去洗澡，把零食放到桌上以便小龙饿了去吃。

小镇四面环山，环境挺好，盛部一边洗澡，一边望着窗外，顺便思考人生——为什么马桶要对着落地窗，是生怕客人上厕所眼睛无聊吗？

他洗完澡，拿着毛巾擦拭头发，走了出来。

"小……"

淡淡的清香萦绕。

床边坐着的人闻声回头，青丝垂地，白衣胜雪，碧眸似水，神采飞扬，修长的手指拿着一包薯片，微微一笑："爱卿。"

盛部的心猛地一跳。

帝厌还想说话，却听"砰"的一声，身影一矮，就缩回原形了。

白衣小龙手里拿的东西哗啦啦掉了一床，把自己埋在了柠檬味的薯片下面。

帝厌呆呆地说完剩下的半句话："变成人形吃，尺寸正好。"

盛部的心不受控制地狂跳了几下，他努力按捺住，将帝厌从薯片下面拯救出来。

"怎么突然想起……"

帝厌道："爱卿的嗓子怎么哑了？"

盛部嗓子发干，喉结滚动，漆黑的目光在帝厌身上扫射，食髓知味般想要再找出一点刚刚的惊艳。

但显然是找不到，只有短小、呆萌和可爱。

盛部隐藏起眼里的失落，将头发擦干，掩饰道："没事，吃饱了吗？"

帝厌身上都是薯片渣，黏腻腻的，于是说："嗯，本君想沐浴。"

盛部拿出小鱼缸，倒了一瓶纯净水进去。

"要那个。"

盛部心领神会地给帝厌挤了一点自己的牛奶洗面奶，然后搅拌出许多奶白色的泡泡。

帝厌在鱼缸里玩泡泡。

盛部整理了床，坐在床边，默默看着充满童趣的小宠物。

他努力回想了一遍白衣人的脸，发现这是他第一次如此近距离看清小龙的长相——谪仙般的人物，不食人间烟火般如梦如幻……当然，一定要忽略掉他手里的薯片。

伯仪来敲门，问他们要不要吃东西，路上错过了午饭，他现在快饿死了。

盛部随身携带了笔记本电脑，要更文，不想吃。

帝厌泡澡泡得正舒爽，更不想吃。

伯仪只好自己去。

盛部道："帮我带一份米线，谢谢。"

帝厌说："给本君带一杯少糖多珍珠的奶茶，不客气。"

伯仪腹诽：说好的不想吃呢？为什么有种强烈的大学室友的感觉？

磨磨蹭蹭吃完饭，已经下午三点多，他们决定明天一大早就出发，所以今天要早点睡，于是各回各房，各上各床。

盛部写完稿子已经是两个小时以后，帝厌早已经蜷成山楂卷的形状，睡得香甜。

温展给盛部发了条消息，问道：【在哪儿呢？我回首都了，我们聚聚，有个剧本不错，想让你看看。】

前两年由于老友盛情邀约，盛部曾为温展投资的一部电影做过主编剧，后来这部剧大火，票房高达四十亿，其中几个桥段更是被影评人津津乐道，让观众哭哭笑笑恨不得在电影院二刷三刷，而这几个桥段皆出自盛部。

当时，导演以盛部从未从事过编剧而严厉拒绝了好几次添加剧情，后来温展和盛部私下里一合计，直接把投资商给换成了自己，用钱砸导演的脑袋，带资进剧本进得毫不手软。

最后的票房证明，导演的脸很疼，盛总的才华很惊艳。温大男神坚信盛部是个低调的摇钱树，从此更是坚定地抱紧了大腿，一有好的剧作，就想让盛部出山。

盛部回道：【带宠物出门旅游了。】

温展收到消息，下巴都快要惊掉了。认识盛部的这些年，他一直觉得对方是个不求功名利禄，不被花花世界诱惑，低调沉稳有钱有才的冷静总裁。

在温展为盛部想象的未来里，盛总要么是带着千万身价在僻静的豪宅里看人间花开花谢，要么是守着豪宅和股权修身养性望天上云卷云舒，唔……反正就是一个人带着一大笔钱孤独终老的画面。

但是现在，温展突然发现他心目中冰清玉洁的"高岭之花"竟然被一只不知道是什么的宠物给摘了。

温展很好奇，到底是谁霸占了高冷男神的心？

他想了想，完全想不出盛部西装革履"铲屎"的模样。

晚上六点，盛部上床睡觉，躺下没多久，就看见了身穿白衣的小龙。

小龙俊美如玉，一尘不染，安静地坐到床边，垂眼看着他。

"小龙。"盛部的心又开始活跃，他微微撑起身子，下意识地屏住了呼吸。

小龙微笑道："爱卿，你的嗓子不舒服，本君帮你治一治吧。"

盛部喉结滚动，紧张地看着越靠越近的小龙，手指摸到了冰凉的东西。

他直勾勾地看着白衣人，下意识地用指尖捏了捏："好……"

他的"好"字还没落音，身体就"砰"一下飞了出去。

盛部吃痛，猛地惊醒，坐在地上默默回味着刚刚的梦，竟然只是梦。

半晌之后，他才意识到自己应该在床上，不应该在床下。

盛部扭过头，床上，帝厌摸着自己的小尾巴，干笑道："不是本君把你踹下去的。"

"哦。"

原来他是这么掉下来的。

第二天，天刚亮，伯仪就来拍门了。

"怎么开得这么慢？"伯仪说着还往里面探头。

盛部将门掩紧，小声说："在外面等，小龙还在睡。"

伯仪说："这句台词怎么有点奇怪。"

"就是诱导你'羊入龙口'。"帝厌说。

盛部和伯仪同时低下头。

帝厌从盛部的脚上溜溜达达地踩过去，说道："都醒了，我们就出发吧。"

盛部说昨晚自己没有睡好，所以把伯仪赶去开车了，自己和小龙坐在后排。

车窗降下来，山林里湿漉漉的风吹拂脸颊，盛部望着窗外，有些心不在焉。

帝厌觉得都是自己的错，自己不该把盛爱卿踢下床的，可是仔细一想也不是自己的错，谁让盛部摸自己尾巴的，不知道摸龙的尾巴代表了什么吗？

反正帝厌知错是知错，下次再摸，还打，谁让盛爱卿小小年纪不学好。

但他嘴上还是要哄一哄的，毕竟老龙年纪一把，不能太和晚辈计较。

"昨晚是本君过分了……"

伯仪的手一滑，车轮在地上狠狠摩擦，险些撞到山壁上，他表情慌张，仿佛受到了很大的惊吓。

盛部和帝厌吐槽他的车技，伯仪想说是被吓着了，但又怕妨碍后续的八卦，只好哑巴吃黄连，忍了，偷偷竖起了耳朵。

车子恢复平稳的速度。

帝厌继续说："爱卿，你不疼了吧？"

盛部说："我没事，不用担心。"

帝厌说："下次本君睡鱼缸。"

盛部说："不用在意我，我说真的。"

帝厌说："爱卿不生本君的气就好。"

盛部摸摸小龙的角，心想：就是下次再迟一点就好了，让我把梦做完。

车子抵达西河村。

村口有人兜售花生瓜子啤酒饮料，进进出出村子的人不少，车子都靠边停在山路旁，有村民来收停车费和问要不要导游。

伯仪从车窗探出头，问道："老乡，你们村这是出名了？"

村民乐呵呵道："还行还行，靠山吃山，靠水吃水，靠井吃井。"

强行押韵。

他们从村民口中又重新听了一遍井里冒红水的事。

事情是这样的，有一个村民小哥去井边打水，刚把水桶放下去，就听见井中有声音，犹如开水沸腾了一般，村民小哥趴在井口想一看究竟，就见沸腾的井水缓缓上升，好像有什么东西披着一层水往外面爬，小哥被吓了一跳，连叫都叫不出来，水里的东西大概发现了他，突然喷出一股红色的液体溅了他一身，紧接着那东西就消失在井里了。

"现在井里还冒泡吗？"伯仪问。

"冒呢，你们自己去看。"

伯仪想了想，又问："那人被喷了之后有事吗？"

村民道："没……"他转了转眼睛，"说了，你们自己去看嘛。"

等到了村民说的井附近，他们才知道为什么村里人让他们去看了。

在离井大概二十米远的地方被村民用麻绳圈了起来，周围竖起木栅栏，只留一个门进出，门边有四五个村民看守，上面挂了一个大大的牌子，写着：100 元 1 位。

竟然收起了门票。

通过木栅栏能看到井边有一群人扛着摄像机在拍照，外面有几个追求猎奇的青年背包客正和村民讨价还价，其中一个说："这也太贵了，收费不合理，而且这也不是景区，你们凭什么收费？"

村民道："先富带后富，共奔富裕路，你们能来我们这里就属于先富，所以要帮帮我们后富。"

青年说："我们就只看这口井。"

村民说："所以瞄准这个井来帮我们。"

青年们觉得好有道理，于是不得不掏了钱，并且持续抱怨："连团体票都没有。"

盛部他们也跟了进去。

那口井外圆内方，样式久远古朴，井周围的土地是红的，青苔也是红的，但是不像血，更像是小孩用的红色水彩笔里面灌的墨水。

伯仪拉住盛部："别踩上去。"

"原因？"

伯仪支支吾吾。

帝厌依旧盘在盛部手上，充当造型独特的手镯，他用密音穿耳说道："那就踩上去吧！"

伯仪只好说："很臭。"

盛部和帝厌都无声地抽了抽鼻子，说道："没有气味。"

伯仪说："好吧，踩上以后只有特定的人才能闻到，比如我。"

帝厌说："那就无所谓了，爱卿上吧，不管你发生什么事，本君都会护着你。"

伯仪眼巴巴地看着盛部。

盛部默默地收回了脚步。

由于盛部不能踩到地上的红色液体，所以由伯仪带着帝厌到井边一探究竟。

盛部摘下帝厌，装模作样地扣到伯仪手上："守护好它。"

受盛部感染，伯仪也郑重地回答："我会对它好的。"

望着伯仪的背影一步一步远离，盛部怅然若失，总觉得自己好像把闺女嫁出去了。

井水沸腾着，一股一股鲜红的水滚上来又落下去。

"这些红色的水确实是血，它很愤怒。"伯仪说道。

"什么怪兽？"

"大人，你没看过《山海经》吗？"

"呵呵，那本破书连本君都未有记载，你觉得可信吗？"

伯仪心想：当然可信，那本书比我自己都了解自己，"其形温顺之至，其用则勇悍之极"，描写得太好了，我都不知道自己还有这样的美德。

不过还是要给老龙面子，伯仪说："井底的是薄鱼。"

帝厌哈哈笑道："它的兄弟是不是叫厚鱼？"

伯仪冷眼道："大人，你不适合搞笑的角色。"

帝厌面无表情地说："哦。"

"《山海经》记载：'而西流注于鬲水，其中多薄鱼，其状如鳣鱼而一目，其音如欧。'薄鱼只有一只眼睛，叫声就像人呕吐一样。"

帝厌道："仔细一听，井里确实不像水沸。"

"薄鱼性情懒惰，平常根本懒得叫，它现在如此愤怒，一定是出了什么事。"

帝厌说："把它弄上来问问。"

伯仪瞥了瞥周围，小声说："人太多了，还有媒体，我们最好夜里再来。"

帝厌瞪着簇拥在盛爱卿身旁的人："嗯，以后就夜里出来，不然就蒙住他的脸。"

伯仪想象了一下他们从井里弄出怪鱼，然后当众蒙住鱼脸的画面……还不如蒙住他们自己的脸呢。

伯仪和盛部说了他们的打算，盛部表示同意，不过再开三个小时回镇上等天黑太折腾了，盛部提议在西河村找个地方吃午饭，然后下午随便转一转，时间就差不多了。

他们在村里找了一遍，没找到饭店，遇见了在井边负责收费的一个女孩，女孩说她家可以提供午饭，于是他们去了女孩的家。

到了她家才知道，原来她哥就是第一个发现井里有问题的村民小哥。

女孩说："看我哥的话，要收费，一次一百块钱。"

盛部说："在你家吃饭要钱吗？"

女孩摇头："那不要。"

盛部掏出一百元钱，女孩笑嘻嘻地接住，把他们引进屋里，自己去做饭了。

"哥，有人来了，你快起来。"

屋里的人应了一句。

盛部他们刚走到门边，一个年轻力壮的小哥正好掀开帘子，伴随着小哥走出来，一股浓浓的臭味也飘了出来。

屋里收拾得比较干净，桌子上摆着刚烧的茶水，上面还写了标价。

伯仪说："听说那红色的水洗不掉，你身上什么地方被染上了？"

村民小哥自打出这件事后，被很多媒体游客观赏过，动作熟练地脱掉了上衣。

他胸膛上有一片不均匀的猩红，并不像井边那种水彩笔的浅红，更像是被一层又一层晕染了好几遍，浓烈得仿佛能闻见腥味。

伯仪问了一遍那日的情景，村民小哥和路口收费的村民说的一样，就是那天他去打水，井水忽然沸腾，然后水面上升喷涌，淋了他一身。

伯仪的表情沉了下来。

盛部冷冷地问："为什么说谎？"

村民小哥眼睛猛地瞪大，结巴道："我、我哪有说谎，就是媒体来采访，我也是这么说的，不信你们回去看电视。"

他一边说，一边端起水杯低头喝，被刚烧的热水烫了一下，手一松，水洒了出来，刚好浇到大腿上，杯子掉到地上砸到他的脚趾。

村民小哥痛苦地蹲下来，也不知道捂哪里比较好。

帝厌摇摇头："啧啧啧。"

盛部捂住他的嘴，幸灾乐祸不可取。

村民小哥泪汪汪地望着他们，问道："你们到底是什么人？"

伯仪说："你为什么说谎？"说完默默捂住鼻子，真的太臭了。

盛部优雅地坐着，看上去似乎真的闻不到。

伯仪很羡慕他们两个都闻不到臭味。

盛部和帝厌对视一眼，没告诉伯仪他们已经闭气很久了。

村民小哥涨红了脸："看我这么惨你很开心吗？"

盛部一把掀开帘子，大步走出去，冷静地说："外面天气不错，我们不妨出来聊？"

人聚在院子里，院子露天，味道会散得快一点。

大家面对面干站着，有点尴尬。

伯仪说："如果你是被喷出来的井水弄湿的，那你的脸也应该是红的，但是你没有，所以你说谎。还有，我不是来看你笑话的，我是来救你的。没猜错的话你碰了井里薄鱼的血！"

村民小哥有点蒙："什么薄鱼我不知道，我刚刚说了，我是被红色的水淋湿的。"

盛部问："薄鱼是不是很可怕？"

村民小哥连连点头："是啊是啊，只有一只眼睛……"

帝厌笑道："爱卿果然冰雪聪明。"

伯仪伸手，村民小哥惨叫。

早知道拳头有用就不这么多废话了。

　　村民小哥终于开始说实话了："一个月前，村里突然来了一个男人，他给了我一百块钱，让我带他去一个地方。"

　　"那口井？"

　　"嗯，他到井边之后就开始念念有词，我怕他在井里投毒，就躲在树后盯着他，他发现我没走，就说要给我一千块钱。"

　　"要你做什么？"

　　"他说他有一个东西掉到井里了，请我帮忙给他取回来，然后他就在周围转来转去，还用一个很特别的手电筒往井里照。说到手电筒，我就不得不给你吹……不是，好好讲讲，他那东西在白天也明晃晃的，就好像是把一团光握在手里。"

　　伯仪和盛部对视一眼，盛部低头和帝厌对视一眼，伯仪又和帝厌对视一眼，一人一龙一羊用目光完成了交流——没猜错的话，那光应该就是帝厌被强取的灵力。

　　"喂喂喂，你们的眼睛是怎么回事？当我瞎吗？为什么要看他的手镯？咦，他的手镯是个……"

　　"再然后呢，说那条鱼。"盛部转移村民小哥的注意力，并把手插进了裤兜。

　　村民小哥说："哦，那条怪鱼，就是……你为什么一言不合就摆造型……别打我，我继续说……那人用手电筒照了照井里，没过一会儿，井底就开始沸腾，水变成了猩红色。我被吓了一跳，想逃走，那人抓住我，说让我帮忙。我一看，一条怪鱼就从井里跳了出来，我和他一拥而上按住那条鱼。好家伙，那鱼力气很大，身上滑不溜秋，我俩根本按不住，我看见那人用手电筒砸怪鱼，怪鱼吃痛大叫，把我们甩开，然后又掉进井里了。"

伯仪抓住他的领子，问道："再然后呢？那人又做什么了？"

小哥眼泪汪汪地说："就没了……啊啊啊，你又打我。"

盛部说："那人去哪儿了？"

村民小哥说："不知道，没抓到怪物，他看起来很生气，捡起地上的东西就走了，从那以后井里就开始沸腾，还往外面喷涌红水。我不敢说实情，只好跟别人解释我到那里的时候就已经是那样了。"

伯仪看向盛部，盛部点点头。

村民小哥哭唧唧道："你们是不是准备杀我灭口？别不承认，我都看见你对他使眼色了。"

伯仪说："我吃素。"

闻言，村民小哥更伤心了，指着盛部，哭泣道："那他呢？"

盛部声音很冷："我荤素都吃。"

村民小哥晕倒了。

伯仪接住村民小哥，控诉盛部："大佬，吓晕了。"

帝厌从盛部手腕跃到他的肩膀上，说道："那就不要浪费了。"

盛部和伯仪心中一惊：不会真的要吃人吧？

帝厌抖了抖短短的小胡须，斜睨他们："本君说的是时间。"

安顿了村民小哥，他们又回到了古井旁，天还没黑，井边还有两三个游客。

伯仪问道："我突然有一个猜测，你们想不想听？"

盛部抬头："用白光当武器的那个人和盗走小龙灵力的人有关系？"

伯仪用力地拍手捧场："我们真是太聪明了。"

手里有帝厌七千年前遗失的灵力，显然说明了这些人和当年的姜禹有脱不开的关系。

至于是什么关系，帝厌也不着急知道，反正只要是人族，他都很讨厌嫌弃憎恶……

帝厌撩起精致的双眼皮看了盛部一眼，这个小娃娃除外，不过，如果他不是人族的话就更棒了。

于是帝厌问道："爱卿，你想当龙吗？"

盛部一点都想象不出来自己头上长犄角，身后长尾巴，还有一堆小秘密就不告诉你的样子。

见小龙眼巴巴的样子，盛部不好直接拒绝，客气地问："可以吗？"

帝厌叹了口气，挠挠他的手背："应该不行吧。"

盛部腹诽：那还废话什么？

天终于黑了，村民都陆续回家吃饭。古井由于发生了这件事，目前也没人再来这里打水用，刚好给他们腾出来了空间。

皎洁的月亮倒映在红色的井水里，摇摇晃晃的，周围夜深人静，风吹过小树林，像呜咽声。

伯仪蹲在井边，两只手圈在嘴边，小声地叫："小薄鱼，你出来呀，我知道你在家，你没事的时候在井里，有事的时候出来呀，别躲在里面不出声，我知道你在家。"

盛部："……"

帝厌跳到井边的一圈石砖上，昂首挺胸地在上面走来走去，质疑道："这么叫有用吗？"

伯仪尴尬地笑了："哈哈哈。"

伯仪换了一种方式，并放柔了声音："小薄鱼乖乖，快从井里出来，出来出来快出来……”

帝厌疑惑，怎么突然就唱起来了？

伯仪又唱道："你家水井常打开，开放拥抱未来，拥抱过了就有默契，你会爱上岸边。"

帝厌突然伸爪，一道白光没入井中。

井水突然安静了三秒，接着，一道血红的水柱猛地喷出井口三米多高，井水哗啦啦的像下雨一样淋了下来。帝厌瞬间将伯仪和盛部移到了十米之外。

他们在远处欣赏了会儿喷涌的红色喷泉。

伯仪说："好暴力。"

帝厌懒懒地看过去。

伯仪立刻眉开眼笑："但是干得好。"

见一个重物被重重喷了出来，伯仪大步跑过去。

帝厌坐在盛部的肩膀上，说："别碰到薄鱼的血。"

盛部很感动，没有白养小龙。

薄鱼大概有一米多长，很胖，鳞片是血红色的，背部有一块凸起和一道很深的伤疤，头长得很像鲶鱼，但是没有眼睛。

当帝厌和盛部靠近时，薄鱼背上的凸起猛地睁开了。

一只有成年男子巴掌那么大的鱼眼就这么灼灼看着他们。

帝厌小声说："薄鱼身上没有刺，但是眼屎应该不少。"

盛部说："同意。"

伯仪按住试图挣扎的薄鱼，用自己的灵力安抚它，安抚了好半天后，见薄鱼越来越安静，颇有成就地说："好了。"

帝厌说："不好。"

伯仪一愣。

盛部道："快干死了。"

伯仪这才汗颜地连忙取井水泼它。

帝厌坐在盛部的身上，问："打伤你的人是谁？"

伯仪摸摸薄鱼的鳞片，安慰道："没事，不用怕。"

薄鱼缓缓眨了下眼，张嘴道："呕，呕，呕。"

帝厌不解："本君看起来很恶心？"

伯仪只好低声提醒："大人，薄鱼的叫声像人呕吐。"

帝厌用爪子拍了下龙头："忘了。"

盛部心疼地捏住帝厌的小龙爪，觉得不能拍脑袋，再拍就会拍傻了。

盛部站在三步外观察薄鱼，问："它说了什么？"

伯仪茫然："不知道啊，我也听不懂。"

伯仪愣愣地看着薄鱼，心里愧疚，跑了这么老远，又浪费了两天时间，没想到是这个结果。

伯仪失落地蹲在薄鱼身边，沮丧地垂下了脑袋，觉得自己什么用处都没有，救不了阿泰，也帮不了大人，自己就是个废羊羊。

帝厌面冷心热，见伯仪一脸失望，于是将爪子放在湿滑的薄鱼身上，微微闭上眼。

伯仪不解："这是……"

帝厌说道："本君试试逼出薄鱼的灵识，它的灵识里兴许有东西。"

薄鱼的身上升起一股淡淡的白雾，雾气变幻着组成模糊的形状。伯仪和盛部定睛去看，发现那形状像一张人脸，但因为是雾状，五官并不是很清晰。

盛部说：“即便有这张脸，也无法查起，更何况五官特征太模糊了。”

帝厌收回灵力，要了盛部的手机，打开备忘录，用爪子在上面笔走游龙，没一会儿，备忘录的空白页出现一张潦草的人像。

帝厌说：“这样呢？”

盛部想了想，说道：“比雾状好一点。这样吧，我把这幅图发给我一个朋友，他有个大数据公司，让他用脸谱分析手段找找试试。”

帝厌点头，又将一道白光射进薄鱼的身体里，说：“那人上次没有抓走薄鱼，就有还会再来的可能性，我们一直守在这里的话太浪费时间，本君在薄鱼身上下了一道咒术，如果那人再来攻击薄鱼的话，本君的咒术就会贴在那人的身上，不论他跑到天涯海角，也逃不出本君的追踪。”

伯仪谢了帝厌，蹲在地上抚摸着薄鱼受伤的身体，说：“好不容易长这么大，却受了这么严重的伤，你可要好好养着，要是疼也不要大声叫，不然惊扰了村民，你的日子就更不好过了。”

帝厌看见伯仪目光里的心疼和关切，爪子在半空轻轻一抓，一股灵力幻化的风拂过薄鱼背上的伤口，一转眼，薄鱼身上的伤口就消失不见了。

伯仪看着薄鱼身上瞬间痊愈的伤口，又抬头看看帝厌，眼眶忽然有点发红。兽族一向是各自为营，除非像阿泰、薄鱼这种根本不会吞食的，才有可能和睦相处，除此之外，皆是互相厮杀，弱肉强食。

而帝厌和伯仪见过的所有兽都不一样，帝厌纵然灵力所剩无几，也兀自强大到无所不能，帝厌打败了他，却没有吞了他，还愿意帮他寻找阿泰。

而薄鱼明明只是毫不相干的兽，帝厌大人却愿意消耗灵力帮它治疗，大人真是太好了。

伯仪想起《山海经》里提过的万妖之主，能够一统兽族的主君，必将无所不能，无所畏惧，仁慈英明。

从前他见识短浅，以为不可能会有这样的兽族，现在，他从帝厌的身上看到了。

薄鱼超大的眼睛也眼泪汪汪地瞅着帝厌，它不会说话，却什么都明白。

伯仪把薄鱼放回井里，放长线钓大鱼，如果那个人还来攻击薄鱼，就会沾上帝厌的追踪术，暴露踪迹。

帝厌说："走吧。"

村子里没有宾馆，他们要连夜开回镇上。

盛部低着头，站在原地一动不动。

"怎么了？"伯仪走了几步，见盛部没跟上来，又返了回去。

帝厌也歪着脑袋，望着盛爱卿俊美的侧脸。

盛部缓缓抬手，摸了下脖子，默默地说："我被它的血水溅到了。"

帝厌、伯仪："……"

这糟糕的一夜。

上路。

盛部开车，帝厌和伯仪坐在后排。

盛部把车上的窗户全部打开，生怕自己的臭味会熏到他们。

但奇怪的是，盛部身上一点臭味都没有，甚至仔细闻的话还能闻到洗发水和沐浴露的淡淡香气。

伯仪吸了吸鼻子，喃喃自语："怎么会没有味道呢，人沾上的话都会很臭的，难道盛大佬不是人？"

第四章 · 老龙是条文化龙

——帝厌的爪子悄然握紧

果然是冤家路窄吗？

帝厌蹲坐在盛部的肩膀上，自信满满地表示小小的薄鱼兽血算得了什么，在老龙的龙息下自然不敢对盛爱卿作祟。

伯仪还是坚持自己的想法，异想天开地觉得盛大佬可能不是人，不然不可能不会受到薄鱼血的影响。

回到别墅已经是下午三点多了，路途劳累，帝厌可能有些晕车，睡得昏天暗地。被盛部放进豪华大鱼缸里后，帝厌就顺着鱼缸缓缓沉下去，尾巴卷着一根水草，在水里打呼噜冒泡。

盛部父爱泛滥，蹲在鱼缸边围观。

围观着围观着，他又想起那一日小龙变成人形的样子。

何等惊艳，何似谪仙。

盛部很难把小龙和白衣人联系在一起，总觉得一个是崽儿，一个是……暂时啥也不是的美人。

"叮咚！叮咚！叮咚——"

盛部打开手机，几十条微信短信微博私信涌了过来，无一例外皆是恭喜。

编辑打过来电话："今天开播，恭喜盛总。"

盛部淡淡道："多谢。"

他们说的电视剧叫《消失寒武》，是盛部早期的作品，是他的成名作之一。这部剧以单元的形式，每个单元讲述一个奇幻诡异的故事，主角警察夏邵是主线，贯穿全文。

看过原著的观众都说超级好看，没看过的就觉得一般没新意，评论两极分化，很热闹，就看哪一方坐等打脸。

帝厌睡到《新闻联播》开始播放时才醒，他懒洋洋地趴在鱼缸的水底细砂上，碧眸半睁，吐出一个泡，泡泡浮到水面破掉。

盛部从餐厅端出来晚饭，是青椒豆花烤鱼和冰激凌甜点。

帝厌立刻从水里飞出来，带着一串水珠准备落到餐桌上。

不过没有降落成功，在他准备降落的时候，被盛部半路抄走，带到浴室擦干。

"呃，本君防水，甩一甩就可以。"说着，帝厌演示了下小动物独有的甩水技能。

盛部不为所动，让帝厌抬爪。

帝厌抬起一只小爪子。

盛部捏住认真地擦了擦，连爪缝都不放过。

好爽，过足了"铲屎官"的瘾。

帝厌："……"

吃饭吃得很愉快，尽管帝厌吃得少，但是吃相很香，尤其是吃完蹲坐在一旁用爪子捋胡须的时候，让盛部很想帮它一起捋。

吃过饭，盛部热了一碗牛奶，让帝厌泡澡。

帝厌就歪在餐桌的玻璃碗里，一边用爪掬奶往身上撩，一边看电视。

盛部去码字。

画面很温暖。

温暖一直持续到晚上十点，帝厌忽然发出了一声重重的叹息。

盛部刚好存完稿子，走过去问道："怎么了？"

帝厌身上散发出浓郁的牛奶香，光滑的鳞片上牛奶滴滴滑落，他自觉十分诱人，实则整条龙只能用四个字来形容："奶里奶气"。

奶里奶气的帝厌指着电视上正在播放的片尾曲，委屈巴巴地说："演完了。"

盛部看了眼片名——《消失寒武》，正是他的小说。

帝厌忧郁地在牛奶里扭来扭去，愤怒地自言自语："怎么突然就完了，愚蠢的人族，吊龙胃口，令龙发指，龙神共愤，蛊惑龙心，害龙夜不能寐，还要追剧！"

盛部默默看了眼书架上《消失寒武》的实体出版书，说："如果你想知道剧情的话……"

帝厌从牛奶里竖起来，气势汹汹地看着他："剧透杀无赦！"

身为上帝视角的作者，盛部闭嘴了。

直到晚上睡觉，帝厌还在对盛部幽幽吐槽："看剧一时爽，追剧火葬场。"

盛部心想：我到底应不应该告诉小龙剧情？

第二天，盛部还没起来，就听见楼下电视的声音，他从二楼走廊里往下看。

小龙在沙发上暴躁地磨爪爪，嘴里念念有词。

盛部走过去，听见帝厌在念叨："怎么还不更新？"

一看小龙就是刚"入坑"，没经验，连周边都不会刷。

盛部看着小龙郁闷的样子，忽然就觉得，别人喜欢不喜欢都可以忽略，只要他的小龙崽儿喜欢，他就知足了。

不过事实证明，盛部的能力和帝厌的眼光都属于上乘级别。

两天后，《消失寒武》低开高走，刷爆微博，各种话题一拥而上，"CP党"嗑警察夏邵和神秘的韩雾，剧情党嗑剧情，原著党嗑原著，画面还有点和谐。

帝厌追了两三天，每天白天颓废，晚上亢奋，连盛部都不爱搭理了。

盛部在内心感慨：活得不如剧。

伯仪打来电话，盛部接听，还没说话，就听见盛部那头传来咣咣咣的声音。

伯仪问："出什么事了？大佬你家装修？"

盛部看着正在砸电视墙的小龙，回道："没事。"

伯仪敏锐道："是……大人？怎么了？得狂犬病……不对，狂龙病了？"

盛部说："小龙最近在追《消失寒武》，不满更新太少。"

伯仪激动道："我也在追。"顿了顿，他又说，"你没有告诉大人剧情吗？"

"小龙不知道是我写的。"

伯仪心想：竟然错过了这么好的一个膜拜大神和吐槽编剧的机会。

"有事吗？"

伯仪道："我是想问，薄鱼身上的咒术有反应了吗？"

帝厌开始暴力地卸沙发。

养了这么久的崽儿终于开始拆家了。

"应该……没有吧。"

伯仪同情地提出建议："要么剧透，要么教大人刷网站视频剪辑解馋。"

盛部两个都不想选，使用太多电子产品对眼睛不好，万一小龙近视了，戴个小眼镜什么的，丑……好萌啊！

不过萌是萌，他还是不想让小龙戴眼镜。

于是第二天，盛部决定带小龙出门散散心。

帝厌有气无力地坐在马桶圈上，甩着小尾巴说："不见韩雾的第六个时辰，想他。"

盛部在刷牙，含混不清地说："今晚就上线了。"

帝厌的碧眸幽怨地看着他："爱卿都不陪本君追剧。"

他自己的小说，实在没什么好看的，每一部完结的作品都是作者的黑历史。

不过盛部想惯着小龙，说道："好，今晚就陪，现在我带你去喝奶茶，嗯？"

帝厌开心地用盛部的洗面奶给自己洗了个澡，出门要注意形象，香香哒。

盛部看着小龙用小短爪抓着小帕子，在后背蹭来蹭去，当场萌出一脸血。

由于沙发昨天被帝厌拆了，所以今天不仅是闲逛，还要再买一套沙发。

帝厌缠着盛部的手腕转圈圈，摆弄着晶莹剔透的小指甲，挑剔地说："要能磨龙爪的。"

能磨龙爪的沙发是什么材质，盛部一时想不出来，好奇道："以前你是怎么磨爪爪的？"

帝厌啃着小龙爪，露出一口锋利的小牙："就这样啊。"

盛部突然也想啃一下。

高档家具城。

老板热情地给盛部介绍沙发的种类。

盛部问："有能磨爪的吗？"

帝厌怕他描述不清，对着身旁的沙发"刺啦"一声，留下了三道白花花的爪印，就是这样的磨爪。

老板呆呆道："这套二十万。"

盛部拿出卡："开票吧。"

直到离开家具城，帝厌都没有找到顺心如意的沙发。

帝厌嫌弃巴巴地把爪缝里的沙发纤维挑出来，一抬头，就看到了梦寐以求的神龙沙发——

猫、爬、架！

一米七高的猫爬架，带着三层小窝，每一层用螺旋梯子和柱子连接，延伸处自带观景小露台。

帝厌用爪子挠了两下，这熟悉的粗糙感简直完美。

盛部趁没人注意到帝厌，连忙将小龙揣进口袋。

帝厌不悦地甩甩尾巴，说道："本君想要。"

盛部点头："买买买。"

于是，当他们回家后，客厅里有三套沙发、一套猫爬架和卖家赠送的若干猫砂。

帝厌好奇地扒拉着猫砂，问道："这是何物？"

盛部说："苹果味的猫砂。"

帝厌又问："如何用？"

盛部无法现身说法，只好给他找了个网站上主人教小猫用猫砂的视频。

帝厌看得很嫌弃："啧啧。"然后趁盛部没注意，叼着一袋子猫砂拖进了厕所。

盛部从门缝里偷偷围观他的崽儿。

只见小龙笨拙地蹲在猫砂上，后爪立起来，前爪攥成拳头，用力。

用力完毕，小龙心满意足地用后爪蹬了蹬猫砂，掩盖起刚刚的犯罪经过，然后跳上洗手台，用洗手液洗爪爪。

真是一只爱干净的小龙。

其实他不爱用马桶的，因为马桶太大，他太小，坐在上面，总觉得自己坐在深渊边，一不小心就会掉下去，出恭一直都不太愉快。

帝厌趾高气扬地迈着优雅的步子，哒哒哒往客厅里跑。

盛部站在门后面，摸了摸鼻尖：努力的小龙也好可爱，不管它在努力干什么。

"舔"龙"舔"得毫无底线。

猫爬架正对着电视摆放，刚一组装好，上面就长了龙。

帝厌摸摸这里，挠挠那里，最后邀请盛爱卿也来抓一抓。

盛部觉得自己应该给小龙面子，两只修长的手像小狗一样在架子上刨了几下。

帝厌背过去身子，浑身颤抖。

盛部转到小龙面前。

帝厌用爪捂脸，笑得直喘气，最后实在忍不住，就躺在猫爬架上打滚。

盛爱卿好傻啊！

盛部无奈地勾起嘴角。

他的小宠物笑点也太低了吧。

盛部做了晚饭，给帝厌捏了一个长长细细的馒头，前面有头，下面有爪，后面有尾巴。

和帝厌摆到一起看，长得还挺像。

"喜欢吗？"

帝厌拉住馒头的小爪子，端详了片刻，忽然哽咽道："原来你就是本君失散多年的弟弟啊！兄长无能，害你被蒸熟了！"

盛部冷眼看着：戏精龙。

他是不是要控制小龙看电视了？

吃过饭，帝厌早早上了猫爬架，坐等《消失寒武》更新。

盛部给帝厌准备了一粒爆米花、两颗鲜香瓜子、一个奶球和一小瓶盖可乐。

帝厌龙心大悦，抬小爪拍拍盛部的肩膀："小伙子，有前途，加油干。"

盛部决定以后还是别让小龙乱看电视了。

电视的剧情他作为作者和编剧，熟得不能再熟，盛部就靠着沙发玩手机，顺便配合小龙偶尔扯扯剧情。

微博上收到了不少私信，盛部点开快速浏览，然后目光忽然停在了一个账号上，是博物菌发了一张照片。

盛部点开，神色微微一冷。

照片里是盛部站在宠物店前，望着猫爬架上银白的小龙。

【你做的？】盛部发过去三个字。

博物菌收到消息，隔着屏幕仿佛也能感觉到盛部的冷意，连忙回复：【不是，是一家媒体跟踪您拍到的，发过来问我知道不知道猫爬架上是什么动物，他们想做话题。盛总，您的剧现在正在热播，热度炒得那么厉害，从主角身上能挖掘到的东西已经有大媒体在做，为了吸引流量，小媒体就想到了您。】

就在博物菌打字的时候，盛部走到书架边打了个电话。

十分钟后，电话就回了过来，那头的人说："查到了，青果媒体，今年刚出的工作室，我已经找公关联系他们了。"

盛部淡淡"嗯"了声："再帮我查个电话。"

正在打字的博物菌突然接到了一个未知来电，他接起来，听见里面一个淡漠的声音说："青果媒体给了你多少钱？"

博物菌一愣，随后笑道："盛总果然厉害，这么快就查到了我的电话。钱什么的不重要，重要的是我没有帮他们鉴定，反而把消息告诉了您。"

盛部问道："哦，你想要什么？"

"见面。"

"丑拒。"

"那龙呢？"

"在哪儿见面？"

博物菌痴痴地笑："是真爱了。在您家吧，您的小宠物估计不方便出门，那我就亲自上门拜访。"

盛部望着在猫爬架上摇尾巴的帝厌，真想金屋藏娇，不给任何人见。

博物菌大概猜透了盛部的想法，说道："龙这种神话里的东西，我都不觉得惊世骇俗，说明我是有些见识的，您放心好了，也许我还能给您挖掘一些养龙大法。"

盛部："来。"

博物菌说道："明天上午九点，我会准时携礼物拜访。我什么都吃，您中午随便准备就行。"

盛部腹诽：还蹭饭，不要脸。

"带一杯少糖少冰多珍珠的奶茶。"

"还要什么？"

"买菜。"

博物菌愣了愣，都是千年的兽族，一点亏都不吃。

第二天，盛部和帝厌解释了今天会有人来的原因，叮嘱它以后在外面不能乱跑，被狗仔拍到会身份曝光。

帝厌惭愧地低下头。

盛部心疼地摸摸小龙的脑袋："不该训我崽儿的，好可怜。"

帝厌低头摸着自己的鳞片，嘀咕道："你看本君这身鳞片可

.145.

以吗？要不要再用牛奶泡一泡？要见爱卿的客人，是不是要庄重一点？本君这就去再洗个澡。"

八点半，首都郊外的别墅群前，一个身穿灰西装的年轻男人手里拎着两大袋子菜，向门卫报了门号并登记信息后，步行进来。

门卫在身后喊道："送菜的，你的菜多少钱？下次也给我送一袋。"

灰西装男子腹诽：你送菜会穿西装，还做造型，喷香水？

好气，但是还要保持微笑。

他走到盛部给的门号前，正要按门铃，就见在花草掩映的另一边，一个黑衣男子隔着一条道路面无表情地看着这栋楼。

灰西装男子想了想，走过去，看见黑衣男子手里拎个袋子，还没靠近，就能闻到一股腥味。

灰西装男子脑子一抽，下意识地搭讪道："哥们，你送鱼的？我是送菜的。"

见黑衣男子不说话，灰西装男子干笑道："不是，我是说你也是来这家做客的？"

他走近了才发现黑衣男子长得很好看，五官深刻，眉目沉沉，气质冰冷，是个不可多见的帅哥。

灰西装男子露出八颗小白牙，刚要继续说话，就看见男子漆黑的瞳孔微微一缩，像蛇一样，诡异地缩成了一条线。

"你的眼……啊！"

屋外的惨叫引起了盛部和帝厌的注意。

见帝厌跳下沙发往门外跑，盛部拦住他："我去看看。"

帝厌直接爬到盛部的肩膀上："一起。"

盛部打开门，走进院子里，看见外面有两个人，一个的手放在另一个的脖子上。

"盛总，救命啊，我是张菌。"灰西装男子叫道。

盛部淡淡地说："不认识。我只知道张部长的二公子叫张君，君子的君。"

"是我是我就是我。我改名字了嘛，细菌的菌多好，万物都生于细菌，博览群物的小细菌，我是博物菌！有人要杀我！"

帝厌从盛部肩膀上露了脸，仔细看了看黑衣男子，然后摇头，否认道："他是蛟。"

"有蛟要杀我！光天化日，你这个陌生蛟为什么要把手放到我的脖子上？不知道你的手很凉吗？"张菌缩了缩脖子，试图从黑蛟手里逃走，但他一动，脖子被抓得更紧了。

黑蛟冰冷地说："聊完了？动手吧。"

帝厌懒洋洋道："本君报了你的家门，你还没报本君的家门。"

黑蛟一愣："家门应该自己报。"

"不管。"

黑蛟没好气道："不重要。"

老龙这就生气了，他竟然说不重要，自己真的有这么不出名吗？都没兽族认识自己！

帝厌冷声说："你连本君是谁都不知晓，也敢与本君动手？"

黑蛟一把将手里的人丢开，瞬间冲了过来。

帝厌从盛部身上一跃而起，抬爪结界，灵力泛着锐利的寒光，迅速扑向黑蛟。

盛部接住被丢过来的张菌，优雅地微笑："久闻张部长的二公子才华横溢,年纪轻轻便读书破万卷,今日一见,果然人如其名。"

张菌等着下一句。

"轻轻一丢,就能飞得这么远,果然知识就是力量。"

张菌终于知道盛总为何低调了,这么贱的嘴,真是有辱总裁的设定,建议开除,贬为穷光蛋。

说话间,那边灵光狂闪,碰触之处,金石嗡鸣,不绝于耳。

帝厌身后银光万丈,杀气如千军万马奔涌而来。

黑蛟的武器是一条黑色的鱼骨,甩动时像长鞭,凄厉作响。

突然,他眼神一凛,说:"你身上有伤,我不和你打。"

帝厌漫不经心地笑笑:"如果你在上风时说这句话,本君就信了你了。"

说着,灵力化作漫天银剑,直逼黑蛟。

黑蛟暗自咬牙,他跟着丰沛的古灵力而来,没料到对手如此强大,自己无法吞食对方,反而还有被吞食的危险。

黑蛟瞥了眼在一边围观的两个人,脑袋里想着办法。

张菌委屈道:"这蛟又瞪我。"

盛部说:"瞪回去。"

张菌努力把眼睛睁大,输人不能输气势。

黑蛟在空中一抓,就猛地把张菌吸到了手里,然后随手一扔,丢向帝厌。趁帝厌被人族挡住的工夫,他原地跃出十几米,消失不见了。

帝厌猛地收回灵力,才没误伤张菌。

张菌屁股落地,疼得眼睛都眯起来了。

帝厌落到盛部的肩膀上,居高临下地望着张菌,小样子威风凛凛,一副生人勿近的清冷模样。

张菌躺在地上，颤颤巍巍地从裤兜里摸出一个红丝绒盒子，打开之后，是一枚亮闪闪的钻戒。

盛部心惊：这是什么套路？

张菌在地上仰视他们，说道："龙……给您家龙的小礼物。"

帝厌的小碧眸当场就亮了，以迅雷不及掩耳之势飞过去，一爪拿着戒指，一爪拉住张菌的手指。

这条龙小小的，力气却大得难以想象，张菌觉得全身的力量都被这小爪爪给牵了起来。

帝厌在半空中扭来扭去的，牵着张菌的手往屋里飞，嘴上说着："来就来了，还带礼物，客人真是太客气。爱卿，关门，接客！"

盛部心想：崽儿，还能有点节操吗？

进屋之后，张菌一下子就被占据了一整面墙的鱼缸给惊呆了。

帝厌拉着他，热情地说："本君的寝宫，客人随意进去泡。"

张菌心道：鱼缸是很大，但是薄，应该泡不了我。

帝厌让他坐沙发，自己则飞来飞去给他倒茶。

盛部不声不响地走进来，抱胸站在一旁，目光冷峻地看着张菌。

离得近，张菌才感受到盛总的威压，果然一如传闻的高冷。

"呃，盛总，您坐？"

盛部坐到沙发上，向后靠着沙发，修长的双腿交叠，眼神淡淡地看着他。

张菌下意识正襟危坐，屁股就挨了一点点沙发边。

这种大佬训斥小弟的感觉是怎么回事？

气氛凝固了片刻。

盛部身体往前倾，低声说："问你个事。"

张菌有些紧张，第一次见面，盛总准备找他谈什么大事？

盛部严肃地说："你怎么知道它喜欢你的礼物？我养了它这么久，第一次见它这么高兴。"

简直分分钟就要认"菌"做父，不能忍。

张菌腹诽：就这破事？浪费我情绪。

"龙都喜欢亮晶晶的东西啊，盛总不知道？"常识，绝对常识。

盛部还真不知道。

张菌同情地看着他："多看点童话故事。"

盛部皱眉说："我家的是古风龙。"

"区别不大。"

帝厌用小爪爪捧着一个瓶盖晃晃悠悠地飞过来，放到张菌面前："不用客气。"

张菌看着瓶盖里的水，觉得自己想客气都客气不起来。

盛部很嫉妒："这是它的杯子。"小杯子都没让他用过。

张菌只好强迫自己露出"深感荣幸"的表情。

两人一龙落座，开始了今天会面的主要活动：见网友。

盛部看着张菌。

帝厌卧在盛部的膝盖上，眨巴着小眼睛，也望着张菌。

张菌局促道："你们都看着我干什么，说点什么？"

盛部端起茶杯，优雅地抿了一口："你什么时候走？"

张菌："……"

说了还不如不说。

"你们不好奇我怎么能一眼认出它的身份吗？不好奇我为什么不害怕吗？不好奇我为何要替你们隐瞒吗？"

张菌本想沉稳一些，等盛部忍不住问他，在气势上扳回一局，奈何他低估了盛部的耐性，反而自己先着急了。

盛部回答："不好奇。"

帝厌说："重要吗？"

气死人的主宠一条心。

张菌只好道："世界上有这么一个部门，专门负责管理特殊物种。"

帝厌问道："要多特殊？本君算吗？"

"你这种头上长犄角，身后长尾巴的，嘴里还会说人话的，必须算。"

帝厌又问："他们怎么管理？"

"收编。"见帝厌眯起眼睛，张菌解释道，"就像异能者一样，你们比普通人有着得天独厚的优势，如果放任不管，只会自相残杀，所以由这个部门出面，统一管理。"

张菌露出笑容："有没有觉得这个部门存在的意义重大，是造福所有特殊物种的存在？"

盛部冷冷地说："小龙是我的。"

帝厌说："就是把兽族当士兵来用，是这个意思吧？"

张菌干笑："当然不是，大家都是朋友，生活很幸福的。"

盛部直截了当地问："你在这个部门担任了什么？"

张菌摸摸头发，抬头望天："我说这个部门是我听说的，你觉得可信吗？"

盛部放下茶杯："好走不送。"

帝厌配合地挥挥爪："下次再来做客呀。"

"好吧，特物部一共有三个小组，分别是行动组、管理组和后勤组，而我是后勤组组长。"张菌说完使劲瞄他们——是不是特厉害？快来膜拜我啊！

帝厌又问："一组多少个人？"

张菌嗫嚅地说："七个人，我们是小部门。"

一组七个？也不算太少。

张菌说："是整个部门就七个人。"

盛部和帝厌都无语了。

直到自己被打包送出来，张菌还抓着院门试图挣扎："让它考虑一下呗，好歹也是正式工作，上班轻松自由，周末双休，还交五险一金，甚至有话费和交通补助，如果没地方住，我向领导申请申请，管它吃住行吗？这种福利哪儿有第二家啊。"

盛部撑着门框，垂眸道："我尊重小龙的意思。"

张菌抻长脖子往门里看："那小龙的意思是？"

帝厌在猫爬架上吃奶茶里的"珍珠"，懒洋洋的声音在屋里回荡。

"打工是不可能的，这辈子都不可能打工。"

张菌："……"

送走张菌，盛部回了屋，发现刚刚还在猫爬架上吃零食的帝厌不知道去哪儿了，连影都没了。

盛部在屋里找了一圈，没找到，正准备出声叫他，就见帝厌以一个华丽丽的姿势出现了。

他站在餐桌上，屈后爪，拍了一下前爪，然后张开。

"啊——打——"

竟然是李小龙的经典动作。

鬼知道他跟谁学的。

帝厌干咳一声，收回了爪子，很满意自己的表现。这些日子他从电视上学到了很多"知识"，总想给盛爱卿展示一下学习成果。

盛部摸摸鼻子，坐到沙发上，端起茶杯，借杯子掩饰自己的表情。

忍，忍，忍，再忍，一定要忍住，绝不能伤害小龙的自尊心。

"爱卿，你肚子疼？"

盛部实在忍不住了，"扑哧"一声，接着赶紧用力绷紧嘴角，把帝厌按在胸口，用力地揉了几把。

"真棒，我崽真棒，学得特别像。"

帝厌得意扬扬，从盛部手里钻出来，又跳到餐桌上，用后腿站起来，两爪叉腰，背过身子："爱卿，快看。"

帝厌细细的腰上戴着张菌送的钻石戒指，随着帝厌扭来扭去，细碎的光芒盈盈闪烁，分分钟变身富贵龙。

自己的崽儿戴着别人送的钻石戒指，怎么想怎么觉得憋屈。盛部想说，喜欢的话，他送崽儿鸽子蛋，才不要这种碎钻。

帝厌说："这个值钱吗？"

盛部不情愿地"嗯"了一声，虽然比不上鸽子蛋，但也不是普通的钻戒，张菌送的礼物很有心意。

帝厌把戒指从腰上捋下来，尾巴一卷，将值钱的戒指甩到了盛部手里，大大咧咧地说："送给爱卿贴补家用。"

盛部的老父亲心当场被感动得眼泪汪汪——我崽终于长大了，知道孝顺老父亲了。

送完礼物，开始说正事。

盛部问："张菌说的，小龙是怎么考虑的？"

帝厌仰面躺在猫爬架上，跷着二郎爪，尾巴一甩一甩，淡淡道："本君不同意。"

这不是打工不打工的问题，而是他曾受人族迫害，遭受刻骨铭心的背叛和伤害，纵然如今他能坦然与人族和睦处之，但让他臣服于人，是绝对不可能的事。

盛部听了点点头，他也不想让小龙出去抛头露面。

完全没有商量余地的事，也就没有什么好商量的，盛部不再提了，切了一小块西瓜拿给帝厌。

一龙一人一上一下靠着猫爬架吃西瓜，吃完之后各自去睡午觉了。

夏季的午后，吹着自然的凉风小憩，半梦半醒间天空云卷云舒，庭院里花开花落，清香袅袅，人和龙都很惬意。

然后一睡，就睡到了下午五点。

帝厌身体彻底舒展，四爪摊开，像贪凉的狗狗一样，盛部唤了几声都不起来。

帝厌迷迷糊糊地用尾巴卷住盛部的手指往怀里带，喃喃道："爱妃不要闹。"

盛部腹诽：我还是单身，他居然都三宫六院了……

手机铃声欢快地响了起来，帝厌被吵醒，迷迷糊糊看到盛部从餐桌上拿起手机，接通来电。

"盛总，救我，你们快来救我呀！"张菌大声喊道，"我被陌生蛟绑架了！"

盛部正心情不好，漫不经心道："透明胶没有意见吗？"

张菌："……"

盛部又问："既然被绑架了，你怎么打的电话？"

"那条蛟让我打的，他说需要你们来救我。"张菌恳切道，"你们会来救我的吧？"

帝厌说："爱卿，我们今晚吃什么饭？"

然后是盛部脚步走远又走近的声音："我去看了，厨房有土豆和排骨，糖醋排骨吃不吃？"

"好，爱卿不管做什么本君都很喜欢。"

"你们关心一下我，我真的被绑架了，那条蛟在一分钟之内刀起刀落了十下！"

帝厌百无聊赖地甩着尾巴，说道："本君和爱卿还未用晚膳。"

"你们来救我，我请客吃饭。"

"爱卿，我们去救晚膳吧。"帝厌欢喜地摇着尾巴，见盛部看过来，又连忙把小尾巴卷起来，怕引起盛部的兴趣。

盛部眸子漆黑，"嗯"了一声。

帝厌便自顾自地顺着猫爬架下来，刚一转身，盛部就飞快在他的小尾巴上捏了一下。

按照张菌报的地址，晚上七点半，他们准时到了，同来的还有跟着蹭饭的伯仪。不是伯仪要来的，而是帝厌主动让盛部给伯仪打的电话，原因是如果等会儿见面打起来，帝厌可能没时间动手，毕竟《消失寒武》八点就更新了。

张菌给的地址，是南常路路边的一家海鲜大排档。

他们到的时候，张菌正坐在一张桌子旁托着腮发呆。

"这就是被绑架？"盛部和伯仪走过去。

烧烤的香味从路边的烧烤炉子里散发出来，白烟袅袅中，麻辣鲜香一应俱全。

看见他们，张菌就要站起来，但不知为何起了一半，就又坐了回去，委屈地看着他们。

盛部坐到张菌对面，才发现他的手腕被一根长长的柔软鱼骨拴到了桌腿上，鱼骨上的刺很锋利。

盛部挑眉："装饰不错。"

张菌惊讶道："你能看见我手上的东西？不是只有兽族才能看见吗？"

伯仪在旁边接话道："所以盛大佬不是人。"

张菌吓了一跳："真的？"

伯仪郑重其事地点点头："我坚信着。"

张菌：自从认识他们之后，自己无语的次数越来越多了。

"哎，绑架你的透明胶，不是，双面胶，不是，哦，想起来了，胶水呢？"伯仪四处打量，周围都是夏天来吃烧烤的人，一桌一桌的汉子打着赤膊划拳喝酒，很是热闹，相较之下他们就斯文多了。

张菌冲露天吧台努努嘴，盛部等人扭头看去，只见麻辣味的烟雾中，一个高大沉默的男人穿着围裙，手里握着烤鱼的夹子，正一脸冷峻专注地往上面撒辣椒。

"恶水深处，有蛟为主，潜于深渊，捕以大鱼。"张菌望着黑蛟说，"他倒是挺会物尽其用。"

自己是蛟，蛟擅长捕鱼，开一间海鲜大排档，货源自给自足，做生意没有投入，只有回报，妥妥的聪明。

伯仪说："《山海经·大荒东经》记载：'蛟，如龙一足，长有鳞片，能发洪水，蛟千年而为龙。'大人，黑蛟会不会是你的小表弟？"

张菌对帝厌的来历很感兴趣，立刻竖起了耳朵。

盛部也微微偏头，他对小龙的了解都是从这些闲言碎语中拼凑的，帝厌从不坐下来和他仔细说说七千年前到底发生了什么，他也只能从只言片语中慢慢拼凑小龙的过去。

帝厌说："我娘生了太多。"

伯仪愣了愣："你娘？"

张菌惊讶道："太多？"

帝厌笑眯眯地说："《山海经》所写：'地之所载，六合之间，四海之内，日月照之，星辰经之，四时纪之，太岁要之，其物异形，皆神灵所生。'你们奉此书为圭臬，不知道'你我皆是一个妈'吗？"

老龙就是这么有文化。

张菌、伯仪："……"

黑蛟把烤好的鱼送了过来，扫了眼盛部手腕上的帝厌，然后把目光落在张菌身上，冷冷道："记得结账。"

张菌脸一红，不悦地回道："知道了。你先把我解开，不然我怎么付账？"

盛部说："等等。"

张菌眼里一亮，在座的各位就数盛总最有钱，总裁吃饭一定喜欢抢着结账。

盛部不紧不慢地继续说道："我们还要加菜，等会儿你再给他算账。"

张菌："……"

吃着的时候，盛部和帝厌他们才知道不是黑蛟绑架的张菌，而是张菌想要替他们部门招揽人手，特意查到了黑蛟的住处，缠着人家问要不要加入"特物部"。

黑蛟不胜其烦，所以把张菌绑在了桌子边。

酒是一个好东西，几杯下肚，不认识的认识了，不熟的全熟了。盛部点了一桌子的烧烤，大家互撸串，吃到七分饱，这才慢悠悠地聊起了天。

张菌端着酒杯，撑着脑袋说："我们部门太惨了，成立了两年，好不容易招到一个员工，还没几天呢，就被其他兽族打跑了。我上门给它做思想工作，它哭着对我说，童话里都是骗人的，我不可能是它的天使。"

伯仪和张菌碰了一下酒杯，说道："也许它不会懂，从它说离开以后，你的天空，星星都暗了。"

张菌眼里一亮，握住伯仪的手，感动道："我愿变成童话里，你爱的那个五险一金，张开养老账户守护你，你要相信，相信我们会像童话故事里，双休和工资是结局，一起书写我们的结局？"

伯仪缩回手："我不会老。"

张菌泄气了：招揽又失败了。

帝厌抬头问："他们刚刚在做什么？"

盛部摸摸帝厌的头，把手机播放器打开，换到《消失寒武》的最新一集："看你的，不管他们。"

等客人走得差不多了，黑蛟坐了过来。

张菌警惕地说："你自己吃的不能算我账上。"

黑蛟面无表情地说："你吃的可以算我账上。"

张菌眼睛一亮："真的？"

他还没吃饱。

黑蛟表情冷淡："假的，开玩笑。"

张菌噎住了。

手机靠着啤酒瓶横放，帝厌蹲坐在盛部手腕上目不转睛地盯着屏幕。

黑蛟看向帝厌，问道："你为何不变成人形？"

帝厌道："懒。"

黑蛟眼中闪烁着暗光："总有一天我会打败你，然后吞食你的灵气。"

"哦。"

"就这？"

都要吃他了，反应这么冷淡？

帝厌瞥黑蛟一眼，懒洋洋道："难不成还要本君沐浴更衣洗白白等着你吗？"

要吃就吃，讲究个屁。

黑蛟还没说话，盛部立刻说："不行，小龙只能等我。"说完，还危险地眯眼盯了一下黑蛟。

黑蛟："……"

看气氛不太对，张菌连忙换了话题："其实，我来找你们，收编是主要大事，还有另外一个小事。"

帝厌从手机屏幕上移开视线，问道："麻烦吗？"

张菌连忙道："对你们而言不麻烦。"

"那就不要说了。"

张菌一呆。

伯仪单手撑着下巴说："太简单的事没兴趣。"

张菌马上改口："非常麻烦，困难等级。"

帝厌道："那就更不要说。"

张菌急了："为什么？"

伯仪不以为意地说："嫌麻烦。"

张菌："……"

直接说不答应好了。

张菌厚着脸皮继续说下去："我们得到了一本遗册，上面记载了许多上古怪兽的秘闻，如果书上所写为真，那么我们就必须找到它们。"

帝厌说："上古？有多上古，拿过来本君看看有比本君更古老的吗？"

黑蛟皱眉，突然问道："你是什么兽？"

伯仪吐出花甲壳，骄傲地帮帝厌回答："龙。"

黑蛟道："就你？我看羊还差不多。"

"我本来就是羊。"伯仪总觉得羊被鄙视了，不知道他们族群的名羊很多嘛，比如喜羊羊、懒羊羊……

黑蛟起身又去拿了一盘花生过来，一副彻夜长谈的意思。

帝厌拿了一颗，用小爪子抱着剥花生皮，小声说："总觉得今日他们不想让我们走。"

盛部问道："想走吗？"

帝厌把剥好的花生米放进盛部手里："这个不错。"看在花生的分儿上还可以再留一会儿。

"书中写了古怪兽的习性、栖息之地，以及古怪兽的存在意义。"

"存在意义？"说着，盛部剥了一个豌豆，顺手递给帝厌。

张菌说道："比如，'扶为生出多金玉'，有扶为鸟的地方，有金石美玉埋于地底，对人而言，这就是扶为的存在意义，如果那本书写的是真的，那么你们觉得会不会有人为了寻找金矿玉矿而去寻找扶为鸟？"

伯仪道："那又如何？"

"因金玉而生，护金玉而亡。"盛部淡淡道，"有个故事讲的是名剑承影出世之地有大蛇一公一母守护，为取承影，必斩蛇头，后来有名将迎回承影，马车后便缀着大蛇的尸身。"

伯仪震惊道："你的目的是让我们帮你杀兽族取宝物？你怎么能说出让我们兽族自相残杀的事？太残忍了，我代表全体兽族鄙视你！"

张菌现在也开始有点怀疑羊的智商了，于是泄愤似的大口把签子上的羊腰子吃掉。

"我们是正经部门，怎么可能干那种事，我们尊重人权……还有兽权，我们是要赶在坏蛋杀鸡取卵之前保护你们！"

张菌义愤填膺地说完，见几个兽都没什么反应，只好干巴巴地舔了舔嘴唇，继续说道："好吧，还有保护国家宝藏，不落为非作歹的人手里。"

"跟我等有何关系？"帝厌嚼着花生米。

"因为……我们打不过。能知道这些的人也非等闲之辈，我这种普通人肯定拿他们没办法，他们手里甚至还可能有怪兽可供驱策，这上天入地的群魔乱舞，谁能吃得消。"

张菌一口干了杯中的啤酒，说："所以想请各位帮忙，在歹人动手之前先为古怪兽未雨绸缪，防患于未然，如果可以的话，最好将歹人一网打尽。"

盛部优雅地坐在小板凳上，即便是身处凌晨一点的烧烤摊上也掩盖不住他的气质。他给小龙递花生米，帝厌抱着圆鼓鼓的小肚子，表示一点都吃不下了，他这才遗憾地用纸巾擦手，说："打击罪犯是警察的任务。"

张菌道："你出去满大街说世界上真的有怪兽，可以上天入地，可以活几百年，你觉得有人会信吗？还有，怪兽一旦曝光，维持了几千年的人类社会秩序就要大乱了。所以，我们只能用兽族，不能用人。"

见帝厌打了个哈欠，盛部加快速度说："你有遗册才知道古怪兽的踪迹，其他人是怎么知道的？就算他们能找到一个两个，也要煞费苦心吧。"

张菌看着盛部，表情一点点变尴尬。

伯仪看来看去，忽然拍掌道："果然啊，只有人族见人族，才能看见骨子里的黑暗。"

张菌干笑道："其实……我们得到的遗册是复印本。"

那就是说，也有可能复印过很多份喽。

张菌默默滑进桌子底下，无脸见人了。

伯仪和帝厌小声嘀咕商量了片刻，将恕斯、阿泰，还有薄鱼遇袭说了出来。

伯仪问道："它们未见守着什么宝物，为什么会被人族袭击？"

对此，张菌只说了四个字："贼不走空。"

通过一场吃到凌晨两点半的烧烤后，盛部意识到，这世上觊觎他崽的人和兽族真不少，他要看牢小龙。

帝厌意识到，自己以后绝不能吃到小肚子贴地，有辱龙君威严形象。

伯仪意识到，黑蛟烤的羊排、羊腰子、羊肉串真好吃，就是被他盯着时有点瑟瑟发抖。

张菡意识到，这群小怪兽太难搞，革命还未成功，自己仍需努力。

晚上睡得太晚的结果就是第二天起不来，盛部一觉睡到中午，醒来的时候在家里到处都找不到帝厌，最后在枕头下面发现了一张字条：本君有事。

帝厌就这么干脆利落地不见了。

盛部立刻给伯仪打电话，铃声响了好一会儿，那边才接通。

伯仪好像在奔跑，喘得很厉害："我和大人在一起，我们在西河村，薄鱼身上的追踪咒显灵了……等会儿说，别跑——"

电话被挂断了，看来是小龙他们已经和对方交上了手。

西河村，正午，阳光刺眼。

古井旁湿漉漉的，遍地血红，一股微腥的气味弥漫在空中，井旁的泥土上巨大的薄鱼一动不动地躺在那里，旁边洒落着带血的鳞片，鱼身上有许多严重的伤疤。

薄鱼死了。

伯仪气喘吁吁地从远处跑过来，一脸恼怒："没抓住，跑了！"

帝厌蹲在古井旁，用小爪子捂着胸口，淡淡地"嗯"了一声。

"你没事吧？"伯仪蹲下来，关切地问。

帝厌看了眼薄鱼的尸体，面无表情地说："无碍。"

他的心里却不像表面那么平静，没有想到自己的灵力已经稀薄至此。

早上帝厌察觉到薄鱼身上的追踪术有了动静，便带着伯仪瞬间移动到西河村。虽然来时薄鱼已经奄奄一息，但伤它的人还未跑远，帝厌正要去追，却忽然提不起内息，眼前猛地黑了下来，有气无力，动弹不得，只好让伯仪去追，结果错失了良机，丢了对方的踪迹。

帝厌没有病，是灵力枯竭了，"瞬间移动"消耗了他大量的灵力，让他一时头晕眼花。时间过去太久了，七千年了，帝厌忘了自己早就不是上古大神，也没有取之不尽，用之不竭的灵力了。

伯仪的目光在帝厌和薄鱼之间徘徊，面露伤心，大人受人族迫害，薄鱼又死于人手，他喜欢人，想光明正大地活在人世间，却不被接受。

伯仪和帝厌埋葬了薄鱼，郁郁寡欢地离开了西河村。

帝厌带伯仪又用了一次"瞬间移动"术，等抵达盛部的别墅时，帝厌两眼一闭，累昏在盛部的手里。

帝厌再次清醒的时候，已经过去了四个小时。盛部从伯仪口中得知他们去西河村发生的事，看着睡眼惺忪的小龙，心里有几分疼惜。

帝厌像个精致漂亮的龙形玩具，坐在盛部手里，说："那个菌是不是说有人按照遗册在捉兽族？"

盛部点点头："张菌，他是这个意思。"

帝厌说："我们去找他。"

见盛部眼里的疑惑，帝厌耐心解释道："薄鱼死了，灵力被抽干了，所以如果没猜错，捉兽族的人是为了收集灵力，而本君恰好也需要收回自己的灵力。"

看见帝厌等人出现在博物菌的工作室时，张菌吓了一跳，又惊又喜地把他们迎进去。

"来就来了，还带什么东西。"张菌笑着去接盛部手里的袋子。

盛部胳膊一侧，让开了："这里面是小龙的午餐。"

张菌腹诽：总裁，你的钱是从指甲缝里一点一点抠出来的吧，小气吧啦。

工作室里还有其他人，张菌带着他们进了自己办公室。

看着盛总把麦辣鸡腿堡、牛肉芝士堡、巧克力麦旋风、薯条、可乐、雪碧、鸡块、鸡翅一点点摆出来，张菌承认自己酸了，想他几十万粉丝的微博大V竟羡慕起一条腿短得都看不见的龙，白瞎自己长了两条大长腿。

满桌的食物总很有让人聊天的气氛，帝厌抱着一根比它的爪还粗的薯条嗷呜嗷呜地吃。

盛部一边尽职地投喂，一边作为代言人发言："你知道还有谁有遗册的复印本？"

张菌转转眼珠子："问这个做什么？"

帝厌懒得和他绕弯，把薯条戳在番茄酱里，单爪撑着，懒洋洋道："本君的兽族被人族弄死了，你说本君问这个做什么？"

张菌被帝厌语气里的大佬风范震呆了一下，斟酌着说："杀人是犯法的。"

帝厌道："哦，欺负兽族就没有犯法是吗？本君现在就立法，杀怪兽也是犯法的。"

张菌扭头看盛部，无声地质问：这条龙不是老古董吗，怎么连法律都懂？

帝厌得意地吃着薯条，表示活到老，学到老，古董也会有春天。

盛部说："小龙认为有人正按照遗册记载的怪兽在世间捉怪兽，吸取怪兽的灵力，所以我们想知道是什么人，这些人的下一个目标是谁。"

张菌想了想，说："我是知道一些，但是不能直接告诉你们。这样吧，我去请示一下领导，稍后再回复你们。"

帝厌问道："稍后是多久？"

张菌有些为难："这要看领导的意思。"

"你们领导是哪位？"

张菌报了个名字。

盛部点点头："我去打个电话。"说着就走了。

张菌震惊得瞪圆眼睛："他该不会'恰好'认识我们领导吧？"

帝厌骄傲地甩甩小尾巴。

十分钟后，盛部回来了，刚坐下来，张菌的手机就响了起来。

见张菌一脸复杂地拿着电话，盛部冲他优雅一笑，示意他早去早回。

张菌灰溜溜地跑了出去。

盛部将苹果派弄成一小块一小块，安慰道："用不了多久就能知道结果了，别急。"

帝厌叼着鸡块，腾出爪，拍拍盛部的手背："有劳爱卿了。"在上面留下一个沾满番茄酱的爪印。

张菌果然回来得很快，他一进门就说："盛总高朋满座，胜友如云，交际圈如此广阔，真是让我羡慕。"

盛部淡淡道："父辈的荫庇罢了。"

张菌来了兴趣，低声试探道："高墙大院里的人似乎没有姓盛的。"

盛部更是淡然了："我随妈姓，我妈从小就告诉我，做人要低调。"

张菌："……"

盛部确实很低调，低调到默默投资，默默身价上亿，默默地当幕后老板，闷声不吭发大财。

低调在盛部身上就是"豪"的代名词。

张菌收到了领导的指示，于是一五一十地对帝厌他们说："目前我们只知道手里有遗册的有两伙人，一伙是西北魏家，专搞盗墓，前几年警察截住一批走私殉葬品，抓了不少他们家的人。"

盛部问："另一伙呢？"

张菌道："另一伙人的资料我不太全，只知道是这两年冒出来的，人数不详，来历不详，这群人绝非善茬，个个身怀秘术。这些人挺有意思的，他们不盗墓，不走私，就爱干点偷鸡摸狗的事，我们刚开始追查到他们，就是这群人去小区里偷狗，被摄像头拍到了。"

盛部又问："你说的秘术是？"

张菌道："降兽术。他们中的每个人手里有一种能肆意幻化的能源，我们称之为光能，对付兽简直就如大炮对小鸡，一打一个准，我们上一个招募的小兽就是被那团光给打哭跑路的。"

盛部和帝厌对视一眼，光？呵呵，好像知道了什么。

盛部修长的手指轻轻敲打桌面，若有所思。

张菌似乎对那团光很感兴趣，不用他们催促，就说道："我们把他们用光能的监控视频进行了分析，发现是一种很古怪的介质，威力极大，专家说如果能捕捉到这些光能，也许武器史上将会发生翻天覆地的变化，所以不光是我们想找到他们，连科研机构也想。"

盛部默默把帝厌拿到了怀里。

帝厌表情淡淡的，对于人族的贪婪他早已经习惯。如果所料不错，那些人手里所谓的光能就是他七千年前被强行剥离的灵力。

张菌继续说："还有，根据视频分析里的唇语结果分析，那些人在偷狗的过程中提到最多的三个字就是'姜先生'，所以我们怀疑这群人的头目就姓姜。"

帝厌的爪子悄然握紧——果然是冤家路窄吗？拥有自己的灵力，又姓姜，所以对方是姜禹的后代？

不过，按照现在人族寿命一百岁来算，这起码要传承多少代，才能延续七千年。

帝厌舔着巧克力冰激凌冷冷地想，姜禹倒是挺会生的。

帝厌问："你知道他们下一步会去哪里吗？"

"呃，"张菌眼神闪了闪，"不太清楚。"

盛部说："你领导……"

张菌立刻举起手："这个真的不能说。"

盛部看向帝厌，帝厌活动着爪爪，说道："打哭？"

张菌做出一副"我不能说，是你们逼我我才说的"的戏精模样，倒豆子般说："根据特物部得到的消息，X市的琨山山脉出现了异常现象，连着三天在傍晚时分山巅会闪烁红色霞光，持续三分钟左右，然后消失不见。"

盛部说："天象异常？所以拿了遗册的人是去了琨山？"

张菌说："很有可能。"

帝厌问："琨山有什么？"

盛部说："不知道，印象里好像是一处景区。"

张菌解答了他们的疑惑："云鸢鸟。"他注意着帝厌的表情，"您不会不知道云鸢鸟吧？"

帝厌在酒瓶里困了七千年，困成了瓶里龙，连书里都没有关于帝厌的记载，所以张菌心里觉得帝厌这只短腿小兽，既来历不明，又没见过世面。

一直埋头吃的伯仪终于插了句话："我已经有一百多年都没听过它们了，怎么会突然出现？"

张菌露出诚意满满的笑容："我们一起去看看吧。"

几人约定三天后在南江高速收费站会合。

第二天，帝厌和盛部来到了黑蛟的海鲜烧烤大排档里，帝厌积极邀请黑蛟一同前去琨山。

盛部有些吃醋，问原因。

帝厌道："他做的烧烤不错。"

"我也会。"

帝厌老神在在地拉住盛部的小拇指，风流多情道："爱卿的手很好看，用来为本君写诏书吧。"

于是盛部就被取悦了。

海鲜大排档，黑蛟作为老板，面无表情地抱胸站在一旁监督员工干活。

帝厌绕在盛部的肩膀上，问黑蛟："你卖吗？"

黑蛟看着帝厌，眼里泛着杀意凛然的暗光。

盛部愣了愣，解释道："咳，不是卖身的卖，是卖手艺的卖，去我那儿做几天的饭，我按天给你结账。"

黑蛟冷冷地看他。

帝厌说："不同意的话，本君就打到你去。哦，你是硬骨头，和伯仪不一样，不过嘛，本君可以让你永远都和本君交不了手，所以你永远都别妄想吞噬本君。"

盛部说："哥们，一天五百块钱怎么样？"

帝厌说："不信你试试。"

盛部说："原材料我们自己出，你就负责烤。"

帝厌说："本君可以教伯仪运转灵源，增进修为，将来你不仅打不过本君，也不是伯仪的对手，气死你。"

盛部说："一天一千块钱吧，一个月三万了，首都里的大厨差不多就是这个工资水平，你考虑考虑。"

帝厌握住爪子，冷哼道："你最好认真考虑。"

黑蛟心想：软的硬的都被说了，我还能说什么？

盛部见他无话可说，立刻道："默认就算答应了。"

黑蛟："……"

琨山离首都不算近，走高速的话，大概需要开两天的车。张菌本想坐飞机或高铁，但盛部表示，琨山所在的地方离城区很远，出了机场或高铁站，仍需四五个小时车程才能到达山脚，到了那时候坐的车，就不会像豪华私家车这么舒服了。

张菌只好答应，等见到了盛部开的车，他才真正知道"舒服"是怎么回事。

官方报价一千多万的豪华私人房车,移动车厢,内配两室一厅、全景天窗、航空座椅、家庭影院,坐上这辆车,你有你的面朝大海,我看我的春暖花开,实在是出门必备旅游良品,有了它,让你从此爱上在路上的感觉。

张菌如痴如醉地摸着车身,满眼都是小星星。

一上车,张菌就被赶去开车了,原因是他事业稳定,周末双休,有五险一金,不用发愁养老。

张菌暗骂:借口可以找得用心一点吗?

张菌开车,黑蛟坐副驾驶座帮他看路线,剩下的一人一龙一羊在车厢的小客厅里聊天吹牛吃零食。

车子离开市区,进入无人的山区地带。

张菌开了一个小时的车就开不下去了,在服务区换了黑蛟开车,自己跑到车厢里和其他人磨牙打屁闲扯。

车厢里正在玩斗地主,规则是输的龙吃薯片。

张菌:"……"

如此清新脱俗有针对性的规则,他连吐槽都不知从何起。

帝厌的小爪子每次只能拿一张纸牌,即便如此,他还仍旧举得高高的,盖过脸,防止其他人偷看。

盛部忍俊不禁地看着一张牌在桌子上飘来飘去,四只短短的爪子还有节奏地敲击着桌面。

帝厌表示老龙正在思考,其他人跪安等着。

张菌心痒难耐,也想玩,但没人让位。

帝厌输得底裤都快被扒光了,终于从纸牌后面露出龙角,幽幽道:"本君脑子进酒了,不好使了。"

张菌"扑哧"笑起来："怎么进的？哎，我帮你啊。"

帝厌刚想答应，就见盛部表情淡淡地放下牌。

帝厌二话不说跳到他肩膀上，甩着小尾巴，说："本君和爱卿一起。"

自己封的爱卿，哭着也要宠完。

既然张菌加入，规则就变成了"真心话大冒险"。

盛部和伯仪对视，都看到了对方眼底闪烁的精光。

张菌警惕地看看他俩，觉得大事不妙。

第五章 · 众山听令

——这是本君
　　　为你打下的江山。

事实上，确实大事不妙。

当张菌抽到地主，刚出一张牌，就被伯仪一连串的连对给对死了。

伯仪冲盛部眨眨眼。

盛总淡然地洗着牌，问道："选哪个？"

伯仪道："选'大冒险'就玩死你。"

张菌："……"

盛部挑起优美的眉毛："那就是选'真心话'是吧？张先生，玩游戏要有游戏精神，不能胡编乱造能接受吧？小龙，你来问。"

帝厌配合地亮出爪子，威胁一般弹了弹银白的指甲，问道："特物部到底是干什么的？是为了消灭特殊物种吗？"

张菌连忙摇头，真挚道："只是为了关爱关心关怀特殊物种，设置合理合法合规的生活方式和生活行为，给予特物权利，履行特物义务，与人类一同携手并进，共创辉煌。"

帝厌问："信吗？"

伯仪和盛部配合着摇头，张菌百口莫辩，哭唧唧地跑走了。

夜晚，车换了盛部开，寂静的穿山公路黑漆漆的。

帝厌坐在副驾驶座，两只爪子抱着一片柠檬味薯片昏昏欲睡。

"回车厢里睡吧。"

帝厌用力甩甩脑袋，换了个四爪朝天的姿势，歪歪扭扭枕着薯片，一爪撑腮，故作沉稳体贴道："夜深人静，精神疲乏，本君陪着爱卿，以防爱卿困倦。"说到最后，打了个大大的哈欠。

盛部甚感安慰，回之同样"关爱我崽"的慈爱目光。

第二天傍晚，他们到了琨山山脉所在的S市，一行人和兽纷纷下车舒展筋骨。

看了一路的自然风光，就有点想念城市里的灯红酒绿，伯仪提议先在市里住一晚，明天再进山，盛部和帝厌无异议，选了个五星级酒店住下了。

酒店门口，帝厌盯着一条通向酒店背面的黑漆漆的小巷子，说道："本君乏了。"

盛部立刻带着小龙朝酒店走。

酒店的走廊里灯火辉煌，地上铺着厚厚的地毯。等伯仪他们都去了自己的房间，盛部对帝厌说："他们走了，我们出去吧？"

帝厌在他手腕上眯了眯眼，问道："爱卿也看见了？"

盛部摇头，他什么都没看见，但他注意到了小龙的异常。

小巷子深且弯绕，酒店的后门就在这里，盛部往里面走，帝厌坐在他的肩膀上。

"是这里吗？"盛部左右看看。周围光线不好，他打开手机手电筒照过去，石灰的墙壁上有几处明显的打斗撞击痕迹，地上有一摊突兀的水渍。

帝厌看了一会儿，说道："有本君灵力的气息。"

"是那位姜先生的人？那张菌应该没说谎，他们的目标也是琨山。"

帝厌若有所思地敲着爪子。

盛部的肩膀痒痒的。

片刻后，帝厌说："七千年前，强取本君灵力的人族族长便是姜氏。"

盛部的眼睛一暗，这是小龙第一次直白地提起自己过去的恩怨。

"也姓姜，手中还有你的灵力，也捉兽族，会是当时族长的后代吗？"

闻言，帝厌掰着小爪子，掰了一会儿，算不过来，就拍拍盛部："爱卿，你觉得要后多少代才能弥补七千年？"

盛部眯了下眼，这样算也挺不靠谱的，时间久远到几乎能传承一部史集，所谓的子子孙孙不可能没有一代不断绝，每一代都继承家族秘闻，守护至今。

帝厌在盛部肩膀上捡到一根断发，于是慈爱地摸摸盛部的脑袋，宽慰道："爱卿不必多想，走一步算一步吧。"

爱卿都掉毛了，太可怕了，一定是国事繁重，为本君操碎了心。

回到屋子里，盛部忽然说："我在想……"

帝厌忧愁地望着盛部浓密的头发，还是不要想了。

"使用灵力的人离我们这么近，是巧合，还是……他们故意想让你知道？"

帝厌愣了一下，心想：是的，我怎么没想到，如果当时我立刻就冲过去握着自己的灵力，也绝不是他们的对手，那么对方这一步是为了什么呢？

见帝厌摸摸脑袋上的龙鳞，盛部愣了愣。

帝厌哈哈哈干笑，背过身子，默默地想：思虑太多的话本君不会掉鳞片吧，毕竟年纪一大把了，保持水嫩嫩的挺不容易。

第二天，帝厌神清气爽地起床，坐在早餐盘里享受牛奶沐浴和吃面包。

进山。

正值夏季，山里的空气很清新，琨山里有一片开发的旅游区，所以进山的路上偶尔能遇到旅行大巴。

张菌掏出手机看了看路线，说道："唔，我们要从景区进，然后穿过景区就能到。"

所有生物都趴过来看他看的是什么，张菌一下子捂住手机屏幕，嘿嘿笑道："部门法宝，概不外借。"

伯仪不满意地咩咩两声。

盛部问："你估计一下我们抵达你说的地方的时间。"

帝厌懒懒道："估计错了就用你祭天。"

张菌翻了个白眼，认真地说："根据遗册所写，我们需要翻过两座山，在清晨进入一个石洞，穿过石洞，外面就是云鸾鸟的栖息地。呃，开发过的路可以坐观光车，没开发的需要我们步行……大概两天。"

想起要爬两天的山，张菌一边腿软，一边干笑："那什么，锻炼身体也挺好的。"

伯仪说："我是九尾羊，一跃十米，最能爬山。"

黑蛟说："蛟游得很快。"

帝厌说："本君有爱卿。"

盛部说："在下体力好。"

张菌说："我……我爱锻炼。"

买票，进景区。

他们到得很早，景区里游客不多，根据导览图，景区分为两条旅游路线，一条顺着山走人行步道蜿蜒至山顶，另一条坐观光车，转景区缆车直接抵达山顶，然后从山顶往下走。

他们不是来游玩，自然选择了第二条路线。

观光车里一下子坐进来四个好看的男人，原本来爬山的大学生游客看见，都忍不住买了车票就近观看。

一个姑娘嘀嘀咕咕对旁边的人说："值了，可爱、清秀、英俊、高冷，一下子见到了四种。"

没有存在感的帝厌默默啃着爪爪郁闷，其余四个生物不要脸地各自领了赞美词。

伯仪脸小可爱，张菌五官清秀，剩下的盛大总裁和黑蛟老板用眼神厮杀了一会儿，最后盛部领走"英俊"，黑蛟捡走了

"高冷"。

一路无话，到了山顶，还是清晨，阳光刚出云层，金光万丈，甚是好看。

"日出是不错，不过这里的云海更出名，尤其是夏季雨后，晴空万里，站在山顶好像能触手可碰白云。"一个老头站在不远处说道，他穿着青色的布衫、千层底的黑布鞋，手里拿了个扫把。

应该是景区管理员，张菌上去搭话，问道："请问琨凤尖离这里还远吗？"

琨凤尖就是他们要去的地方，那个石洞就在琨凤尖的峡谷里面。

老头道："琨凤尖离这里还远着呢，还没开发，你们想过去？"

张菌挠着头说："听说那里风景不错，想去看看。"

老头连连摆手："不成不成。未开发的山区都是深山老林，荒无人烟的，别说外地人，就是山民也不敢轻易进去，前几个月还有几个驴友偷偷从景区爬到琨凤尖附近，结果被困在里面，出动了消防人员才给救出来。"

"你们也是驴友？"老头用混浊的目光打量着他们，似乎在考虑这几个"驴"的目的。

张菌忙解释道："我们不是。你看我们四个人就背了两个包，装备都不全，哪敢去冒险。我们不是想去琨凤尖，就是听说景区有个地方能看见琨凤尖的美景，想去看看。"

老头将信将疑，给他们指了指导向图："你说的地方叫西天观景台，在半山腰。"

张菌道了谢，叫上其他"生物"，走到一旁老头看不见的地方，小声说："我们先到西天观景台看下琨凤尖的位置，然后再确定路线。"

伯仪坐在石凳上，托着下巴："随便，你带路。"

张菌见他如此信任自己，甚是感动。

伯仪天真无邪地一笑："要是带错了，打就是了。"

张菌："……"

暴力啊暴力，白瞎了一张无害的脸。

兽是一种单纯的物种，所以解决问题的方法也很单纯粗暴，只要能用拳头解决的事，绝不长篇大论。

四位"生物"年轻力壮，仅用了半个小时就到了西天观景台，观景台竟在半山腰，还是玻璃搭建的，要想上去，每位二十元。

在场的盛总和兽都表示他们真的无所谓，就是不看不去也可以的，完全不用勉强。

张菌只好付钱。

观景台上的风景确实要比下面好一些，不过也只是视野开阔而已，极目远眺，山脉郁郁葱葱，连绵起伏。

帝厌盘在盛部的手腕上，突然一指前面。

众人和妖立刻凝神看去。

帝厌甩着小尾巴，慢悠悠地说："爱卿快看，这都是本君为你打下的江山。"

众人猝不及防吃了一嘴狗粮，纷纷表示塞牙。

张菌嘲笑道："你叫它一声看它会答应吗？"

帝厌"哦"了声，淡淡道："众山听令——"

伯仪和黑蛟的脸色微微一变。

霎时，山间一阵长风呼啸，林木颤抖，犹如绿色海浪，一浪盖过一浪，与此同时，成百上千的飞鸟冲出山林，绕山盘旋而翔，场面壮阔，令人目不转睛，惊叹不已。

张菌望着盘旋的群鸟，瞪大了眼睛。

帝厌问："爱卿，好看吗？"

何止好看，简直壮观。

帝厌大大咧咧地拍拍盛部的手背，一副烽火戏诸侯的昏庸，说道："爱卿喜欢就好。"

帝厌突然释放的威压让离他最近的二兽浑身发颤——黑蛟不可思议地沉沉看着帝厌，伯仪则脸色发白，拍拍黑蛟的肩膀，小声说："知道我家大人多牛了吗？一起跪啊。"

过分消耗灵力的下场就是帝厌一路都困啊困啊，打哈欠啊打哈欠。

张菌不是滋味地回味着刚刚的震惊，看向帝厌的目光变了又变，哼哼唧唧道："这就是装的结果。"

帝厌合住打哈欠的小嘴巴，正色道："本君不是为了装。"

"那是为了？"

帝厌甩着小尾巴，威严沉静地睥睨他，说道："是为了我家爱卿喜欢。"

众人再次受到暴击，原地去死一百遍。

从观景台看去，琨凤尖突兀地伫立在一片连绵低矮的山脉中，距离不近，山壁陡峭，人很难爬上去。观景台的售票员说，琨凤尖在古代是琨山的山神，传说运气好的人能见到凤凰披着一身霞光在山顶盘旋。

伯仪问售票员有没有见过网上传的说琨凤尖每到傍晚山顶会泛红光。

售票员一脸茫然，说他天天在这里售票，卖到晚上七点多，也没见过，更没从网上听过。

张菌带着他们走到无人的地方，说道："我们就从这里往琨凤尖爬。"

他手指的地方是景区还未开发的地段，小路前竖着一个警示牌：游客止步。

"根据特物部收到的消息，此处是最好上琨凤尖的路。"

其他人无异议。

走了快三个小时后，张菌骂了一声："未开发的山和景区比真是太差了，根本没有路，树木不规则地生长着，哪里都长得一个样。"

张菌又对帝厌说："你不是会控制山吗？让琨凤尖直接出现在我们面前算了。"

帝厌用关爱的目光看张菌一眼，山脉经过数万年形成，地势、水流、星辰的方位，种种才组成了它的灵气，也就是人说的大好风水，岂能随便移动，就算能移动，那地动山摇，天塌地陷，谁来承担这后果？

况且帝厌生于山河日月之间，说控制，不过是占了万里山河不会言语行动的便宜，哪能真的去改变山河的位置。

张菌蹭掉鞋上的泥土，干笑道："我开玩笑的。"

伯仪抱着肩膀，笑嘻嘻地捏着嗓子说："张先生，你有地图还找不到路，要不要我们帮你参考一下？"

张菌抬头望了望远处陡峭的崖壁和茂密的树林，犹豫了片刻，只好点点头，把手机打开了。

走了一天的山路，他们无所谓，但看见地图，就有点想骂人了。

手机上应该是拍的遗册的某一页，上面有一条"之"字形的线和三四个点，点上标注了几个地名，最后一个点是用小篆写的"琨凤尖"。

"靠着这个能走到这里，我挺不容易的吧。"

闻言，黑蛟默默看张菌一眼。

张菌摸摸鼻子，问伯仪："他这什么表情？"

伯仪搂住张菌的肩膀："没什么，就是单纯地鄙视你一下。"

连功课都没做好，就敢来深山老林里冒险，要么脑子进水，要么勇气可嘉。

盛部接过张菌的手机仔细看了片刻，好像看出来点什么意思，说："跟我走。"

张菌道："这地图我研究了半个月都没搞明白……"他很怀疑"死宅"的盛总能不能带好路。

盛部拿着手机朝另一个方向走去，淡淡道："在下不才，两年前刚好参加过一次登山运动。"

张菌怀疑道："爬的是什么山？华山泰山什么的我也爬过。"

盛部转过身来，淡然道："8848。"

张菌一脸蒙："钛金手机？"

伯仪拍拍张菌的脑袋，与他擦肩而过，嘲笑道："是珠穆朗玛峰的高度，博览群书的'小细菌'哟。"

张菌只是一时没想起来而已，人设突然就崩了。

即便有人带路，但山路依旧难走，在密林里穿梭了半日，转眼天就快黑了。

盛部找了个地势较为平坦的地方，背靠山崖，面前能一眼望见连绵的琨山，准备在这里休息过夜。

他们带的行李不多，经过商量，伯仪和黑蛟都表示自己不需要住帐篷，只有脆弱的人族才这么麻烦。

盛部和张菌纷纷膝盖中箭。

吃过晚饭，大家各自找地方休息。伯仪和黑蛟一转眼就消失在了漆黑的森林里。张菌躺在帐篷里呈"大"字形发呆，看见盛部进来，他突然想和自己的同类秉烛夜谈，说点人族才有的小秘密。

"你觉得……"

盛部看也不看他，躺进自己的睡袋里，闭上了眼。

夜深人静，帐篷外刮着山风。

盛部闭着的眼忽然睁开，身体猛地动了一下，像被电到了一样，然后，他从睡袋里拎出了一条白白嫩嫩的帝厌。

帝厌被捏着七寸，尴尬地摊开小爪爪："呃，本君睡糊涂了。"

好像钻进了什么不得了的地方。

盛部在黑暗里的俊脸微红，不知道该说什么好，轻轻"嗯"了一声，准备把帝厌重新放回睡袋。

"等等。"帝厌出声，竖起藏在龙角后的小耳朵听了听，低声说，"外面有人，去看看。"

盛部看了眼张菌，后者爬了一天的山，睡得很熟，盛部轻手轻脚爬出帐篷。

三更半夜，树影婆娑，山风低低呼啸而过，整片山林窸窸窣窣。

盛部半蹲着看向周围，什么都没看见。

一个缥缈的声音在他耳边吹气："我——"

盛部猛抬拳，只听"咩"一声。

夜色里，一只发型是个"臀"的羊三蹄站立，另一只蹄子捂着鼻子，眼泪汪汪指着漆黑树林里的一个方向说："在那里。我是想问要不要跟上去，我听见他们提起了琨凤尖。"

帝厌说："有可能是那些人，我们跟上看看。"

伯仪挨了一拳，鼻子发酸："那我去叫醒'小菌汤'。"

帝厌道："那些人有灵术，'菌汤'会被发现，你跟我们走，让黑蛟留下来和他一起，随后按照我们的标记追上来。"

伯仪点头，抽抽噎噎地去告诉黑蛟这个决定。

盛部说："我也是人，会被发现。"

帝厌坐在他肩膀上，大大咧咧地说："有本君在，爱卿不必担心。"

黑夜里，盛总的心暖暖的，崽儿没白养。

三更半夜，山路很不好走，盛部根本听不见也看不见帝厌说的人在哪里，只能跟着帝厌的指挥，小心翼翼地落下脚步，尽量让自己不发出声。

这一跟就是一整夜。

清晨的露水打湿衣裳，满眼都是翠绿，山林的空气极其清新。

帝厌忽然说："他们不见了。"

伯仪开心地溜达着蹄子，抻着脖子吃横斜过来的树叶，如果不看羊角和身后的九条尾巴，真和一只公山羊没区别。

伯仪香喷喷地嚼着树叶，问道："大人，接下来怎么办？"

帝厌眺望远处："过去看看。"

那些人消失在一片茂密的小树林里，林子里不知道种的什么树，树叶的形状很古怪，像狐狸脸，四周笼罩着一层淡淡的薄雾。

伯仪啃了一嘴，然后呸呸吐掉："苦的，有问题。"

帝厌说："是吗？"然后一伸爪，也揪了一片尝尝，然后呸呸吐掉，"的确有问题。"

盛部心想：完了，我家崽儿是不是太久没泡酒了，脑子好像有点问题。

在树林里没走多远，一回头，却看不见来的路了，四周雾气袅袅，明明不是参天大树，抬头却看不见日光。

盛部有些疑惑："迷宫？"

帝厌道："是结界。"

伯仪惊讶："刚进入的时候我没感觉到。"

帝厌道："结界的范围很大，而且此处结界的时间非常久远，已和琨山山脉的自然灵气连在一起，不易察觉。"

伯仪问："能推测出结界设下的时间吗？"

帝厌沉吟："有两三千年了。"

千年对人类而言是个过分久远的时间单位，很难去追溯在那之前到底发生了什么。

盛部问："能破解吗？"

帝厌看他一眼，淡淡说："如果本君所料不错，这里应该是云鸾鸟设下的通往人族的屏障，是为了令族人不可擅自离开，也是为了保护族群不被外族侵害，如果破解的话，云鸾鸟的秘密可能就守不住了。"

人类总是对其他生物先抱有敌意，而后不受威胁时，才会再谈和谐，所以遇到这种情况，总会先想到破解、毁灭、杀戮。

盛部再一次体会到了种族文化的差异。

盛总很忧郁。

帝厌话音一转："不过既然那些人消失在这里，可能结界已经有了突破口，只要找到那些人的踪迹就好办了。"

他们分头寻找，盛部和帝厌一路，伯仪自己一路。

地上是厚厚的落叶层和潮湿的泥土，若有脚印，也不难发现。

没走多远，就听见伯仪突然叫了一声。

盛部带着帝厌立刻赶到："发现了？"

伯仪撸着自己奶香味的胡须，咩咩道："没。"

见帝厌的小龙角皱到一起，伯仪赶紧说道："不过我突然想起来，人都有人的气味，我的原形鼻子挺好用的，等我嗅一嗅就能嗅出来。"

说完，伯仪嘚瑟地抖着自己的胡须等夸奖。

帝厌和盛部纷纷避开了眼，觉得得意摇晃"臀部"的山羊脸太美了，他们不敢看。

伯仪将灵力加在鼻子上，低头在地上拱来拱去，抬头说："咦，大人和大大的味道是一样的。"

难道住在一起时间长了，气味都一样了？

过了一会儿，伯仪终于从腐朽潮湿的落叶中嗅到了一丝异常。

盛部和帝厌跟着他走。

小树林到处都长得一个样，雾气缭绕，似乎是在原地绕了半个小时后，伯仪忽然说道："人的气味消失了，为什么我们还在这里？"

帝厌道："不，我们已经到了。"

话落，帝厌抬爪一挥，四周的雾气以肉眼可见的速度散去，原本茂密的树林向两边分去，一座大山拔地而起。

景色犹如电影画面，无声而迅速地变幻着。

当变幻停止，空气中弥漫出淡淡的血腥味。

一座巨大的拱形山门出现在他们面前，藤蔓遮掩的门中光线黯淡，幽寂诡谲。

盛部刚迈出一步，又蹲了下来，扒开地上厚厚的落叶层。

伯仪"呀"了一声。

落叶下面有两具尸体，穿着简易的铠甲，胸口被一枪穿透。

尸体不是人，却长着人的头，头很大，脸很尖，像一个倒立的锥子，眼睛细长，长得过分，几乎是人眼睛的两倍长，皮肤不像人的光滑，而是生着淡淡的绒毛，又涂了浓墨重彩。这么奇怪的组合，却不难看，反而有种妖冶的艳丽，尸体未被铠甲覆盖的地方生着像鸟一样的羽毛。

盛部翻过尸体，在背后看见了两只畸形的翅膀，翅膀骨架纤长，有尸体身高的高度，耸立在肩膀上，根据飞鸟的结构造型，这两只翅膀应该是用不了的。

伯仪道："这是云鸢鸟？我记得它们不长这个样。"

帝厌说："你最后一次见是什么时候？"

伯仪变成人形，摇头："从没见过，只在《山海经》里看到过画像。"

盛部已经拿出了手机，但是没有信号，无法上网搜索。

帝厌的小爪子在尸体上摸来摸去。

盛部觉得十分碍眼，不着痕迹地把帝厌放回肩膀上。

帝厌在盛部肩膀上蹭干净自己的爪子，说道："还没硬，是刚死的，看来那些人也刚进去。"

伯仪看着两具尸体，说："这些人强行进去，身上还带了武器，应该早有预谋，意图不轨。"

帝厌没说什么，让他们进入山门。

山门里是天然形成的山洞，很深，很长，不过幸好只有一条路，不至于迷路。

洞里有积水，空气里弥漫着一种说不出的木香。

没走几步，就听到了尖锐的枪声。盛部拉住伯仪，瞬间贴到石洞壁上，一个人影从另一头跌跌撞撞地跑了过来，跑到一半，突然跪了下来，弓起的后背上插着一根东西。

盛部和伯仪对视一眼，从黑暗中走出。

那人满脸是血，看着他们，声音嘶哑："香——"

刚说一个字，那人忽然抓紧喉咙，身体颤抖起来，脑袋缓缓垂下来，死了。

伯仪看清他背上的东西，是一根五彩斑斓的羽箭，说道："大人，云鸢鸟和那群人干起来了。"

帝厌很在意那人最后的话："他所说的'香'是……"帝厌戳戳盛部，"爱卿可有身体不适？"

见盛部摇头，帝厌放心了，毕竟是自己一"爪"带大的臣子，要时时刻刻上点心。

闷闷的枪声接二连三响起了，听声音应该不远，他们抓紧脚步，顺着那人来的路摸黑赶去。

转过一个陡峭的山壁后，阳光瞬间照进眼睛里。

盛部下意识眯起眼，就听见耳边尖锐的风声呼啸而过，有什么东西钉在了他身后的石壁上。

帝厌立刻撑起结界，将自己和盛部罩在里面，伯仪进入战斗模式，挡在他们面前。

等眼睛适应强烈的阳光后，他们终于看清自己来到了一个什么地方——犹如小型的人造景观，苍绿的山川叠在一起，银白的瀑布飞流直下，茂密的峡谷深不可测，五彩缤纷的鲜花漫山遍野，仿佛世间最美好的风景都集中在了·起，紧密簇拥着，艳丽得不像人间。

不过枪声和破风声很快打破了宁静，鲜花盛开处站着几十个长着翅膀浓墨重彩的鸟人，手中拿着巨大的弓箭正对准了他们。

活的鸟人和死的鸟人区别还挺大，这几十个人细长的眉眼低垂，油画般的脸上神色庄严，在阳光照耀下犹如神话中的守护神。

伯仪套近乎喊道："一伙的，一伙的，我也是怪兽。"

话音刚落，对面山腰处爆发出一连串的射击声。

枪林弹雨中，伯仪看见对面有一只巨大的怪兽，身体是老虎，却生了九张人脸，从后颈上伸出七八根触角一样的藤蔓，每一根抓着一把枪，毫不留情地对着鸟人轮番射击。

伯仪愣了愣，看来兽族的身份有点尴尬。

伯仪仔细看了看对面山腰，露出惊疑的表情：奇了怪，见了鬼，这个玩意儿竟然是神兽开明，《山海经》中最不常见的战将怪兽，在此刻竟然一下子出现了两只——另一只自然是我自己。

人面虎身的开明兽身旁有几个黑衣人，背着包，手里端着武器，在开明兽的掩护下有条不紊地闯进艳丽的花丛里。

子弹和羽箭在头顶飞来飞去，双方打得很激烈，由于不知道盛部他们属于哪一边，于是双方打着就变成了三方大乱斗。

暴力羊被迫上线，全力输出，不管是子弹还是羽箭，纷纷都被甩了回去。

伯仪打得热血沸腾，回头想问大人自己帅不帅，就看见盛部站在角落里，拆了一包芝士薯片，帝厌低头叼起一片，揣着爪爪，咔嚓咔嚓吃得很香。

"你们……"

帝厌挥挥爪，让伯仪继续。

作为专业的围观龙，帝厌正在很专业地围观。

伯仪无语凝噎，重新投入了大乱斗中。

冷兵器自然抵不过现代化枪械，渐渐地，缤纷的鲜花丛中洒落了斑斑点点殷红的血。

伯仪膝盖中箭，胳膊中枪，对两方人马都没有好感。就在他准备变出原形，用羊毛大杀四方时，就见粉蓝的鲜花最茂盛的地方，忽然传来震耳欲聋的响声。

炸药的滚滚黑烟飘了出来，那些鸟人见状，仰天发出凄厉的叫声，痛不欲生，仿佛失去了珍贵的爱人。

那群人抓住了一个上了年纪的鸟人，其余的鸟人都站在原地不敢动了，彩色细长的眼睛里流露出痛恨的悲戚。

一个男人大声道："用漆转琉璃棺来换！听懂了没？不然我就杀了你们的族长，炸了这里！"

鸟人愤恨地看着他，没有任何反应。

上了年纪的鸟人长者手里握着羽毛装饰的权杖，发出了嘶哑古怪的笑声，用不熟练的声音缓缓说："不能……给你。"

男人手臂猛地用力，鸟人长者尖细的脸涨得通红，挣扎中羽毛扑簌簌地掉，像一只被命运摁住脖子的大鹅，看上去非常凄惨。

男人见逼问没作用，朝同伴使了个眼色。同伴和另一个人抱着一堆类似雷管的东西，开始有规律地在四周安插。

"住……手！"鸟人长者大叫。

鸟人们倏地举起手里的长弓，对准了外来者。

男人一手掐着鸟人长者，一歪头，给自己点了支烟，笑道："别着急，一会儿就送你们这些玩意儿和这里一起上天。"

"上天？去和太阳肩并肩吗？"一个清朗明润的声音响起。

男人往四周看去："是谁？啊，哈哈，我知道了，就是那两个伙计，怎么，你们也想要漆转琉璃棺？"

盛部不紧不慢地从山腰走了出来，冷淡地看着他："想把它们送上天，问过本君了吗？"

男人咬着烟嘴，不屑道："伙计，你好大的口气！"

他身后一个同伴小声说："那人没张嘴啊。"

男人一愣，猛地看向伯仪。

伯仪闭紧嘴，摆摆手，表示不背这个锅。

帝厌高傲地从盛部脑袋后面走到他肩膀上，威严地蹲坐好，冷淡道："还看不见？你怕是瞎了吧。"

男人愣了下，然后哈哈大笑起来，指着帝厌对身旁的同伴说："这是啥玩意儿，耗子都能成精了？"

盛部腹诽：这眼确实瞎。

帝厌淡淡道："嘴太臭了。"然后扭头问伯仪，"什么兽这么臭？"

男人见他们对自己明嘲暗讽，怒火一下子烧上脖子，抬起抢就要朝帝厌打去。

这时，一只手搭住男人的手腕，从男人身后走出来个青布衫老头。

伯仪觉得老头有些熟悉，盛部提醒道："在山顶遇见的，本以为是景区清洁工。"

帝厌看着这个老头，想从他的脸上找到七千年前故人的踪迹，但帝厌看了又看，最后略带遗憾地收回了目光——不是姜王，长得也一点都不像。

这个老头盗墓发家，年轻时还曾是个文化小青年，每次盗墓遇古书，总要带回去先翻看翻看，于是古朝秘史、仙佛妖鬼、奇闻怪谈、异域传说、珍禽异兽都从古书中通晓不少。

可他定睛一看帝厌，却有些错愕，拿不准帝厌到底是个什么，身子像四足蛇，可长度也太短了，脸上竟还长着胡须，也是短的，身上无一处不和"短"有关。

幸好帝厌不知道他心中所想，不然非把他打成"短"字。

帝厌略不耐烦地说："不管你们要什么，今日都甭想从这里带走。本君看在爱卿的分儿上，不和你们人族纠缠，尔等就此退下吧。"

帝厌的口气让老头一行人大笑起来。

老头轻蔑一笑："小畜生，你就是再厉害，能厉害过老夫手里的枪吗？"

说着，老头混浊的眼睛一眯，一声招呼都不打，直接朝他们开了枪，而且枪口出其不意瞄准的是盛部。

老头冷笑，即便这只怪兽会法术，也不可能在眨眼之间护住它身下的人。

他想得很好，却不知道论起老，自己绝对是辣不过帝厌这条老龙的。

飞出的子弹在空气中划出一道灼热的路线，直逼盛部胸口。

帝厌瞬间跃下盛部的肩膀，帅气地抬爪捏住了子弹。

众人只见盛部胸前白光一闪而过，回过神后，就看见那条四不像小小的爪子里握着食指粗的子弹，冷然地看着他们，然后小爪用力，竟将子弹捏变形了。

帝厌潇洒地丢掉子弹，淡淡道："不滚吗？"

老头眼底骇然，兽族纵然厉害，但和人类的热武器相比还是要逊色，没想到这只小兽竟能徒手抓住子弹。

抓着鸟人长者的男人粗声说："一起上！老子不信它都能接住！"

其他人看向老头。老头阴郁地点点头，他不信这小畜生还能接住！

枪声瞬间四起，数十发子弹破风而来。

伯仪哇哇大叫："大人救我，我接不住子弹啊！"

帝厌后爪在盛部肩上用力一蹬，回身给了伯仪一道风鞭，将伯仪带到自己身后，随即用一张结界罩住他俩。

然后，峡谷的风和山川的水一同动了起来。

水化作银锻呼啸扑来，风幻成恶兽凄厉怒吼，鲜花在风中漫天飞舞，风和花迷乱了人的眼睛。

子弹飞逝的痕迹在飞花中清晰明了，帝厌微微凝神，轻盈的风带动柔软的花瓣急速旋转起来，瞬间裹住子弹，挡住了子弹的去路。

帝厌眯起眼睛，说："本君讨厌硫磺，还给你们。"

裹着子弹的飞花猛地转了个方向，帝厌冷静地一抬爪，风、花、水骤然静止，高速旋转的子弹没了阻碍，拖着热风射了过去。

帝厌的特技绚烂，这一切只发生在眨眼间。那些人还没来得及反应，射出去的子弹就又灼热地射了回来，哀叫和鲜血顿时喷了出来。

伯仪和盛部两只"战五渣"在身后组成后援团，为帝厌加油呐喊。

老头一行人见识到了帝厌的厉害，互相对视一眼，都在对方的眼里看到了恐惧。老头的胳膊中了一枪，被手下人搀扶着，他阴鸷地盯着帝厌，嘶嘶说："我家主子不会放过你的。"

帝厌被这种目光一盯，想起了什么，手边未退的风携裹着花瓣，倏地化作一堵墙，拦住了他们的去路。

"七千年前，有人教会了本君一件事。"帝厌晃晃悠悠飞到老头面前。

盛部看见小龙张开爪子，好像要给对方一个抱抱。

两绺细细的花风在帝厌爪中舞动，犹如两条鞭子，轻轻一甩，发出凄厉的破风声。

帝厌缓缓道："对于人，要斩草除根。"

老头的脸色瞬间苍白，一道看不见的风鞭倏地缠住他的喉咙，他发出濒死的吸气声："嗬——"

"别！住手！"张菌大声呼喊着跑到帝厌面前，他用手撑着膝盖，上气不接下气道，"别……别杀他们。"

帝厌垂眼看他，碧眸里是如寒冰般的凛冽。

很久之前，帝厌就不是心慈手软的龙，他之所以愿意一次次协助人族，并非怜悯，而是他是山河之灵，集万物而生长，有责任护十万山川、三千海河，以及生于山川海河之间的人族与兽族。

便如父神与子，他不过是尽了万物之主的责任，但天下生灵万万，人族于他而言，不过云云蝼蚁，他既慷慨给了人族什么，也不吝啬再重新收回来。

帝厌现在并没有动手，也不过是不想迁怒无辜的世人罢了，不过像老头这种，杀一个少一个，帝厌毫不手软。

张菌说："他们犯法了，我们的人就等在外面，等他们出去，就会把他们带走接受应有的惩罚！"

帝厌淡淡道："本君要亲自动手。"

张菌紧张道："若是杀了他们，你手上就有了人命！"

帝厌不以为然。

张菌的眼睛使劲乱瞟，脑袋在飞快地转动着，思索说服帝厌的办法。他看见盛部，马上压低了声音道："你可以不在乎，盛总也能不在乎吗？

"他是人，他和老头这些人有没有接触过警方一查便知，虽然人不是他杀的，但是你觉得他能解释得清楚这些人是怎么死的吗？退一万步来说，他就是能解释得清楚，别忘了也是要不断接受警方的调查和问询，直至证明自己真的无辜。你看过《消失寒武》，应该知道警方的办案流程，你忍心让无忧无虑的盛总也经历这些吗？"

说完，张菌搓了搓手臂上的鸡皮疙瘩，被自己形容盛部的形容词恶心了一下。

帝厌倒是很受用，望着身后结界里的男人，轻轻皱起了眉。

盛部听不见他们说了什么，朝帝厌微微一笑，俊美的容貌在乱花中格外好看。

帝厌的老龙心扑通扑通乱跳起来，他努力别开头，神色凝重地看着张菌，低声说："爱卿天真无邪，本君确实不忍心。"

张菌："……"

帝厌收回灵力，淡淡道："希望你们的人不是毫无用处。"

老头一行人获得自由，立刻相互搀扶着逃走了。

张菌点点头，看着他们的背影，拿出手机，拨通电话，说了几句，然后挂断："你放心，特物部的人就守在外面。"

帝厌略带讥讽地瞥了眼张菌的手机，来之前张菌从没有提过特物部的人跟着他们。

张菌笑着解释："后援队，主要是怕麻烦各位大仙。"

帝厌没说什么，抬爪撤了结界。

盛部大步走过来，问道："受伤了吗？"

帝厌心里一暖，大杀四方的气势瞬间烟消云散，软绵绵地趴进盛部的手里，无力地哼唧一声，从威风凛凛的神君变成了心里委屈的龙宝宝，很需要被盛爱卿安慰。

"子弹烫爪。"

盛爱卿很体贴，赶紧吹吹龙爪。

伯仪心中纳闷，这么久了才感觉到烫，爪爪怕不是已经烫熟了吧？

鸟人无声无息地围到了他们周围。

地上飞红铺地，鲜血如漆。

鸟人长者在年轻族人的搀扶下走了过来。

装饰着漂亮羽毛的权杖撑着地面，鸟人长者不熟练地用人类语言说："多谢。"

帝厌从盛部的手掌里露出头，淡淡地问："你们是什么？云鸾鸟在何处？"

鸟人长者缓缓说："我等乃是鸾人，是云鸾神君留下的后裔。"

得到这个回答，帝厌挑了挑眉，显然有几分不信。

张菌小声解释："根据遗册所写，自蕉邱以至柴山，有东山之首，共十二座山，总计三千六百里，其中第九座山上有山神名鸾，鸾身披彩羽，会通人言，以晨露飘雪为食，常在人间行走，山中有轩辕遗民，以鸾为神，常与嬉戏，生而为子，称作鸾童。这些鸾人应该就是鸾和人的后代。"

还真是鸟人。

帝厌道："漆转琉璃棺是什么？"

帝厌又看向张菌："特物部到这里来的目的也是此物？"

听帝厌提起琉璃棺，鸾人长者神色一变，其余鸾人重新举起了手里的五彩羽箭，虎视眈眈地盯着他们。

张菌摸摸鼻子："我们和他们不一样。那些人是想弄走琉璃棺贩卖，我们的目的是保护国家宝藏。"

伯仪哗哗说："就是充公呗。"

张菌表情尴尬，下意识地看了眼黑蛟。

黑蛟面无表情，对他们的谈话内容丝毫不感兴趣。

盛部问道："你还没有回答小龙，漆转琉璃棺是何物？"

张菌叹口气，说："我也没见过，不过既然是棺，用处应该都一样。遗册里记载，琉璃棺中装的是鸾人的先祖，天地间第一只云鸾。"

伯仪啧啧道："你们这叫什么？挖人祖坟，太缺德了。"

张菌道："刚刚没说清楚，我重申一遍，只要国家宝藏不被恶人盗走，我们是绝对不会先去破坏的。"

他连忙看向盛部："盛总，他们不明白，您明白吧？就像为什么人们总觉得盗墓比考古学家厉害，总能找到墓穴的道理是一样的。考古学家发现墓穴，第一反应是恢复原状，尽量不去打扰，而盗墓却是挖坑盗宝，才不管你有没有什么价值意义。"

帝厌懒得和张菌继续争辩，对鸾人长者道："漆转琉璃棺在何处？"

伯仪问："大人也要盗墓吗？"

帝厌道："本君要去见一见那只云鸾。"

鸾人长者不全懂他们的对话，也能听懂一大半，越听，五彩斑斓的脸上表情就越五彩斑斓。

原以为是队友，没想到是对手，而且还是优胜劣汰后的优秀对手，这样谁吃得消？

鸟肠子短，也消化不了啊。

鸾人长者暗中向族人使眼色，提醒他们重新进入战斗状态。

帝厌懒洋洋地说："若本君想要强取，你们加一起也拦不住。"

伯仪说："我们只是见一见。"他家龙君大人哪儿都好，就是没见过世面，是条好奇龙。

鸾人长者半天憋出一句："尔等，尔等'强鸟所难'。"

这时，帝厌忽然抬起头，一阵山风忽然从云浩雾霭的山间吹拂而来。

盛部伸出手，清风拂过他的肩膀，帝厌一甩尾巴，把风中的什么东西扫进了盛部手里。

盛部低头看，一片溢彩般轻盈的羽毛落到了他的手心。

伯仪惊讶，周围的鸾人纷纷发出了吸气的声音。

鸾人长者瞪圆了眼睛："这是……这是……"

帝厌道："看来，那只云鸾鸟也想见我们。"

鸾人长者扑通跪在地上，颤颤巍巍道："先祖曾说，会有一人涉山水而来，救我族于危难之际，如今鸾人终于等到了。"

宝相庄严的鸾人对着盛部全部跪了下来，神色悲戚，身后的山川发出呜咽的声音，仿佛天地同哭。

鸾人长者热泪盈眶地看着盛部。

张菌小声说："认错了，羽毛是飘向帝厌的。"

帝厌嫌弃地看他一眼，浑然不在意："本君的就是爱卿的。"

盛部感动道："我的也是小龙的。"

帝厌说："本君不要。"

误认为盛部是云鸾鸟的命选之人，鸾人长者愉快地把他们迎回了居住地。

鸾人居住在峡谷的一片平地处，周围依旧是盛开如朝霞的鲜花。

他们的房屋造型很奇特，像落到地上的鸟窝，用干草和泥土垒成，一坨一坨，很是巨大。

鸾人长者带他们进到一坨里面，地上铺着柔软的稻草，有一些类似餐具的陶器，但总体还保持着原始鸟窝的风格。

鸾人长者让他们在这里休息，漆转琉璃棺之事他需告知族人，之后再带他们去见。

帝厌表示不着急，但鸾人长者没搭理帝厌，细细的眼睛诚惶诚恐地看向盛部。见盛部点头，鸾人长者才松了一口气，离开了。

一行"生物"又聚到了一起。

张菌因为身后还带了后援队，所以有些心虚，挨个找他们搭讪，但显然效果不佳，只好默默蹲到角落里画圈圈。

伯仪探过去脑袋，问道："要诅咒我们吗？"语气里很是兴奋。

张菌翻了个白眼，既然知道，就不要说出来，我很尴尬的。

"不是，走了一天的路，饿了，反正我们已经到地方了，我想把东西拿出来，分分吃了吧。"

说着，张菌解开背包，从里面拿出了腌制的生五花肉、生鸡翅、生茄子、生金针菇……唯一的熟食是十个芝麻烧饼。

背包是盛部给他的，说里面是食物，他真的一眼都没看。

黑蛟也打开了盛部给的另一个背包，从里面拿出盐、胡椒、辣椒、油、炭……还有一把铁签子。

张菌饥肠辘辘，为了追他们，清晨一醒过来就在赶路，现在饿得前胸贴后背，看着铁签子，真心想把帝厌串起来。

帝厌正在无辜地舔爪爪。

就在张菌抱怨的时候，黑蛟拿着所有东西站起来走到门口，开始把五花肉往签子上串。

盛部悠然道："厨师没白请。"

张菌现在才知道，原来在这个团队里，黑蛟不是打手，而是厨师。那自己是什么？他努力回想了一下，想起一路自己开过的山路。

他的定位是司机吗？

黑蛟捡了几根粗一点的树枝，搭成简易的烧烤架，伯仪过来帮忙串肉和菜，张菌点木炭，盛部和帝厌也不闲着，袖手而立，专注地围观。

很快，五花肉和烧饼就被架在了火上，黑蛟沉默寡言，手法熟练地往上面抹油撒辣椒，没过多久，烧烤的香味便袅袅飘了过来。

不远处的鸟屋里冒出几个五颜六色的小鸟脑袋，好奇地往这边看。

第一把肉烤出来了，焦黄的五花肉嗞嗞冒着油，鲜红的辣椒撒在上面，再配上一层白芝麻，卖相漂亮得犹如加了美食滤镜。

几个"生物"一人两串，转眼就吃了个精光。

正等待第二把烧烤的时候，鸢人长者派年轻鸟过来邀请盛部前去有事相商，并且只准许他独自前去。

盛部看帝厌，毕竟这是个误会。

帝厌揣着小爪爪蹲在火堆边，兴致勃勃地等待着烤虾，头也没回，朝盛部挥挥爪："早去早回。"

盛部只好独自跟着年轻鸟离开。

黑蛟烤了一大把红艳艳的麻辣烤虾，帝厌表示自己就是小海鲜，所以就爱吃点小海鲜，直接全抱走了，跑到角落里揸起爪爪，大显身手，准备剥虾。

伯仪和张菌打也打不过，只好蹲在火堆旁边等第三拨烤肉。

张菌时不时朝远处张望："你说，鸢人和盛总在聊什么？"

伯仪给黑蛟递香肠，说道："等盛大佬回来就知道了。"

张菌试探着问："你觉得他们会告诉我们？我们毕竟是外人，帝厌和盛总看起来才是一家。"

伯仪开心地接过一串五花肉，吃得腮帮子鼓鼓的，眨巴着大眼睛说："这里的外人好像只有你一个，我们是'外兽'。"

只是一个表达词，用得着分这么清楚吗？

很快，盛部就回来了，他在火堆前没见到小龙的身影，就问帝厌去了哪里。

张菌拿着一大把肉串往屋里走，说："不就在……"他倒吸了一口气。

伯仪听见声音，好奇地把脑袋伸进去："怎么……哇！"

在光线暗淡的阴影里，站着一个人，白衣胜雪，肤如凝脂，光滑的黑发垂地，看向他们的双眸犹如雨后山河般碧绿，眼角斜斜地飞起，唇瓣殷红，带着几分深意地望着他们。

盛部见一次惊艳一次！

帝厌抖抖袍袖，拿出两把烤虾，修长的指尖滴着辣椒油，幽幽道："本君不会剥。"

盛部走上去接住烤虾。离近了看，帝厌更是犹如谪仙般清冷俊美，盛部的目光竟有些不敢和这样的小龙对视。

"我来。"

帝厌一弯眼角，露出一抹稍纵即逝的笑："有劳。"

张菌戳戳伯仪："这是那条短腿龙？"他怎么都没有想到这只短腿兽的人形竟艳丽如此。

白袍下的两条大长腿是怎么回事？

伯仪直勾勾地看着帝厌高挑颀长的身影，馋得口水都要流出来了，一直以为帝厌的人形应该不错，没想到竟这般俊逸好看。

黑蛟进来送烤好的肉，一眼看见帝厌，冷峻的眉头也微微一挑，显然也是被惊艳到了。

帝厌坐在稻草上，撑着下巴，对周围艳羡的目光浑然不知，徐徐问道："鸢人是何意？"

帝厌还是小龙的时候，说话常常很不着调，但也符合他不着调的长相，这会儿人模狗样慵懒地坐在那里，举手投足都带着清风皓月般的洒脱和清逸。偏偏他本龙还不知晓，未得到盛部的回答，就往前又凑了凑，将俊美的脸庞递到盛部眼皮下面。

盛部别开头，沉沉地说："它们同意，条件是只有我能见。"

帝厌歪着脑袋想了想："也好。你去见了，和本君说说里面是个什么情况。"

张菌忍不住了，走过去，说："喂，来都来了，你就不想亲眼见一见这只古怪兽？"

他心里打着小算盘，作为鉴别天下万物的"小细菌"，其实他真的很想看看上古怪兽长什么样，这可是离神话传说最近的一次。

帝厌墨发垂地，头也不回，懒懒地说："我不叫'喂'，我叫楚雨荨。"

张菌惊呆了，他就没见过这么会玩梗的兽。

到了夜里，月明星稀，鸾人长者来了，告诉盛部，现在可以去看漆转琉璃棺。

鸾人长者身后跟着一群沉默的族人，手中捧着什么东西，月光照在一双双细长的眼睛里，如同星辰般安静肃穆。

晚风轻抚落花，瀑布的雾气氤氲在空气里，张菌看着头顶巨大的月亮，月光蒙着一层淡淡的银色，怪异得不像真实世界。

月亮升至头顶，在月光极尽皎洁的落花深处，鸾人簇拥而跪，举起手里的东西，轻声诵唱。

"轰隆——"

鲜花深处升起了一座高台，台上是棺，台下有长阶，从高台延伸到了盛部面前。

长阶幽幽，落红铺地，尽头是沐浴在璀璨星河中的神棺。

鸾人长者说："请诸位不必上前。"说完，对盛部做了个请的手势。

帝厌又变回了原形，从盛部肩膀跳到伯仪肩膀上，甩着小尾巴，对盛部道："去吧，不要有压力。"

一个签名就决定几千万项目的盛总突然就有压力了，生怕自己给小龙丢了脸。

盛部拾阶而上，背后是长者站在长阶前激动的目光。

盛部闻着冷冷花香，从低调的霸道总裁到全村鸟的希望，大概就是多了个帝厌的距离。

"你就这么放心他一个人去？"张菌小声嘀咕。

帝厌浑不在意。

张菌心里动了一下："其实你早已有把握？"

他好像想到了什么，神色冷静下来，想起帝厌这一路的配合，总觉得自己被套路了。他又试探着问："我来这里的目的你清楚了，那你的目的是什么？"

帝厌微微一笑："是你邀请本君来此处的。"

话音刚落，数百道银光忽然从高台上的棺中射出，明亮刺眼，与月光辉映。

在银光绽放的虚空中，一座棺木泛着鎏彩般的光芒，徐徐浮在半空。

所有目光都被琉璃馆吸引了过去，伯仪和黑蛟同时感受到了来自漫长岁月沉淀的古灵力。

纯净，充沛，强大。

一声空灵悠远的鸟啼骤然响彻山谷。

一只身披流彩的鸟拖着美丽的七彩尾翼从棺木中一跃飞起，落进银光与月光交汇之处，缓缓张开了嘴，引颈长啸，犹如穿过了千年时光，凝聚着遥远古朴的力量。

"你终于来了。"

云鸾人瞪大眼睛，仰望先祖。

盛部转身看向长阶下，目光远远落在了帝厌身上。

帝厌转身变出人形，负手而立，墨发在山风中飞扬。他平静地站在人群中，淡淡道："嗯，来了。"

张菌把吃惊的目光落向了帝厌："你你你……你和云鸾的先祖认识？"张菌暗自心惊，帝厌到底是何人？

云鸾先祖张开双翅在半空中盘旋一周，然后在云端缓缓垂下纤细优美的长颈——这是臣服的姿态。

云鸾先祖缓缓道："云鸾见过龙君。"

几道银光飞到帝厌身前，帝厌便踩着银光走到神鸟面前，山风吹动他长袍簌簌作响。半空中，帝厌伸出手，轻轻放在云鸾的头上："这些年你受苦了。"

云鸾先祖低声道："请龙君庇佑我族。"

帝厌微笑："自然。"

云鸾先祖高声长啸，忽然化作一道流彩，没入帝厌身上。

帝厌闭上眼，上古神鸟的清澈灵力在他枯竭的四肢百骸游走。

千年之前，云鸾先祖临死前在琨山山脉中设下上古结界，保护族人不受外界入侵，但结界终有时限，撑到现在已是极限。如今上古结界出现裂缝，以至于灵气外泄，无名鼠辈闻味而来，老头等人是第一批，但绝不是最后一批。

云鸾先祖有天算之术，算出千年以后上古龙君将重现人间，于是留一抹灵气在漆转琉璃棺中，助龙君帝厌恢复灵术，从而换取他庇佑鸾人一族不受侵害。

帝厌微微合眸，抬手一挥，一座巨大而无形的结界落到了这片遗失的山水中。

"从今以后，六合之间，四海之内，星辰经之，日月照之，无以可入，神灵庇佑尔等万世。"

帝厌身上顷刻之间爆发出凝重浑厚的力量，令在场所有的种族都感到了内心深处的撼动，十万山河同时悲鸣，飞红如雪，纷纷扬扬。

鸾人先跪了下来，高声跪谢龙君，随后是伯仪和黑蛟。张菌的肩膀犹如被大山压着，一个不稳，也跪了下来。

盛部离帝厌最近，所以感受到的威压也最为沉重，他专注地看着长身玉立在虚空中的帝厌，缓缓单膝跪下。

帝厌从半空中落在高台上，扶住盛部的手臂，将他扶了起来，与自己并肩垂眸看着长阶下的众人，一如七千年前降星台上顾盼神飞的上古真神。

为鸾人设好了新的结界，告别鸾人以后，帝厌带着一行人离开这里。

刚踏出结界范围，他就变回了十八厘米无精打采的小龙，恹恹地趴在盛部手里。

张菌道："喂，那只云鸾鸟不是将所有的灵力都给你了吗，怎么还一副有气无力的样子？"

帝厌淡淡瞥他一眼："我不叫'喂'……"

张菌和伯仪同时接道："你叫楚雨荨！"

盛部温柔地抚摸着帝厌："不，这是我的龙儿。"

帝厌被恶心得浑身一颤，换个姿势，懒洋洋地说："即便有云鸾遗留的灵力，本君的灵力也只恢复到了六成。"

所以能歇着的时候还是要歇着。

张菌、伯仪和黑蛟内心震撼，当年云鸾先祖拼死才为后代设下结界，现在帝厌仅用六成功力就能仿照云鸾先祖设下千年结界这番浩荡工程，如若帝厌全盛时期，又该是如何的呼风唤雨。

他们不敢想象，也想象不出来。

那边，盛部和帝厌已经上路了。

帝厌抱着薯片咔嚓咔嚓地吃，仰头看着英俊的盛爱卿，问道："怎么突然唤本君……龙……儿？"

盛部垂眸怜爱地瞅着帝厌："龙儿喜欢吗？"

帝厌憋了又憋，艰难地告诉自己"爱卿还小，要宠着"，露出个违心的笑容："爱卿喜欢就好。"

他们一行离开琨凤尖，刚到琨山那个景区，就被人拦下了。

景区门口停着三辆商务车，下来的人穿着黑色的制服，出示了一下工作证，把他们往没人的地方带。

帝厌装在盛部登山服上衣的口袋里，只露出一个小小的脑袋。

张菌和其中一个长相俊朗的男人说了几句话，走过来对盛部，实则对帝厌说："抱歉啊。"

张菌挠挠脑袋："那个老头跑了，其他人都抓住了。"

见帝厌表情冷淡，张菌赔笑说："还有一个消息，龙君听了会高兴一些。我们部门的段组长告诉我，经过身份对比，这几个人就是姓姜的手下。"

帝厌凝神："果然。"那这个姓姜的会是当年的姜王后裔吗？

伯仪走过来问："那只开明兽的下落呢？就是那只虎身人面的兽。"

张菌说："不见了，就是那只兽带着老头逃了。"

帝厌面无表情地"哦"了一声。

张菌烦躁地抓着头发："从景区下来的路就一条，真不知道怎么跑的。"

这次他是抱着将那些人一网打尽的念头，才在帝厌面前承诺，没想到被队友打了脸。

帝厌没再继续追问，从张菌的腰旁往后看去，没想到刚好和一双眼睛对上了视线。

那就是和张菌交谈的人，他大步走过来，爽朗一笑，和盛部握了手："盛先生是吧？听小菌说过，你好，我叫段江南，是特物部的特勤组组长。"

盛部轻轻点了下头，大多数情况他都是很淡漠的人，气质疏离，不怎么跟外人亲近。

段江南似乎很喜欢笑，眉眼弯弯的，再加上长得不错，和盛部完全就是两种人设，一看就是温柔和蔼的邻家大哥哥。

段江南低头看向盛部的口袋，明显愣了下，笑着说："这就是小菌提起的那只兽吧。"

盛部眉头一皱，把帝厌的脑袋推回了口袋里。

帝厌不悦，在口袋里翻江倒海，一口啃上盛部的指尖。

段江南腾出一辆商务车，派了一个司机，让张菌陪着把人送回首都。从他们的角度来看，盛部他们出现在这里，都是为了协助特物部抓人。

张菌看了看商务车，和伯仪对视一眼，两双眼睛滴溜溜地转起来。

看到这辆商务车，他们就忍不住想起盛总一千多万的豪华房车，两室一厅，家庭影院，你有你的春暖花开，我有我的面朝大海。

盛部没用段江南的车，只要了司机。

张菌笑嘻嘻地抱紧粗大腿，冲段江南挥挥手："我一定会护送盛总平安到家的。"

段江南深深看了盛部一眼，挥了挥手。

一行人热热闹闹上了车。

有了司机，他们就不用再轮班开车，可以躲在客厅里看电影。黑蛟用无烟烤炉做烧烤，帝厌最喜欢烤土豆片，切得薄薄的，撒很多的辣椒和芝麻。

盛部看着正抱着薯片啃的帝厌，问道："要不要变成人形？"

"为何？"

"嗯……吃东西比较舒服。"

帝厌想了想，觉得有道理，一阵柔风吹拂车厢，再一眨眼，白衣胜雪的美男子就站在了墙边。

帝厌左手拿着一串香葱烤蘑菇，右手拿着一串羊肉串。

伯仪说："大人，你的食量也会变大变小的吗？"

帝厌低下头，撕下来一丝羊肉和一小块蘑菇盖，嚼吧嚼吧咽了，将剩下的递给盛部："吃饱了。"

看来并不会变。

张菌的手机响了，他走到窗户边接通："嗯嗯……我们已经到310高速了。哦，人现在怎么样了……找医生看看，别是装的……看守严着点，我没事，我问问盛总，挂了挂了。"

他扭头道："段组长让我问问盛总有没有什么不舒服的地方，你们经过的那个山洞里有鸢人的一种木香毒，被抓住的那几个人就中了这种毒，现在在高速上上吐下泻。"

盛部说自己没有什么感觉。

帝厌想起来了，他们在山洞里遇见第一个人的时候，那人蒙着面，临死时痛苦地抓着喉咙，一副中了毒的样子，还说香什么的。

张菌狐疑地看着忧郁的盛部，不解道："你们根本不知道这事吗？那香味可毒了，人一闻就受不了。"

伯仪吃着烤辣椒，嘴唇殷红："你也是人，你没事啊？"

张菌解释道："做我们这一行的出门都很注意，我对气味敏感，还没进洞里就闻到了。黑蛟探了路，说不远就能到头，所以我屏住了呼吸，一口气跑完的。"

帝厌道："怪不得见面时你喘得那么厉害，本君以为是黑蛟在后面咬你。"

张菌呆住了。

黑蛟腹诽：我只吃海鲜的。

张菌拿着麻辣鸡翅扶额，说道："那出来的时候盛总怎么走得那么快？我还以为你和我一样是屏住呼吸，着急出洞喘气呢。"

伯仪解决掉一个香葱烤饼，用冰可乐泡青草喝，说："综上所述，只有一个结果。"

所有人都看向他。

伯仪打了个嗝，熏得众人想揍他，然后捂着脸大叫："所以盛总不是人啊，他不怕木香，他一定不是人！"

张菌用瓜子壳砸他，第一个反驳："怎么可能，盛总可是有爹妈的，总不能说爹妈不是亲生的吧！"

盛部正在给帝厌倒水喝，一挑眉，淡淡道："确实不是亲生的。"

张菌表情复杂。

盛部道："我是父母在垃圾桶里捡的。"

张菌道："呃，小时候我淘气，我爸也是这么骗我的，你不会信了吧？"

盛部剥了一粒瓜子，塞进帝厌嘴里。帝厌撑得要吐，叼着瓜子不肯吃。

盛部说："我母亲没有生育能力，他们是在去孤儿院领养孩子的路上，在路边的垃圾桶里偶然发现我的。在我成年之前，我父母每年还会在国内儿童失踪救助平台更新我的照片，希望有一天能为我找到亲生父母。我成年之后，寻人信息才撤了下来。"

车厢里安静了下来，片刻后，张菌问道："盛总是几岁被收养的？"

盛部道："我母亲带我去做了骨龄测试，是十岁。"

"十岁，已经记事了，怎么会在垃圾桶里？"

盛部淡淡道："我好像失忆了，完全不记得收养之前的事。"

他的人生后半截看起来卓越优秀，前半截却充满了谜团，但这个谜团对盛部而言完全没有任何意义，对他如今的生活没有造成一丝的负担，所以他并不想知道亲生父母是谁，也不想知道被遗忘的十年里发生了什么，既然已经过去了，那就让它过去好了。

伯仪握住拳头，眼泪汪汪地啃手指："这样的总裁身世设定太迷人了，迷人中还有一丝丝未知的狗血。想象一下，茫茫人海中好不容易遇到了对的人，一查发现是亲人，是分还是不分，这是一个值得思考的问题！"

张菌道："那……盛总有可能不是人吗？"他看的是帝厌。

人和兽终究是有区别的，即便盛部身世再狗血，这一点总能区分开来吧。

帝厌道："兽有灵源，自灵源生灵力，自灵力生灵窍，自灵窍生万物感知，若想区分人与兽，一探灵源便知。"

说着，帝厌将爪子搭到了盛部的脉搏上，闭上了眼。

帝厌的爪子微凉，比常人的体温低一些，锋利的指甲收了起来，小小的爪子搭在盛部手腕上，盛部也说不出什么感觉……主要是爪子太小了！

帝厌闭着眼，其他人屏着呼吸，等待着结果。

片刻后，帝厌睁开了眼，小脸上表情有些古怪，他慢吞吞地捋着胡须，眯起眼，艰难地追忆着几千年前的往事。

可惜什么也没想出来，因为有些事太过久远，当时他就不怎么操心，现在一点印象也没有。

"怎么样？是不是有喜了？要喜当爹？"伯仪紧张地问。

帝厌心里"咯噔"一下。

盛部问道："如何？"

其他人都急吼吼地瞅着帝厌。

帝厌忽然抓住盛部的手指，一口啃上去，咬破了他的指尖。

盛部还没反应过来，手指就被帝厌抓着递到了伯仪面前。

"闻一下，用灵力。"

伯仪依言，用灵力加持鼻子，嗅了嗅盛部手指的血，傻乎乎地说："甜甜的，但我不是吸血的，要不送给黑蛟？"

帝厌瞪他一眼。

黑蛟则再次在心里澄清：我真的只吃海鲜。

帝厌深吸一口气，平复内心的躁动后，问道："还有什么气味吗？"

伯仪不明所以地摇摇头："只有血的味，和大人的气息很像，好好闻。"

伯仪的嗅觉和人族以为的嗅觉不同，并不是简单地用了同一款香水就是一样的味道，而是生灵身上与众不同的生息，生息是血脉相传，没有一模一样，只有源自血缘的相似。

听了这话，帝厌的心平静了一瞬，然后又重新奔腾起来：真是我的龙崽？我的龙崽！

帝厌忽然又想起盛部将血滴进封印他的酒瓶里时，爆发在他身上的力量。

其实刚被封印的时候，帝厌曾用幻术引诱过人族为他解开封印，但无一可行，他还以为是自己方法用错了，没想到是这样，事实原来是这样。

帝厌忽然抬起头，老泪纵横地看着他的"小小龙"。

盛部被帝厌水汪汪的碧眸吓着了，手忙脚乱地安抚："怎么了？别哭，到底怎么了？"

帝厌忍住心头的百般滋味，说："本君……我在你的身体里没有发现灵源。"

"嗯？"

帝厌道："但是你的体内有一道封印，不知道封着什么东西，我解不开。"

盛部皱眉："封印？我没感觉，能知道是谁下的吗？"

帝厌舔了舔嘴唇："如果我没看错……这封印上的灵力正出自我。"

灵力是他下的，血脉又一样，所以说盛部可能是他某位后宫佳丽在帝厌被囚禁的时候，给他下的龙蛋！

爱卿是老龙的小小龙啊！

得出这个结果，帝厌内心汹涌澎拜。他竭力按捺住心头的震惊才没把这个结果立刻公布于众，因为还有许多问题他都没弄明白。

虽然封印上的灵力来自于他，但他一点都想不出来自己什么时候下的蛋，完全没有记忆，甚至也想不明白自己为何要在儿子的体内下这道封印。

还有一个疑点，就是如果这个儿子是他被囚禁之后才出生的，他又怎么能在其身上下了道封印呢？

太古怪了。

张菌问："你？那你什么都不记得了？为什么下封印，什么时候下的，封了什么，全都不记得了？"

帝厌默然。

伯仪瞪着盛部："那你呢？体内的封印有什么感觉吗？"

盛部当了三十年的普通人，从来没有任何异样，虽然帝厌说自己和他可能有什么关系，但盛部并不想知道，只想当盛部，然后养着帝厌这条龙，这样就可以了。

第六章 · 盛部到底是谁

——帝厌的来历。

　　帝厌哪哪儿都想不明白，最后往后一躺，望着车顶，幽幽地想道：本龙脑子进了酒，一点都不好使了。姜禹果然狡诈，不仅嫉妒本龙灵术强大，还嫉妒本龙的脑袋，所以才想出泡龙脑这个阴险的办法。

　　盛部见帝厌沉闷的样子，说："我已经好好活了三十年，即便我身上有什么谜题也不用着急解开。"

　　帝厌凝视盛部，想从他脸上找到一丝丝和自己相似的地方。

　　但是没有。

　　他们长得完全不像。

　　帝厌只能点点头，也不敢说"我有可能是你爹"的话，望着窗外，思绪万千。

帝厌说不出一二，盛部本人又不关心，张菌和伯仪想吃这个身世的瓜都没法吃，只好闷闷不乐地继续撸串。

因为有专业的司机，为了保证司机白天的驾驶安全，入夜后，他们不再继续赶路，在服务区停车休息。

房车住着很舒服，但毕竟是车，空间有限，停靠的服务区刚好提供住宿，周围山清水秀，风景很好。

盛总这次很大方，给他们一人开了一个房间。

伯仪眼巴巴地看着盛部和帝厌进了一个屋子，对张菌道："我总觉得大人怪怪的。"

张菌钻进自己的房间，头也不回，一下子扑到床上："我倒是觉得他说的封印怪怪的。"

伯仪跟进去，和他并排趴在一起，提议道："不如我们八卦八卦？"

张菌刚想把头凑过去，就见敞开的房间门口，黑蛟背着旅行包冷冷酷酷地走了过去："呃……"

伯仪有点蒙。

张菌小声说："你觉不觉得那条蛟很帅，就是那种特别酷的帅。"

伯仪啧啧道："他不是我的菜。"然后吸着口水，自豪地说，"但是我是他的菜。"

张菌心想：国民美食，果然有资本骄傲。

第二天，吃过早餐，他们就重新上路，第三天中午终于到了

首都。

几只"生物"商量着去黑蛟的烧烤摊上搓一顿，刚下车，张菌接了个电话，神色不好地冲他们挥挥手，伸手拦了辆出租车，急匆匆走了。

帝厌懒洋洋的，只想回去泡澡睡觉。

盛部一听他要泡澡，就一心只想围观，也不想吃什么烧烤了。

最后只剩下伯仪和黑蛟，把"食材"和"厨师"放在一起，"食材"有些瑟瑟发抖，忍不住打了个喷嚏。

黑蛟看伯仪一眼，冷冷道："喝点姜汤。"

伯仪心惊：这是要让我入味吗？

他"咩"的一声吓跑了。

日子又回到了睡觉吃饭追剧的日常。

啃了一会儿苹果，帝厌撑着腮帮子扭头看那边埋头在电脑前的儿子，朗声道："爱——"爱卿？爱子？

怎么叫合适？老龙纠结了。

算了算了，现在还不是相认的时候。

盛部抬起头，手指依旧在键盘上灵活地飞舞："嗯？"

帝厌道："没什么，本君是想问你在做何事。"

"赚钱养你。"盛部笑着说。

帝厌眨巴眨巴小绿眼，突然捂住心口，仰倒在苹果上，心道：真是太孝顺了！

感慨完了，他叼走了盛部的手机，趁盛部在专心致志码字，偷偷给伯仪打了个电话。

伯仪的声音传来："走过路过不要错过，老铁点个赞，本人直播吃青草。"

"……"

"咳咳，大人，我刚刚正直播呢，怎么啦？"

"现在什么行当最挣钱？"

"谢谢老铁给的游艇……最挣钱？当然直播啦，你看这些人，我就吃一把青草，都有人给我钱。"

帝厌虚心求教，伯仪便推给他几个直播 APP，让他上去逛逛，等会儿自己下播，再和他细说。

帝厌将信将疑地打开直播，随手点开了一个……

从此打开了奇妙的大门。

等伯仪下了播去找帝厌，帝厌陷在直播里久久难以回神，小绿眼比刚才更绿了。

他们开了视频通话，帝厌幽幽道："刚刚有个人表演铁锅炖自己。"

伯仪洗了个苹果，边吃边说："那算什么，我还能铁锅炖熟自己。"

帝厌抠着手机屏幕，问："直播一次能挣多少钱？"

伯仪道："看粉丝给不给力。像我吧，一次也就一两千块，大神直播一次估计能挣个万把块……咦，大人，你缺钱吗？"

帝厌道："本君要养盛部。"

伯仪疑惑了，龙君认真的吗？

"本君直播什么好？吃播怎么样？本君吃得很多。"

伯仪腹诽：就那个小肚肚，吃颗花生米都能撑着，大人哪里来的自信？

伯仪又想了想，大人是龙，龙的拿手绝活是……

"喷火，大人，你表演喷火吧！"

帝厌吐了一口气。

伯仪满屏幕找火星："哪儿呢，哪儿呢？"

帝厌幽怨地抠着手机屏幕，说道："本君灵力属水，不能吐火，不如本君吐个水？"

伯仪小声嘀咕："吐水什么的一点都不威武霸气。"

帝厌眼睛危险地一眯。

伯仪立刻出主意："大人会跳舞吗？网上有个很火的舞蹈，萌宠都会，特别简单。"

帝厌撑着下巴说："哦？推给本君看看。"

伯仪退出视频，从自己的账号收藏里找出链接，给帝厌发了过去。

帝厌打开看了一遍，小绿眼一亮，这也太简单了，老龙能跳得比那些猫猫狗狗都浪，他乃全网第一浪龙！

盛部坐在电脑桌前一天，终于补齐了之前欠的稿子，站起来活动了下腰，目光在客厅里搜索龙儿的踪迹。

帝厌不在客厅里。

盛部正准备上二楼卧室寻找，就见电脑上挂的微信疯狂闪了起来。他戳开，小丸子直播APP的运营经理发来了许多语音：

"盛总，您开播了？哎呀，您看，您也没提前说声，我这就让技术把您推到榜单上。"

盛部问道："什么意思？说清楚。"

运营经理顿了顿，说："就下午的时候，我们检测到一个账号，是用您手机注册的，名字叫'我短我骄傲'。您之前在微博上发

.220.

过照片，主播里的小蜥蜴和您的宠物一模一样，虽然看不见脸，但是通过技术分析，应该就是您的宠物……"

不等听完语音，盛部三步并作两步上了二楼。

他的房间传出隐约的音乐声。

盛部在门口平复了一下心情，将屋门打开一条缝，看清楚里面的场景后，他生平第一次管理不住表情了。

冷灰色调的床单上，帝厌拿着两根海草，正对着手机风骚地扭腰。

"像一棵海草海草海草海草，浪花里舞蹈……"

盛部惊呆了。

帝厌摆出后裔射箭的姿势，抖爪，唱道："龙海啊，茫茫啊……"

直播里，帝厌的头被一张小小的卡通图片遮挡着，只露出十八厘米的身子和四只卡哇伊的小爪子在屏幕里扑腾，纯白的鳞片在五彩斑斓的滤镜里折射出漂亮的光彩。

评论里一片炸锅：

【这是我见过最浪的蜥蜴，没有之一！】

【蜥蜴都会跳舞？！】

【哥哥送游艇给小蜥蜴，小蜥蜴什么时候露脸？】

【太可爱了！】

……

帝厌嘚瑟地双爪撑腰，人人爱龙！

盛部走过去，"啪"的一声把手机拍翻，面无表情看着把腰风骚地扭成 S 形的老龙。

呃。

帝厌的心里只有三个字：完蛋了！

盛部靠着墙边，一言不发地看着床上尿了吧唧的老龙，用沉默压得老龙抬不起头。

帝厌低头对着爪爪，心里已经想好了一万句认尿的话。

盛部问："为什么要开直播？"

帝厌坐起来，幽怨地望着他。

"龙儿？"

帝厌伸出手："过来。"

盛部坐近了点。

帝厌道："头过来。"

盛部把头伸过去。

帝厌慈祥地摸着盛部的脑袋，说道："你都这么大了，本君也没送给你点什么。"

盛部说："送过，爱心山羊脸。"

帝厌凶巴巴道："闭嘴！本君说话不许插嘴。"

要时刻维护老子的威严。

"哦。"盛部觉得帝厌好傲娇。

帝厌重新陷入慈父的角色中："这么多年，也不知道你过得怎么样……"

盛部听明白了，龙儿是瞒着他弄点钱，送他礼物。

"龙儿。"盛部抬起头。

帝厌正趴在盛部脑袋上，被他抬头给带了起来。

盛部从头发上摘掉老龙，说："我们是朋友，我的就是你的，只要你在我身边，我什么都可以不要。"

帝厌老泪纵横，张开龙爪，深情款款，作势就要扑过去。

盛部用手指顶住帝厌的脑门："变成人。"

帝厌抬起爪，巴啦啦魔龙变身！

盛部看见白袍翻飞，露出了笑容。

第二天一大早，盛部就做好了早饭，蟹黄包、三明治、牛肉锅贴、豆浆，还有牛奶，虽然老龙吃得少，但是盛部爱心满满。

早饭还没吃完，盛部就接到了张菌的电话。

张菌在电话里急吼吼地说："有个事要给你们说，在你家等我，我不知道几点过去，但肯定会去的！"说完就挂断了电话。

盛部看帝厌，帝厌打个响指，兴致勃勃道："有客自远方来，我们去买菜吧！"

下午，张菌到之前给盛部发了条微信：【马上到，带了个人，上次盛总见过，特物部的特勤组组长段江南。】

盛部回道：【来者是客。】

张菌：【多谢盛总！】

盛部：【我们很期待客人的礼物。】

张菌：【呵呵……】

夏日的黄昏，一天的暑气终于消了，天边被炽热的火烧云镀上了一层瑰丽的颜色。

郊外别墅区的绿化做得很好，欧式小别墅藏在绿荫深处，一有风吹过，便是阵阵凉爽。

还没走进去，就能闻到火锅的香味，张菌拎着七八杯冷饮，对段江南说："看见没，我早就猜到了，这是他们说大事必备姿势。"

段江南看着别墅的小院子里忙来忙去的人影，有点担心："我们说的事可能会影响胃口。"

"你想多了。"

张菌说完，抬步走进去，花草掩映的院子里，摆了四五张大大小小的桌子，洗得青翠欲滴的蔬菜、各种菌类、各种丸子、鲜红的羊肉卷和牛肉卷、鸭肠鹅肝等等，摆了一盘又一盘。

桌上竟然有两口大锅，一口锅冒着鲜艳的红油，另一口锅是青椒野山菌，光看锅底，就能被勾得馋虫大作。

"哎。"张菌冲站在烧烤炉前的男人打了个招呼。

黑蛟穿着小黄人围裙，神情冷冰冰地往鸡翅上撒辣椒，然后递给张菌一把，冷漠道："吃完。"

张菌诚惶诚恐地接住，还给他一杯冷饮，钻进了屋里。

屋里开着空调，和外面简直是两个世界，冷得还有点哆嗦。

盛部和帝厌在看电视，伯仪坐在地上开啤酒瓶盖，已经开了十几瓶了。

看见他们，帝厌第一个扑过去，跳到张菌肩膀上，热情道："客人来了呀，快坐。爱卿！来接一下东西！来都来了，还带什么东西。"

帝厌说着说着，跳到张菌手里的东西上，被盛部接走了。

张菌："……"

帝厌见只有几杯饮料，不死心，重新跳到段江南肩膀上，说道："段先生第一次来是吧？客气什么，把这儿当自己的家，还带什么……"

段江南两手空空。

帝厌一甩尾巴，笑得慈祥又和蔼："段先生一点都不客气，和知书达理的小菌菌就是不一样。爱卿，家里的筷子是不是少了一双？"

段江南局促地挠挠头发："失礼了，我刚从现场回来。"

他想了想，从口袋里摸出一个东西，说："不知道小龙是否喜欢？前两天刚从古董店里买的。"

那是一枚通体碧绿的玉扳指，水色通透，一看就是好东西。

帝厌两爪抱住，瞅着盛部，用眼神无声交流：

"值钱吗？"

"还可以。"

"本君要不要？"

"拿着吧。"

"会不会不太好？"

"特别好，别辜负人家的心意。"

帝厌心满意足地抱着扳指，扭来扭去，飞回盛部的肩膀上。

段江南长得很阳光，笑起来也很爽朗："现在还少一双筷子吗，要不要我出去买？"

帝厌坐在盛部肩膀上，啃了一口扳指，啃得小牙嘎嘣响，这才满意地收了起来。

张菌拉着段江南出去帮忙准备饭菜，小声道："是不是傻乎乎的？"他指指脑袋，"听说是脑子进酒了，不太好使，不过龙不坏，武力值很强。"

段江南笑道："很可爱。"

天再晚一点的时候，他们在小院里围着桌子吃起了火锅。

伯仪直接倒了两盘羊肉卷进红油锅里，看着肉卷馋得流口水。

张菌夹了一筷子麻辣牛肚，吃得头顶冒热气，额头的汗直流："夏天在外面吃火锅，真是太有创意了。"

帝厌捏着一根水晶粉慢慢吸溜，歪头看盛部："热吗？"他体质偏寒，没什么感觉，甚至还有点爽。

盛部优雅淡定地擦去额角的汗，说道："龙儿开心就好。"

"有风就好了。"张菌满身大汗，吃得嘴唇红艳艳的。

帝厌看盛部："要吗？"

盛部挑起眉："可以有？"

帝厌打个响指，一抹淡淡的清风忽然从小树林里拂来。

他慢悠悠地吸着水晶粉，遗世独立道："你说要风，世上便有了风，鼓掌。"

伯仪放下筷子，心悦诚服地鼓掌，对帝厌无脑吹。

段江南吃了会儿，说："这次打扰，其实是出了一件事。"

帝厌正从锅里捞涮羊肉，爪子用得不爽，"砰"的一声变成了人形，仙姿缥缈地和盛部挤在一起。

张菌刚夹起一筷子水晶粉，被帝厌变身的声音吓得手一抖，无语道："还以为谁放屁了。"

帝厌皱眉看盛部："像吗？"

盛部摸摸鼻尖，给他嘴里塞了个牛肉丸子。

帝厌嚼了嚼，说道："本君换个音效。"

作势就要变来变去。

张菌心想："这还能换？

"吃饭。"盛部按住扭来扭去的帝厌，往他嘴里塞小油条。

帝厌只好作罢，懒洋洋地撑着下巴，问："何事？"

段江南猝不及防被一双多情精致的碧眸对上，愣了一下，脑袋一片空白。被张菌推了几下，他才回过神，俊脸在众人的目光下一点点发红。他别开头，干巴巴地说："在琨山里失踪的老头已经找到了。"

小油条在红艳艳的牛油锅里泡过，帝厌轻轻咬了一口，唇瓣被染上一层鲜艳的红，水润的，红嘟嘟的，再加上美艳至极的脸庞、一双无辜的大眼睛，让在场的人和兽皆是心肝一颤。

段江南直勾勾地盯着帝厌看，帝厌没有留意，盛部却注意到了，眉头皱了一下。

张菌看见盛部的表情，连忙用胳膊肘撞了撞段江南。

段江南回过神来，意识到自己失态，低声咳嗽一声，端起碗，不再看帝厌，边夹东西边说："还找到了当时把老头救走的兽。"

"虎身人脸的开明神兽？"

"是。而且老头已经死了，身上有许多伤口，古怪的是他的伤口像是开明兽用虎爪挠的。可是开明兽和老头明明是同伙，怎么会又攻击了老头？"

伯仪问："那开明兽怎么样了？"

段江南说："开明兽也身受重伤，灵力所剩无几，仅剩一息尚存，可能活不了多久了。我们猜测是发生了什么事，以至于开明兽和老头发生了争执，从而出现了内斗。"

伯仪叹气："人兽殊途，三观不同，本来就很难做朋友。"

帝厌爪子轻点着桌面，若有所思地重复段江南的话："开明兽的灵力所剩无几……开明兽的灵力也没了……"

伯仪愣了一下，想起来了，抬头看向帝厌，从对方眼里得到了想要的答案——和薄鱼的情况一样，很有可能是同一拨人干的！

张菌放下手里的食物，分析道："但凭老头一人不可能令开明兽受此重伤，所以我们怀疑打斗现场还有第三方存在。"

他扭头看了眼段江南，见对方颔首，才继续说道："并且此人很有可能就是老头口中的主子，姓姜的那个人。"

帝厌抬眸看着张菌，神情淡然，眼底却一片锐利："你的理由呢？"

张菌想说话，段江南却向他示意自己来解释。

段江南说："特物部很早就在追查姜氏一族，他们的手下小弟我们抓住过许多次，但多次问询都没有得到过关于姜姓主人一丝一毫的消息。据这些人所言，他们只知道主人神通广大，来去无踪，无所不能，即便最厉害的兽也无法伤他分毫。"

帝厌拧眉，心想：当年的姜王盗走了我的灵力，的确比寻常人要厉害许多。

段江南说："这次到这里来，也是想请诸位协助特物部一起将姜氏一族一网打尽，还人界兽界清明盛世。"

帝厌看向段江南，段江南的目光一片诚恳坦率。

帝厌没说答应帮忙也没说不答应，只说自己会考虑。

饭毕，段江南和张菌便告辞了。

本以为他们要过一阵子再见面，结果第二天，张菌又给盛部打来了电话，说段组长告诉他开明兽撑不住了，他们想请帝厌过去，看看能不能从开明兽的伤口上发现什么。

盛部转告了张菌的话。

帝厌听了说："去看看也行。"

一个小时后，他们在郊外和张菌碰了面。

张菌靠着一辆黑车，手里拿着两个眼罩："抱歉两位，部门位置是机密。"

盛部和帝厌蒙住眼坐在后座上。

车子走了一会儿，帝厌忽然说："怪兽是靠气味定位的。"所以蒙着眼，是完全没有屁用，只要想找，就一定找得到。

车子打了个滑，张菌干笑："说什么大实话！"给特物部点面子吧！

车子停在了一间偏僻的仓库前。

仓库建得很高，明显比寻常的还要高上几米。

张菌解释道："当初建造的时候，以为将来会有上古巨兽。"

帝厌衣袂飘飘，负手往里面走，看见仓库里昏暗潮湿的环境，说道："显然你们的待客之道还不够好，所以才没有怪兽愿意来做客。"

"自然是比不上龙君好客。"段江南穿着深蓝色的工作服走了出来，笑着说道。

帝厌的眼里暗光流转："昨日你不是这么唤本君的。"昨天还是唤的小龙。

见盛部脸色一黑，张菌忙道："小龙乃是盛总专属称呼，我们哪敢这么叫，昨天回去我就好好教训了老段。"

帝厌笑了一下："带本君见开明兽。"

盛总阴沉着脸跟在后面。

张菌摸摸鼻子，总觉得帝厌好像对段江南有点特别。

仓库的深处隐隐传来血腥味，一头比老虎还要大两倍的黄斑纹虎躺在地上，九张人脸化作了一张，双眼紧闭，脸色苍白。听见脚步声，它微微睁开眼，瞳孔是一条极细的金线。

帝厌蹲在开明兽跟前，道："好歹也是上古战将，如今此番凄惨。"

开明兽冷漠道："你是谁？"

"帝厌。"

帝厌回答，已经做好了对方有眼无珠根本不认识他的愤懑。

却不料开明兽眯了眯眼，似乎是在思考，片刻后，淡淡道："你不是已经死了吗？"

帝厌一喜："你认得本君？"

开明兽冷漠地说："小时候听过传说。"

帝厌扭头，笑眯眯地看向盛部："爱卿，本君是传说。"

上古时期就是传说，好大的一把年纪。

盛部看着他眼角眉梢的笑意，心里的不痛快立刻消失了，走过去蹲在他身边，说道："嗯，那你很厉害。"

帝厌撸起袖子拍拍盛部的肩膀："哥只是传说，不要迷恋哥。"

盛部："……"

"是谁伤了你？"帝厌问。

开明兽露出迷茫疲惫的神色，犹如奄奄一息的老人，喘了一口气，才缓缓说："即便是你，也没有用的。"

帝厌皱眉："你怀疑本君的能力？"

开明兽嘲讽地笑了一声："并非。"

开明兽夜明珠般的大眼睛无神地望着虚空，说："只不过兽如何比得上人心的狡诈，不然……不然你又如何死在传说里……"

"人心，呵。"帝厌垂眼看着脚边巨大的兽身，低声说，"本君如今重现人间，便是要将这肮脏的人心拔除干净，人心欠兽族的债终究要还。"

开明兽发出一声声抽笑，血水从伤口处汩汩流出，说："你且记得你今日所说……神君请附耳来……"

帝厌照做，开明兽嘴唇嚅动，用很轻的声音说着话。

帝厌身后的几个人努力想听清他们在说什么，却只能隐约听见模糊的几句——

"伤我者是……你替我……"

声音渐没，开明兽闭起眼，腹部渐渐停止了起伏，接着，它的身体浮出星星点点的荧光，像萤火虫一般在半空飘浮。

张菌说："它这是要死了吗？"

没有人回答他，盛部和段江南的视线都紧紧锁在荧光环绕的中心，在那里，帝厌背对着他们，孤独地站着。

开明兽的声音在半空响起："这是我所剩不多的灵源，希望能助神君一臂之力。"

随即，浮在空中的萤火化作一抹幽光，钻进了帝厌的身体里。

张菌目瞪口呆，盛部冷静地看着。

段江南也很平静，甚至面带微笑："兽族似乎很敬重龙君。"

张菌说："这……这怎么办？"

片刻后，帝厌缓缓转过了身，一头青丝在身后铺开，无风自动，浑身笼罩着一层淡淡的柔光，身姿如梦如幻。他负手而立，沉静地站在那里，周身带着睥睨苍生的疏离。

盛部轻声问道："你的灵力恢复了？"

帝厌勾起嘴角，微微一笑，恍若三月桃花，说："足够用了。"

张菌喉结滚动，心底生出一种敬畏之意，小声问道："开明兽说了什么？"

帝厌说："该知道时你便会知道。"

张菌撇了撇嘴，也不太敢抱怨什么。

段江南微笑着说："没让龙君白来一趟，也算回事儿。"

帝厌看了一眼，说："既然来了这里，不带本君参观参观传说中的特殊物种管理部门吗？"

张菌为难地看向段江南。

段江南笑道："好，既然龙君想参观，我们作为主人自然要尽地主之谊。"

帝厌和盛部跟着段江南绕到了仓库的后面，远处是雪白的高速公路，两旁是连绵起伏的山脉，走上一条山间小路，下到了山脚下，便看到高速公路如同银链横在了头顶。

在山里又走了一段时间，段江南说："到了。"

帝厌抬起头，看见眼前的山腰上，幽林遮掩处出现了一座寺庙。

寺庙不算大也不算小，宝盖红柱绿瓦，约是有些年头了，有些掉色。

"建在寺庙里吗？"帝厌看着寺庙大门上的匾额，匾额上书"年岁庙"。

"在庙后。"张菌说。

进入寺庙，院中很干净，路两旁有六棵百年老松，炉鼎里燃着淡淡的佛香。

帝厌负手走着，忽然望着一棵老松树下的石井，神色隐约一动。

"怎么了，龙君发现了什么？"一直用余光默默注视帝厌的段江南立刻问道。

盛部皱起眉，总觉得段江南过分关注龙儿，自己离龙儿这么近，都没感觉到龙儿有什么异样。

帝厌别有深意地勾起嘴角，绿眸眨了眨，望向段江南："你想本君发现什么？"

段江南笑起来："发现什么都可以。"

帝厌摸着下巴说："我发现我比你帅。"

段江南无语。

张菌咧了咧嘴：真自信啊。

爬过了年岁庙的后山，露出几幢办公楼。

帝厌闲散地看着，微微仰头打量现代化的建筑物——四四方方，没有一丝美感，人族的审美真奇葩。

无论何时，帝厌都不忘吐槽一下人族。

段江南把他们请进办公室，倒了茶，说道："尝尝，这茶树是年岁庙前种的，听说有些年头了，又浸了佛香，再加上沏茶的水是从庙中的古井里取的，泡出来别有一番滋味。"

帝厌含笑望他一眼，低头抿了一口。

段江南目不转睛地看着帝厌："如何？"

帝厌放下茶杯，淡淡地说："还好。"

段江南眼底一闪而过的情绪，就好像献宝却没献到点的小孩，似乎有些失落。

帝厌没搭理他，走到窗边。办公楼位置偏高，刚好把年岁庙尽收眼底，他却没看风景，通过玻璃的反射，他看见段江南凝视着自己的背影。

盛部表情冰冷，气压低得快要结冰了。

张菌在桌下踢段江南的脚：大佬，注意一点啊。

"嗯？那是何人？"帝厌出声问道。

其他人都走到窗边，看到楼下有个西装革履的中年人，面容肃穆，步履稳健。

张菌说："这是陈总，特物部的总负责人……咦，陈总今天怎么来了，平常都很难见到。"

帝厌推开窗户，朝楼下道："喂，你上来。"

张菌紧张道："我们领导，你尊重一点。陈总很严肃的，而且他比我们厉害多了，你是兽族，别招惹他！"

楼下的中年人看了看周围。

帝厌继续道："说的就是你。"

张菌："……"

陈立上来得很快。他一进来，张菌和段江南就立刻站了起来，略显局促地问了好。

陈立微微颔首，坚毅的面容上眉宇紧皱。

张菌连忙介绍了盛部。盛部之前和特物部副部长通过电话，并且这段时间特物部和盛部来往频繁，陈立自然知晓他。二人握了手，寒暄几句后，陈立看向坐在沙发上白袍广袖、仙姿缥缈的年轻人。

这是一条龙，陈立知道，先前还曾暗示过张菌与段江南，要不遗余力将此龙争取过来，软的也好硬的也罢，只要对方愿意为特物部效力，以后他们的路就好走了。

不过陈立明白，像这种千年的兽都有脾气，也不是好对付的。

陈立神色锐利，手指碰到裤袋，正想开口，帝厌便说了话。

"哦，原来你们是用此物降伏怪兽。"帝厌端着茶，淡淡一笑，"不过本君劝你放手，它对本君没用。"

陈立脸色一变，从口袋中拿出一条细细的绳子，青绿色，光滑，看不出材质。他声音忽然有些颤抖："你认得此物？"

帝厌怡然自得地捉了口茶。

"你竟……"陈立欲说什么，想起身旁还有他人，竭力忍住了，帝厌轻描淡写的一两句话让他脸色发白，眼神激动起来，"龙君可否借一步说话？"

帝厌颔首，站起来，跟着陈立走向门外。

"龙儿。"盛部脸上阴云密布。

帝厌摆摆手道："本君去去就回，爱卿好生歇着。"说罢，离开。

办公室里只剩下三人。

片刻后，张菌说："还是小看帝厌了，没想到他竟然认识陈总手里的东西。"

"是什么东西？"盛部问。

张菌道："没一点本事陈总也建不起特物部。他手中的东西是什么我不知道，但是只要是怪兽一沾上它，那东西就会飞快缠在怪兽身上，任你法术高强也挣脱不开，功能类似缚仙绳。"

帝厌和陈立谈完话天已经黑了，陈立留他们在特物部住上一晚，开了间宿舍。

吃晚饭的时候，张菌使劲打听帝厌和陈立说了什么。

帝厌单手撑着下巴，表情似笑非笑，就是不吭声。

盛部坐在一边沉默，其实他也很好奇，但他不想开口问。

宿舍里有一张大床，帝厌变成了原形，在上面滚来滚去。见盛部进来，帝厌小爪子拍拍床铺，笑道："爱卿，来睡觉。"

盛部看着帝厌心情很好地捋着龙须，一脸天真无邪地哼着"像一根海草海草，浪花里舞蹈"，心里就来气。

盛部闷闷不乐地走到床边，和衣躺在床另一侧，闭眼睡觉，不搭理帝厌了。

帝厌在盛部身后眨眨眼，不知道他要什么脾气，便准备给他说个 Rap（说唱），哄他睡觉："我喝过最烈的酒，也泡过最高傲的妞，随性得像个浪子，认真得像个……唔唔唔——"

盛部拉过被子将"渣渣龙"捂住，耳边终于清静了。

帝厌在被子里挣扎，大声道："哟哟哟，你困住了我的身，却困不住我的声音，这是龙的 freestyle（即兴发挥）！"

这龙，不仅渣，还有病。

半夜，晚风轻拂山林。

帝厌睁开绿眼，用爪子戳了戳身边的人。

盛部实在不知道帝厌到底兴奋什么，闭着眼皱眉道："别闹了。"

帝厌变成人，低声说："爱卿别睡了，本君和陈立约好了这个时辰见，别被那两人发现。"

看着帝厌走在前面的背影，盛部备受冷落的心情忽然就转好了。

这是又带他玩了？

山风吹拂树林，盛部跟着帝厌从特物部办公楼来到了山前的年岁庙里，陈立已经在庙中等候了。帝厌抬手一挥，在身后设下结界，从其他人看来，他们是突然消失在了黑夜里。

"有人跟着？"盛部问道。

"无，小心些罢了。"

在他们凭空消失之后，特物部办公楼里一间黑漆漆房间的窗帘被放了下来，一道黑影注视着远处，用力握住了拳头。

"它在何处？"帝厌环视着院中，他能够感觉到那个东西的存在，却察觉不到具体的位置。

陈立抿着唇，神色谨慎，甚至有些严厉，似乎那个东西对他而言极其重要。陈立看了眼盛部，犹豫了片刻，抬手做出一个"请"的动作，然后指向百年松树下的古井。

古井中清冷的井水倒映着天空皎洁的月亮。

帝厌在井边道："本君感觉不到它。"

陈立拿出那根细细的绳子，丢进井里，没一会儿，平滑如镜的水面无风自动，泛起涟漪，先是微波，很快就变成了漩涡，漩涡中间露出了一条又窄又长的台阶。

陈立说："龙君请。"

帝厌道："它倒是藏得很深。"说罢，抬步走进井里。

盛部随后。

陈立走在最后，边走边收回那根细绳，井水又恢复了往常的平静。

台阶不知有多深，盛部觉得自己好像走在一条深海的海底窄隧道，能闻到空气中潮湿的海腥味，他不自觉地望着黑暗中那抹白色的身影。

帝厌嘴角一勾，拍拍盛部的手臂，低声说："不怕。"

然后他一抬手，黑暗中出现许多绿色的荧光，照亮了周围。盛部这才发现台阶两旁的石壁上刻满了字，密密麻麻的，像是咒语。

"到了。"

随着陈立的一声低语，眼前的昏暗突然豁然开朗，一处大约有十个足球场那么大的山洞出现在盛部面前。很难想象小小的古井下面竟然有这么大的一片区域，盛部估计了一下，大概是把山给掏空了。

这么一想，盛部觉得这座山有点虚。

"哗啦"一声巨大的水声传来，脚下的地面摇晃起来。

盛部一把抱住帝厌，怕他摔倒。

看看，说山虚，山就虚给你看。

陈立道："它醒了，你们抓好！"

话音刚落，一声低沉的呻吟在山洞里回荡起来，回声在山壁间绵延回荡，脚下摇晃得越发厉害，地面甚至升了起来，像地震引起的陆地断裂。

"是谁？"一个苍老沉重的回声。

陈立朝一个方向说："龙君帝厌。"

盛部站稳脚步回过头，看见两颗井盖那么大的夜明珠，在黑暗里发着森幽的绿光。

"帝厌？"苍老的声音有些迟疑。

帝厌拍拍盛部，示意他没事，负手看着夜明珠，"啧"了一下："年纪太大记不得本君了吗？"

看见盛部疑惑，帝厌低声说：“此兽乃是囚龟，生于山胎，硕大无比，我们现在站在它的背上，这两个大珠子就是它的眼睛。”

说起“大眼睛”，帝厌明显有些妒忌。

盛总赞美道：“不是双眼皮，还是你好看。”

囚龟迟疑地眨巴了一下巨大的眼珠子，山洞里一阵明一阵暗，然后缓缓说：“帝厌，你来寻我？”

“不是，碰巧而已。”

囚龟缓慢地“哦”了一声，有些失望。

陈立突然道：“还望龙君助阿囚一臂之力，帮它离开这里。”

帝厌好笑道：“它名为囚，生于山，注定是要被山压制，若它动了，这世间十万大山怕是就要崩塌不保了，你让本君如何助它离开？”

陈立急道：“并非……”

囚龟慢吞吞地说：“只要我的身体留在山胎中，十万大山便可不倒。”

帝厌好奇道：“自本君生出灵识以来，你就在山中压着，怎么如今想出来转转了，宅不住了？”

陈立紧抿唇瓣。

囚龟眨巴着超级大眼，说道：“陈立已活九生九世，此生是最后一世，我想出去看看他的生活，我与他认识这么久，还从不知道人间是什么样。”

陈立殷切地看着帝厌，问道：“龙君可有办法？”

盛部道：“让龙儿想想。”

帝厌对盛部的殷切感到奇怪，负手在囚龟身上转了起来，这龟是真的庞然大物，背壳犹如一座小岛。囚龟两个绿眼珠眼巴巴瞅着他，帝厌走到囚龟眼皮前，它的眼珠自然而然聚到一起，变成了斗鸡眼。

帝厌忍笑，努力维持着自己神君的形象，他在囚龟乌黑身体下面发现了几条粗大的锁链，锁链像是山石就地打磨成的。

陈立道："就是因为这些山锁，阿囚的灵体也无法随意离开这里，龙君可有什么办法解开山锁？"

"山锁自囚龟生出以来就束缚着它，它们同来自于山胎，早就和囚龟长到一起了，山锁锁着囚龟的身体，山锁的灵力锁着它的灵体，若想让囚龟的灵体自由，就要砍断山锁的灵力。"

陈立忙问："怎么砍？"

帝厌眯了下眼，淡淡道："能斩断怪兽的灵力，就只有上古神剑黑玉尤霄。"

囚龟缓缓念道："尤霄？"

它的大眼珠聚成斗鸡眼，古怪地盯着帝厌。

"老龟虽宅了万年，似乎也听过尤霄是……"

帝厌不耐烦地摆摆手，打断它："宅就好好宅，八卦什么。"

陈立低声问："怎么了？"

"哦，我告诉你，就是……"囚龟巨大的脑袋凑近陈立，压低声音说话。但奈何它的嘴硕大无比，声音怎么也低沉不下来，把悄悄话说得满山洞回荡。

帝厌直翻白眼！

"龙儿，到底怎么了？"盛部问道。不知为何，听见"尤霄"这个名字，盛部心里总有种不安。

帝厌只好无奈道："尤霄就是当年捅了我的那把剑。"

囚龟老神在在，慢吞吞地八卦："我还听说……"

帝厌对这只老王八深感无语："是啊是啊，上古神剑黑玉尤霄还是本君送给姜王的，然后他让人用这把剑捅了本君！"

陈立尴尬地冲囚龟摆手，示意他们还需要帝厌帮忙，让它控制住自己！

囚龟被关押了万年，所闻所见都来自陈立生生世世的陪伴聊天中，这会儿终于见了他们闲着八卦的中心人物，自然有好大一堆传闻需要主角来解释，根本控制不住内心熊熊燃烧的八卦之情。

囚龟眨了一下眼，又忍不住慢慢说："听说当年捅你的那个人是你的知己……"

"放屁！"端正俊美的龙君大人怒道，"老子没那种知己！"

囚龟巨大的绿眼珠闪烁着奇异的光芒，看了看盛部，问："那他……"

陈立很想捂住脸：简直没眼看，阿囚实在太寂寞了。

帝厌努力平静下来，面无表情道："他和其他人不一样。"

囚龟反应迟钝，但丝毫不影响它八卦："哦，哪里不一样？"

它嗅了嗅背壳上的人，发出一声疑惑的鼻音，震得山洞嗡嗡直响："他的气味很奇怪，不像是人，也不像是怪兽，咦，感觉有点像你……弄点血闻闻。"囚龟一边说着，一边以迅雷不及掩耳的速度甩出来一条东西。

帝厌没防着它，以至于让盛部的手背被甩了一道血口。

帝厌大为心疼："你竟然伤他……本君拔光你的胡子！"

帝厌不顾形象了，撸起袖子，心里恨恨的：打狗还要看主人，何况这是我儿子！

陈立尴尬得想捂住囚龟的嘴，但根本拦不住一个龟龟八卦的心，他总算知道演艺界里明星无聊的绯闻为什么总那么容易被人热议了。

盛部拦腰抱住张牙舞爪的帝厌，其实他也想知道自己是个什么东西。

囚龟嗅到盛部的血，"啊"了一声："他的血和你的血一脉相承。"

帝厌恶狠狠道："打死你个龟孙儿！"

盛部紧紧抱着帝厌，问道："这说明什么？"

帝厌又瞪了囚龟一眼："龟孙儿！"

八卦的囚龟慢吞吞道："说明你们有血缘关系。"

盛部一愣。

说到这里，打死这只千年王八万年鳖也没有什么意思了，帝厌冷静下来，放下袖子，冷冷瞪一眼囚龟，甩袖就走。

盛部连忙追了上去。

陈立看看走的人，又看看那两只明亮的大眼珠，无奈地叹口气。

囚龟小心翼翼地问道："我错了吗？"

陈立摸摸它的大脑袋："你没错。"

你只是太八卦了。

帝厌从古井里出来，天还没亮，年岁庙静悄悄的，月光皎洁。

盛部赶在帝厌迈出庙宇的时候抓住了帝厌的手腕。

"你生气了？为什么？因为我的身份？"

帝厌气的是那只嘴大的龟，他按捺住火气，说："没什么，我们回家。"

盛部望着帝厌被怒火烧得明亮的眼睛，问道："我们是朋友吗？"

帝厌眨眨眼，不清不楚地"嗯"了一声。

盛部温柔地笑了笑，有些伤感："既然是朋友，你为什么要瞒着我许多事？"

帝厌缩在袖子里的手不自在地握紧了拳头："我……没有，你别听那老乌龟瞎胡说。"

盛部说："可你明明就知道些什么。你也探寻过我的身世，却没说我们有血缘关系，我们其实是……兄弟？"

帝厌皱眉："胡说什么。"

盛部刚想松口气，不是兄弟就好……气还没松完，结果就听帝厌道："其实……我是你爸爸。"

盛总忽然呆若木鸡。

气氛降到了零度以下。

帝厌看着僵硬的爱卿，伸手想拽他一下。

盛部避开帝厌的手，顺着庙前的台阶往下走："你……让我想想，先别碰我，让我想想。"

帝厌望着盛部落寞的背影，心里发酸：都说喜当爹，我怎么一点喜气都看不见？

有帝厌带路，他们顺利地从隐蔽的特物部回到了市区。车子行驶在安静的大街上,盛部一言不发地开着车,帝厌单手撑着下巴,通过副驾驶座的车玻璃端详盛部的脸。

盛部有种古朴的俊美,不笑的时候气质有些冰冷锋利。帝厌默默按住胸口:割着他慈父般的小龙肝阵阵抽疼。

到了别墅,盛部什么也没说,直接回房了。

帝厌坐在偌大的龙爬架上,仰倒进柔软的棉花小窝里,想哼点关于父亲的歌,却歌到用时方恨少,满脑只有一句"像海草一样舞蹈"。帝厌也不嫌弃,忧郁地哼唧了半晌,自己把自己哄睡着了。

等再醒的时候,天已经大亮,明晃晃的阳光从窗户里照进来。

帝厌伸了个懒腰,从小窝里爬出来,伸展雪白的小细腰,还没来得及醒神,就被架子边瞪了他不知道多久的盛部给吓了一跳。

盛部好像一夜没睡,眼底有些红血丝,见帝厌醒了,哑声问道:"昨天说的是真的吗?"

帝厌一只小爪按着旁边的架子站起来,另一只爪子捋了下短短的胡须,就像电视剧里仙风道骨的道士,不紧不慢地说:"比较有可能。"

盛部点点头,表示自己知道了,犹豫地看着帝厌:"龙儿……"

"要不然还是叫爸爸吧!"

盛部腹诽:我把你当朋友,你却想当我爸爸,这真的是……一言难尽的狗血人生。

盛部磨着后槽牙:"我不相信这件事。"

"总要接受事实的。"

盛部靠近帝厌,沉吟道:"除了我身上和你流着同样的血脉,就没有其他证据了?即便我和你真的有这层关系,但我幼年时期一点记忆都没有，更别说几千年间到底发生了什么事。"

帝厌吃饱了，用帕子蘸牛奶仔仔细细给自己擦鳞片，淡淡地说："那是你的记忆被封印了。之前我说过，封印是我下的，虽然我也不记得了，不过看手法不会有其他龙。"

盛部问："除了姜禹，没有其他人知道你被封印后发生了什么事吗？"他顿了顿，补充道，"囚龟不算，它说的都是道听途说的八卦。"

帝厌闻言，沉吟了片刻，忽然一撩眼皮，问："当初你从哪里买的我？"

幸好盛部还留着卖蛇酒的卖家董降的微信，他打开对话框，发了一句问候。

董降回得很快：【亲亲，你是打算退货了吗？这么久了呢，亲亲终于想开了哦，可喜可贺。】

盛部给帝厌看董降发的消息，不然帝厌都不知道自己有多冷门。

帝厌甩了甩尾巴："以下犯上，我是你爹！"

帝厌摸了摸龙须，说："问他地址，我们去见他一面，有些问题我想当面问。"

盛部按帝厌说的发了过去。

董降十分热情，没有一丝诧异，很快就发来详细地址，甚至还推了个微信定位。

地址在隔壁市，不算远。

盛部和董降约好，大概这两天就会过去，顺便再买点蛇酒。

发完消息，盛部问："你怎么看？"

帝厌道："他应该是知道些的。"

盛部点点头，准备去存一下这两天的稿子，走到电脑桌边，就听见帝厌幽幽叹了口气。

盛部问："叹什么气？"

帝厌伸爪隔空点点他，说了两个字："不孝，叫爸爸。"

盛部忍笑，知道是自己的反应让帝厌没过够当爹的瘾。不知为何，他总有种啼笑皆非的感觉，并不相信自己和帝厌是父子关系，说不清为什么，大概是男人的直觉。

帝厌很幽怨，丝毫体会不到当爹的乐趣。他发了会儿呆，忽然说："把你小时候的东西拿出来让我见见。"

兴许看见盛部小时候的东西，自己就会重新燃起当爹的喜悦。

盛部只好放下手里的工作，带帝厌去了二楼的书房。

他从上中学就住在这里，书房里至今还有课本、奖状、当年参加学校击剑社团的护具、男孩喜欢的模型玩具以及他收集的各种类型的剑。

帝厌发现一本相册，里面是盛部小时候的各种照片，充满了活力和朝气，忍不住感慨："真嫩。"

盛部把脸伸过去："现在也很嫩，要摸吗？"

帝厌挑剔地打量他一眼："当儿子的话是挺嫩的。"

盛部翻了个白眼："把相册往后翻，还有许多照片。"

相册的后半本大多是盛部练习击剑时拍摄的照片，还有各种击剑比赛的获胜定格。

帝厌对这种细细圆圆的剑喜欢不起来："比不上本君的剑。"

"尤霄吗？"盛部带着帝厌往地下室走，"我收藏的不止这种剑，还有许多中原佩剑。"

别墅的地下室犹如一个藏剑阁，数十把古剑在灯光下泛着肃杀的幽光。

帝厌化成人形，随手取了一把，拿在手里掂了掂。

盛部说："龙渊剑，华国十大名剑之一，你手里的是民国铸造大师易白制作的龙渊仿剑，真品随唐太宗李世民葬在昭陵。"

帝厌单手持剑，挽了个剑花，剑光流转，肆意潇洒。

盛部从没见过帝厌用剑，一时来了兴趣，也取了一把，说："比比试试？"

"自然，叫你看看为父的厉害。"

一人一龙出了地下室，在院中站定。帝厌白衣垂地，墨发无风自动，器宇轩昂，眉眼间内含光华，煞是好看。

盛部抱剑："请指教。"

帝厌一剑刺出，盛部侧身躲过，快速说："只准用剑术，不得用法术，谁赢谁是爹，怎么样？"

帝厌的剑光如影，强势横扫而出，冷冷道："本君今日就让你跪下叫爸爸，躺着唱《征服》。"

帝厌的招数诡异多端，每一出招，皆是刁钻角度。盛部刚开始有些轻敌，没想到帝厌的剑术如此厉害，接招时略有勉强，不过等他适应了帝厌的速度时，就越来越快，甚至从被动接招变成了主动迎敌。

院中的小树林哗哗摇晃，剑气横穿夏风，盛部在剑影中凝望，眼底只剩下白衣如雪的那抹身影。长剑发出嗡鸣，他刚一出神，就看见帝厌头戴玉冠，身穿青衣，茕茕独立在山巅，谈笑之间睥睨天下。

盛部明明没有见过这样的帝厌，却忽然感觉熟稔得犹如记了好多年。

帝厌发现盛部走神，趁机使出一狠招，将剑架到了盛部的脖子上。

盛部微微一愣，下意识地抬剑，从一个诡谲的角度灵活别开了帝厌的剑。

帝厌虎口一疼，龙渊剑掉在了地上，发出"哐啷"一声铮鸣。

"你……"刚说一个字，帝厌又抿住了唇，眼神冰冷地盯着盛部。

盛部连忙放下剑，去查看帝厌有没有受伤。帝厌躲开了，神色复杂难辨。

"怎么了？到底伤着了没？"盛部因为帝厌的躲避有些不悦，又被帝厌的眼神看得心底发寒，"说话，龙儿。"

帝厌收起目光，问道："你怎么会这一招？"

盛部也有些诧异："不清楚，下意识地觉得会就用了，有什么不对吗？"

帝厌弯腰，拾起龙渊剑，说："我曾用尤霄教过青奴这一招，青奴就是当初背叛我的人族。"

帝厌道："我一开始把尤霄送给姜禹，后来尤霄不知怎么又到了青奴手里，青奴就用那把剑从背后捅死了我……没捅死，捅伤了我。"

盛部沉默片刻，说："你刚刚那么看我，怀疑我是青奴？"

帝厌慢吞吞道："是。"

盛部急了，抓住帝厌的手："我不相信我会伤了你，你要是这么说，我宁愿你怀疑你是我爸！"

最后两个字清脆有力地砸到帝厌头上，砸得帝厌心里浪荡荡的。

盛部见帝厌美滋滋的样子，心里不是滋味："别管我是谁了，只把我当盛部，同我好好在一起，别再查我的身世，别闹幺蛾子，行吗？"

帝厌摇头，将龙渊剑还给盛部，往屋子里走，说道："怕是不行了，我们若想帮囚龟，就要找到尤霄剑，而尤霄剑是……"

帝厌停了片刻，低声说："世间万物，只有尤霄能伤了我。"

"那我们不找了。"盛部想自私一些，不管囚龟了。

帝厌道："本君已经现世，姜氏一族应该已经得知本君的消息，他们若与当年的姜王有关系，就一定会去找尤霄。本君是不死不灭之身，只有尤霄剑能伤得了我。那些人正在大肆捕兽，劫掠灵源，虽不知是用来作何，但世间的兽哪一只能比得上本君？"

盛部说："你是说他们可能已经盯上了你？"

帝厌说："不是可能，而是一定。本君遇上囚龟，囚龟想要出山，而出山刚好需要尤霄剑，尤霄又是唯一能杀死本君的兵器。爱卿，天底下怎么有这么巧的事，你想过了吗？"

盛部眼神幽暗："你怀疑张菌？"

帝厌不置可否："既然有人为我们铺好了路，那我们就按对方的意思走下去，一直走到有人露出尾巴。"

盛部深深皱起眉头。

帝厌伸手轻轻抚平他的眉宇："你现在不应该担忧这些，而是应该多想想……"

"多想想什么？"

帝厌收回手："多想想你自己究竟是谁。"

帝厌道："我总觉得找到尤霄的关键是先弄清楚你到底是谁，你和我、姜禹、青奴在七千年前是什么关系。"

盛部道："我就不能是我，是不一样的烟火吗？"

"不能，本君不喜欢火烧屁股。"帝厌指了指地下室，"乖儿子，等找到尤霄，为父就把它送给你，为父的生死大事可就掌握在你手上了，开心不开心？叫声爸爸让为父也开心一下。"

盛部无言以对，把能杀死自己的武器到处送人，帝厌果然一如七千年前般糊涂，给了也好，自己拿着，终究会安心些。

两天后，盛部、帝厌和伯仪按照蛇酒卖家董降发来的地址去了隔壁市。

伯仪坐在后排，说道："黑蛟不能来真是太可惜了，现在是烧烤的旺季，他要抓住夏天的小尾巴，努力再挣一笔。"

帝厌从副驾驶座露出半张俊美的侧脸，表情冷淡地往嘴里塞薯片："麻辣鸡翅可惜，还是孜然羊肉串可惜？"

伯仪摸摸肾的位置，回味无尽道："羊腰子最可惜，吃了大补的。"

红灯亮了，盛部停在斑马线前，手机振动了一声，微信上有人发来消息，是董降问他们到哪里了。

盛部没回消息，红灯转为绿灯后，车子驶进一条街道，路边有四五间商铺和一扇老旧的小区大门，盛部停在了其中一间商铺前。

从店门口就能看见里面货架上一罐罐透明的蛇酒，姿态古怪诡异的蛇浸泡在红枣人参枸杞中间。

盛部道："我买你时，酒瓶里面只有你。"

帝厌化成龙身，坐在他肩膀上，甩了甩尾巴："哦，原来也有的，后来饿了就吃了。"

伯仪问："吃完以后呢？"

"一直饿着。"

"……"

怪不得初见时，帝厌馋得像上辈子饿死的。

见门外嘀嘀咕咕的客人终于进来了，店里柜台后面偷偷摸摸窥视他们的人站了起来。这人特别魁梧，典型的北方大汉，手里拿着把鸡毛掸子，摇啊摇啊，笑得露出了八颗牙，粗犷的声音故意捏着，喊道："盛老板？"

伯仪差点喷出来。

盛部在微信里和董降聊过几回，已经习惯了，面不改色道："董老板，这次前来打扰了。"

董降和他握了手，眼睛转向盛部肩膀上纤细圆润白皙的小东西，问道："这是我那泡酒的蛇？"

盛部点头。

董降惊得瞪大双眼："不可思议。这事要是曝光，标题我都想好了——'男子买蛇酒下菜，打开瓶盖蛇活了'，或者'良心商家用蛇泡酒，N 年后蛇回来报恩了'，你们喜欢哪个？我倾向第二个。"

盛部冷冷地说："你只想说这些？"

董降眼里精光乍现："你退货吗？我包邮。"

盛部肩膀上的小东西忽然探出三角形的小脑袋眯起了眼。

董降被帝厌吓了一跳，往后退了一步："想着它会动，但动起来还是有点惊悚，哈哈哈！"

帝厌老神在在地眯着小绿眼："本君认得你。"

伯仪点头："你毕竟被他卖了好几次呢。"

董降谦虚道："没有没有，主要还是这小兽不好卖。"

帝厌腹诽：信了你个大头鬼。

帝厌直勾勾盯着董降，绿眸像深不可测的水潭，努力从漫长岁月中追忆着什么。想了片刻，帝厌头疼地用小爪子捧住脑袋，低声道："老了。"

再也不是当年的青葱嫩龙了，脑子都不好使了，有些事说想不起来就想不起来了。

董降目光灼灼地看着帝厌。

帝厌问道："本君一时不记得，不会一世不记得，你是自己说，还是等本君慢慢想起来？"

董降的笑容慢慢变淡。他沉默片刻，放下手里的鸡毛掸子，跪了下来："等了这么些年，龙君终得重见天日，小人恭迎龙君归来！小人愿追随龙君东山再起，重振雄风！"说完就向着盛部和帝厌磕下了头。

屋里很静，气氛很肃穆。

片刻后，帝厌道："你起来吧。"搞得自己好像刚刑满释放一样。

伯仪的眼睛转了转，问道："既然这样，你也应该活了很久了，你是人还是兽？"

董降说："小人乃是当年看守龙君的一簇烛火，得了龙君的灵力，才苟且活到现在。"

帝厌道："你知晓什么且一一说来。"

董降顿了顿，说："好。"然后做了个"请"的动作，"我等了这么多年就在等这个机会，大人们到后面来吧，我去关了店铺，先给各位大人备些吃食。"

店铺的二楼是董降的家，等了一会儿，董降端着一只大盘子上来了。

伯仪以为是什么好吃的，结果发现是一大盘枸杞红枣桂圆，还湿乎乎的，应该是刚从某个酒瓶里捞出来的。

"龙君当年最喜欢吃这些。"董降热情地看着帝厌。

帝厌伸爪抱了一只桂圆，沉稳如山地啃起来。

最喜欢个屁，那是酒里没东西吃！

盛部说："董老板都知道些什么？"

见董降看着盛部和伯仪面露迟疑，帝厌说："他俩是本君的爱卿，不需要避嫌。"

董降点点头，垂眼看着桌上艳红的枣，深埋在心里几千年的回忆就从这像血一样的颜色开始渐渐打开了许久不见天日的真相。

"……那是小人看守龙君的第三十三日，那一日地牢的阴风很大，好几次险些将还是蜡烛的小人吹灭，姜王手持烛火，走过一条阴沉腥湿的路，来到血腥和酒味最浓重的尽头……"

地牢的尽头，一个人双腕被穿透铐在墙上，胸口血肉模糊，被一柄剑贯穿，血水在赤脚下汇集成血泊，逶迤长袍浸泡在血污里。

姜王站在血衣人的面前，面带微笑，说："龙君，你快死了。"

血衣人乌发凌乱，缓缓抬起双眸，他正是被人族背叛，还被剑穿透胸口的帝厌。

帝厌被灌了许多烈酒，所以血和灵力不受控制般从身体里抽离。

帝厌又疼又醉，笑着说："姜王姜禹，你费尽心思百般讨好，原来就是想要本君的灵力。"

姜禹说："本王是人，不像龙君神通广大，本王区区一个人，想护人族不受危难，总要有些能力才行。"

帝厌深吸了口气："所以你就打起了本君的主意……哈哈哈，真是，真是，本君该怎么说你，本君的灵力在本君身上能源源不息，你若拿了去，就会像盛水的江河，总有干涸的那一日，你说你又能威风几日呢，你是不是傻？哈哈！"

姜禹脸色一变，显然没料到灵力枯竭的那日。不过他很快就藏起了自己的情绪，嘲讽道："天底下又不是只有龙君一人。"

帝厌冷冷地看着他："你想做什么？"

"做什么？"姜禹张开双手，然后缓缓握起拳头，"兽族、祝融一族，只有人族手无寸铁、卑躬屈膝，谁都能欺负到本王的头上，本王受了几百年的气，龙君觉得本王想做什么呢？"

帝厌脸色苍白："你疯了。"他看着疯狂的姜禹，感到怒不可遏、心寒难忍。帝厌向来把人族当幼儿护着守着，可没料到姜禹、青奴，还有所有人族都背叛了他。

姜禹抬起手慢慢握住帝厌胸口的剑，说道："是啊，本王忍你们这些高高在上的兽已经很久了……"

姜禹猛地抽出插在帝厌身上的剑，帝厌的血跟着喷了出来，他浑身发颤，面色如纸，眼角泛红。

地牢的阴风像幽怨的哭声，刮在帝厌冰冷的心上。

是他太蠢，看错了人，信错了人。

姜禹把剑丢在帝厌脚边，冷笑着说："你的灵力已经耗尽了，现在对本王而言就是个废物。既然你还没死，本王就让你亲眼看看本王是如何统领天地万物的。"

姜禹拿出一只水晶瓶，用从帝厌身上盗来的灵力强行将帝厌打回原形，然后塞进瓶中，最后以憎恶帝厌的灵火封口。

他将水晶瓶丢在血泊中，得意地说："你就在这里看着本王吧。"说完，转身离开了地牢。

帝厌在瓶中疼得蜷缩起来，双眸还不肯闭起，死死盯着墙上跳动的烛火，默然受着剜骨削肉的痛。

地牢里血气浓重，烛火氤氲在龙血血气中便有了灵，生了灵识，开了灵智。

烛火对帝厌说："小人受龙君之血气生灵，愿为龙君而效。"

帝厌隔着水晶瓶，望着浸泡在龙血里的尤霄，漆黑的剑身在幽森中泛起凛冽的暗光。

帝厌轻声说："小烛火，本君不会亡，待你化成人形以后，将尤霄送走吧……这把剑是本君馈赠姜王之物，如今……"

帝厌的眼角流出血泪，他隔着水晶瓶看着黑森森的尤霄剑，恍若自言自语："烛火受了本君的一滴血便能幻化成人，尤霄插在本君心上三十三日，被本君的心头血暖着，时间久了也会成、成灵……"

神剑尤霄静静躺在血泊里，阴风拂过，剑身喑哑似悲鸣。

帝厌闭上眼，喃喃道："本君之伤不责于你，但往后莫要出现在本君眼中了，终有一日本君会离开困身之地，会报蚀骨之仇，会灭背叛之人，会镇贪婪之欲，只要……"

小烛火在黑漆漆的地牢里跳跃，神剑尤霄沉寂无声。

只要尤霄不再出现，就没有人能再伤得了帝厌，既然不能伤得他的身，也不会伤得他的心。

第七章 · 帝厌的仇

——我沾了你的血，

才修出了魂魄。

董降说："又过了几年，我好不容易化成人形，带着尤霄离开地牢。那时恰逢不周山倾倒，外面地动山摇，山河颠倒，我就趁机将尤霄丢进了海里。我看见姜王走向地牢的入口，我知晓他的来意，连忙从缝隙中钻进地牢，带着龙君离开了。

"龙君重伤难愈，我偶然发现灵火只封龙君，不封他物，就往瓶中灌了酒，龙君酩酊大醉会比较舒适，久而久之，我便将其伪装成了蛇酒，躲避姜禹的追寻。"

帝厌边吃边听故事，虽然自己是局中人，但仍旧吃得很舒坦。他拍拍肚皮，说："姜禹一定后悔将尤霄拔出来，只有尤霄才能伤了本君,如今本君的灵力已经恢复了八成,他自知对付不了本君,就转而开始寻找尤霄的下落,我们要先他一步寻到才可。"

盛部和董降点头。

伯仪提议:"大人当时只说自己终有一日会离开困身之地,也就是那个封印他的水晶瓶,那有没有说怎么离开?因为水晶瓶是盛大佬打开的,这里面有没有什么妙不可言的缘分?"

董降摇头:"龙君告诉我会有人救他离开,但没说是谁,也没说怎么打开。"

伯仪看向帝厌:"这么说大人什么都知道了?"

其他人也把目光转向帝厌。

帝厌抱头歪倒在盛部手心里:"啊,老龙喝醉了,老龙什么都想不起来了。"

盛部用手指弹了弹掌心的短腿龙:"快点说,你到底想起什么了。"

帝厌的绿眸闪了闪,正要说些什么,盛部的手机忽然响了起来。

张菌在电话里语速飞快:"你们在哪里?"

盛部报了地名。

张菌说道:"我也在这里,泰康大街江北地铁站发现一只……刺啦——"电话那端发出尖锐的信号扰乱声,"老段……拦住他,我——"

然后是张菌吃痛的喘气声,随即,电话便挂断了。

"出事了。"盛部说。

帝厌从他身上跳了起来:"泰康大街江北地铁站?我们去看看。"

盛部抓了一下帝厌。

帝厌拍拍他的手臂："等有机会本君会告诉你，先去看看张菌出什么事了。"

伯仪随手抓了一把桂圆塞进口袋里，董降也跟着站了起来。

帝厌拍了一下董降的肩膀，说："你留下，还和以前一样，不要暴露自己，我们走。"说完，他带着盛部、伯仪离开了酒铺。

董降在二楼看着他们离开，正欲转身，腹部忽然一疼。他低头，看见一把匕首穿过了他的肚子。

段江南出现在他身后，脸上挂着微笑："原来是你救走了帝厌，本王真是没想到，一支小小的蜡烛也能成精。"

董降瞪大了眼睛，捂住肚子，缓缓倒在了地上。

地铁站里人来人往，傍晚六点半，正好是下班高峰期。

地铁的最后一站拉起了警戒线，穿着特物部工作制服的人正和警察在沟通什么。

地铁工作人员看见他们就说道："这边在施工，不要过来。"

特物部的人看到盛部，连忙跑过来，确认身份之后，说："张组长被袭击了。段组长说如果见到你们，就让你们进去，麻烦你们了。"

下到地铁终点站的轨道里，然后沿着轨道的反方向走进地铁进不来的地方，昏暗的隧道中能听见身后地铁运行的呼啸风声。

盛部打着特物部提供的强光手电筒，跟着特物部的人在墙上留下来的荧光标记往里面走。

伯仪问道："我们看起来像免费劳动力吗？"

盛部说："你比较像。"

"那你呢？"

"我是有钱闲的。"

"……"

帝厌的小眼睛在黑暗中冒着绿光。

伯仪嗅了嗅："好浓的兽味，不知道什么来头，藏在这种地方，是老窝吗？混得也太惨了。"

好歹他还在市里租了个房子。

隧道里面一片漆黑，他们走得深入，身后就也变成了黑暗，四周没有动静，只有脚步声和越发难闻的兽气。

伯仪忍了一会儿，说道："那个叫姜禹的，之前都抓过大人一次，为什么现在还要再抓一次？你们快和我说说话，我要被憋死了。"

盛部说："因为他像唐僧。"

"啊？"伯仪没反应过来。

帝厌虽然不知道唐僧是谁，但估计和自己同病相怜，解释道："姜禹是人，他想要和兽一样的能力就只能劫掠兽的灵源，但灵力总有用完的一天，他捕兽，都是为了吸取灵力，所以那些兽都死于灵源干枯。"

伯仪似懂非懂地说："哦，姜禹隔一阵子就要吃一口猪八戒的肉，发现既麻烦又不好吃，知道了唐僧的下落，回味起七千年前尝过的美味，一时食指大动，于是开始疯狂地追杀起唐僧来。但他发现唐僧已经不是七千年前的唐僧了，只好开始寻找曾经割过唐僧肉的那把刀，好让自己有趁手的兵器再割一次唐僧肉。这样一代入，感觉事情的条理简明多了。"

帝厌抚摸着馋人的龙身，毫不客气道："那是你蠢。"

"你们到了？"一个声音突然响起。

一个晃动的光点朝他们走近，是段江南，他有点喘，可能是跑来的。

伯仪问："段组长去哪儿了，喘得这么厉害，该不会被狗追了吧？"

段江南说："张菌被抓走了，我担心他。对了，你们刚刚在说什么，我听见了唐僧肉，《西游记》吗？"

帝厌在黑暗里似笑非笑："对呀，你想吃唐僧肉吗？"

段江南带着他们往来的方向走："不想，活太久了麻烦。"

伯仪从背后看他，觉得此刻最重要的应该是尽快弄清被抓走的张菌遇见了什么事以及那只伤人的兽，难道并不严重，所以段江南才有心情闲聊？

段江南说起他们遇见了什么。

两天前特物部收到警方的一段视频，拍摄地点在地铁站，能看出来拍摄的人在地铁里，隔着透明玻璃的车窗，有什么东西在漆黑的隧道里一闪而过，几滴液体因为惯性被甩到了玻璃上。

夜晚地铁巡检的时候，发现靠近隧道壁的一面，有一片呈现流线型的污渍，经过多人辨别，是血。

警方通过采集血液样本，确定是人血。根据地铁里的摄像头，他们发现了车窗外有晃动的影子和刚好拿着手机拍摄的乘客，于是就有了前面的视频片段。

经过对视频内容的逐帧分析，晃动的影子被还原了形象——虽然很模糊，但能看出那是一条在黑暗里飞驰而过的东西，头上有角，背部有鳞，腹下有爪。

有人说那是龙，之前泰康大街江北地铁站刚开工的时候，曾在地下挖出一个墓，棺椁奇长，完全不是人能够达到的长度，棺中没有尸体，只有一池乌黑的水，水中沉着一条很粗的锁链。

于是就流传出来，说锁着的是上古的地水龙，施工人员打开了墓穴，惊扰了地水龙的安眠，将来是要出事的。

不过在历史厚重的华国进行地下工作总会有各种各样的古怪传说，没有真凭实据，也就随着工程的完工而被遗忘了。

"我们到了之后就立刻派人进去查看，在隧道壁上发现了血渍和爪印。张菌本来是在站台上打电话，不知怎么回事，突然就被一道黑影卷住，黑影钻进隧道里就失踪了。"段江南说。

伯仪说："这里的兽气很重，能确定是兽族，至于会不会是龙不好说。"

帝厌冷冷道："天底下就本君这条龙最真，怎么不好说？"

伯仪煞有介事地说："但是前两天我刷微博还看见有人说自己在××洗脚店被一条龙服务过。"

帝厌义愤填膺："什么龙混得这么惨，若是本君见了，定把它开除龙籍，永不为龙。"

盛部关爱地摸了摸帝厌的脑袋。

"到了。"在漆黑的隧道里走了一阵，段江南停了下来。

原本是隧道壁的地方出现了一个洞口，像是被什么硬撞出来的，洞口里比隧道中还要黑，黑得极为纯粹，让人产生一种深入地下的幻觉。

段江南说："那东西就是钻进了这里面。"

"进去？"伯仪皱了皱鼻子，有些疑惑，"奇怪，这里面的兽气反而没有外面的浓厚。"

段江南说："不知道洞有多深，这里面好像会吸光，我们的人进去了三四个，戴着头灯在里面竟然几乎看不见对方，只能手拉着手慢慢走。"

帝厌说："那你还能走出来接我们，本君小看你了。"

盛部挑眉，发现帝厌对段江南的态度很奇怪，刚开始见面非常热情，好像挺喜欢此人，话里话外都带着说不出来的亲近，还抱着段江南送的礼物爱不释手，但随着接触，态度就模糊了，此刻竟话里话外带着一点针对。

盛部对小龙的转变十分欣慰，日久见人心，还没过多久，小龙就发现自己才是最好的。

段江南笑了笑："我刚进去就发现此兽特物部可能应对不来，于是就让员工先进去，我去接你们一同进来。"

盛部问："不怕他们走丢吗？"

段江南顿了一下："能进到特物部工作，都是有些本事的。"

他们钻进漆黑的洞里，帝厌变成人形，攥住盛部的手。

果然如段江南所说，即便打着手电筒，但光线仿佛穿不透浓雾般的黑暗，只剩下一个微弱的光点。

伯仪识相地攥住帝厌的袖子，小心翼翼地跟着。

盛部紧了紧手腕："你在我身上，我会更有安全感。"这时候，他宁愿小龙是原形，躲在他衣服里。

帝厌大大咧咧道："不变成人，等会儿办不成事。"

段江南见他们三个都没有想和自己拉手的意思，只好紧紧跟着他们，还故作镇定地说："多谢龙君协助。"

帝厌在黑暗里笑了。

他们在洞里没有方向感，只能胡乱地走，还要防止撞壁，像瞎子一样走着。

伯仪哆哆嗦嗦地问："我看不见来的洞口了，我们会不会出不去了？这么黑，我怕，嘤嘤嘤！"

盛部提醒道："你是兽族。"

伯仪"哦"了一声，挺起胸膛："对哦，我是兽，啊——"他突然尖叫起来，"我的脚，脚，脚！"

帝厌蹲下来顺着伯仪的腿往下摸，先摸了一手湿滑的黏液，黏液里好像有个什么东西死死地抓着伯仪的脚踝，这种触感就好像是……

不等帝厌想起来，那只爪子就缠上了帝厌的手腕，帝厌的手指瞬间弹出锋利的爪钩。

一声尖锐的惨叫后，伯仪感觉脚边有疾风迅速窜过。

帝厌站了起来，右手中多了一只淌着黏液的断手。

"这是？"将手电筒贴近照着断臂，伯仪愣住，"好像是人的手，怪不得靠近我时，我没闻到兽气。"

帝厌把断手丢给伯仪。右手上淌着黏液和血水，帝厌嫌恶地皱了皱眉。

一张帕子刚好递了过来，帝厌左手接住帕子，擦拭右手的液体，喃喃道："早知如此恶心，本君就不出手了。"

"这只手……好像是张菌，因为他食指上有两个茧。"段江南的声音在耳边响起来。

帝厌猛地抬头，顺着手电筒的方向看见段江南的脸，问道："手电筒在你手里？盛部？"

盛部没有答应。

段江南抬手往周围摸了摸，却什么都没有摸到："盛总？他好像不在附近。"

帝厌的目光一沉。

伯仪嘤嘤了起来，段江南正想安慰他，话刚到嘴边却变成了一声闷哼。黑暗中有什么东西抓住段江南的脚，将他迅速往后拽去，手电筒咣当砸在地上，微弱的光彻底消失了。

伯仪嘴上害怕，动作却凌厉，他顺着拖拽的方向冲过去："浑蛋，还我盛大佬！不然本羊弄死你们！"

"伯仪回来！"帝厌大声说。

伯仪"啊"了一声："我抓……"声音忽然消失了。

沉沉的黑暗如死一般寂静。

此时，就只剩下帝厌自己了。

没过多久，帝厌听见四面八方传来"嗤嗤"声，好像是什么东西在地上爬行，声音越来越靠近他。

"盛部？伯仪？"帝厌喊道。

没人回答他。

帝厌的呼吸变快，自言自语："本君的灵力还未完全恢复，难道今日就要交待在这里了？"

说着，他一出手，两指精准地截住了无声无息挥向他的灵刀，用力一折，灵刀化成一团白烟散去。

"这是……本君千年前丢失的灵力？"帝厌喃喃道，"不好对付呀。"

然后，他脚下微微一侧，又一次躲开攻击，利落地抬手砍向黑暗中。黑暗里只传来一声闷哼，就安静了。

帝厌轻声说："好险，差点就砍死本君了。"

帝厌一边说本君好怕怕，一边果断拦下黑暗里一拨又一拨的偷袭，他出手极重极狠，偷袭过他的几乎没有一个能再站起来。

帝厌的周围血腥味渐渐重了。

"好累，本君快被累死了，再这么下去，本君就要束手就擒了。"

听着他的话，好像他真的撑不住了，偷袭者再努努力就能抓住他了。

没人能看见黑暗里帝厌的神情阴冷，面不改色地扭断了一条胳膊。

"嘶，龙君，我是伯仪！"

帝厌修长的手掐在一截脖子上："是吗？"说着，手指用力，颈骨在他手里碎裂。

"别别别，我张菌。"

帝厌折断"张菌"手里的灵刀，把断刃送进了他胸口，温热的血喷出来，一滴都没有溅上帝厌的白袍。

帝厌说："接下来该谁了？盛部吗？"

"你什么时候发现的？"黑暗里终于有人回应了他。

帝厌勾起嘴角，周围飘起星星点点的绿色荧光，荧光撕破黑暗，照亮了地铁站里古怪的洞。

洞内的地上淌着鲜血，躺着残肢，帝厌一身如雪，单手负在身后，英俊的眉眼间有着肃杀果断的沉静，黑发无风自动，在身后飞扬。

不远处还剩下七八个不敢往前冲的人，满脸都是惊恐，"张菌"和"伯仪"的尸体躺在他脚边，帝厌看也没看一眼。

"我低估你了。"说话的人从黑暗处走到了荧光照亮的地方，正是段江南。

帝厌面无表情道："我倒是高估你了，没想到你暴露得比我想象中要快。"

段江南的眼神微动："你早就猜到我的身份？"

帝厌说："本君忘了谁也不会忘了你。"

段江南，正是七千年前背叛龙君帝厌的姜王姜禹。

"龙君，没想到七千年以后我们还能再见面。"

帝厌看着姜禹，胸口沉寂千年的伤口仿佛又撕裂开了，隐隐作痛，但旧疾终是旧疾，疼得久了也就习惯了。

帝厌静静地说："你没想到，本君想到了，本君如今现世就是为了报当年之仇。"

姜禹的瞳孔一缩，盯着帝厌："本王没空再陪你玩一次兄友弟恭的游戏。"

帝厌说："别乱了辈分，孙子。"他捻起一绺鬓发，"难道不是你没时间了吗？"

说话间，姜禹的脸在荧光中时而如年轻人，时而又像未腐尽的骷髅，上面还挂着烂肉。

帝厌问道："你的脸怎么回事？"

姜禹冷笑："你收回了人族的永生，害得我只能吸取兽的灵源苟且偷生以保不死，你想找我算账？哈哈哈，我杀得了你一回，就杀得了第二回。正好，你的灵力又恢复了，本王刚好拿来一用。"

"给我上，抓住他！"姜禹命令道。

他身后的人没动。

姜禹扭头，看见手下的人惊慌畏惧的表情，骂道："废物！"

"族、族长，这只兽太厉害了，灵刃也杀不死他。"一个属下说。

帝厌笑了下："那是因为你手里的灵刃本就是本君多年前被拿走的灵力，你的族长让你用本君的灵力杀本君，岂不可笑？"

姜禹讥笑："你真以为我没办法了吗？帝厌，你且看这是谁。"他手里灵光一闪，被灵力紧缚的人便被甩到了帝厌脚边。

盛部躺在地上，嘴角有血，哑声说："我应该随身带剑的。你知道吧，我是击剑冠军，一般没这么容易被抓的。"

帝厌说："你是文职，看清自己的地位。"

姜禹猛地收紧灵力，盛部吐出一口血，五脏六腑被勒得错位，皮肤上洇出血红的条纹。

帝厌暗中握紧拳头，轻描淡写地说："你该不会以为杀了他，本君就会心软吧？"

姜禹手中逼出一道灵力，说："龙君会不会心软，本王不知晓，不过上古神剑黑玉尤霄可没有心！"

话音未落，灵力忽然冲向盛部的身体。

帝厌瞬间移动挡在盛部面前，为盛部挡去了大半，但仍有丝丝缕缕的灵力钻进了盛部体内。

盛部骤然吐出一口鲜血，眼神当场就变了，变得陌生锋利。

姜禹说："尤霄剑你已赠给本王，本王才是它的主子。"

帝厌冷笑：他竟然还敢再提此事，还敢提我的赠剑情谊。

帝厌看着他的盛爱卿面无表情地站在那里，穿着黑色西装，白色衬衣，手中稳稳握着一把玄色古剑，剑身在荧光下泛着森然的鎏光，剑尖向外，正对着帝厌。

龙君乃不伤不死之身，唯有尤霄能断他性命。

盛部就是当年的神剑黑玉尤霄。

盛部的剑术不输帝厌，又曾被帝厌指点过一二，此时被开了古剑的灵智，受制于人，一心一意就要刺向帝厌。

帝厌不愿伤盛部，躲了几下。

姜禹在一旁废话极多地阴笑："龙君不是有斩断神剑的本领，怎么不敢了？断了神剑，谁还能伤了帝君？"

帝厌最讨厌这种剧情，一边躲闪避让，一边随口问道："姜禹，青奴呢？"

"早就死了，你收回了人族的长生不老，又何必再过问他的死活？"姜禹冷冷笑起来。

"他为了你背叛我，你竟没带他一起长生不老？"

想起那个人，帝厌心里有几分失落。当年的青奴不过是姜禹送给帝厌的一个玩伴，姜禹还送过帝厌很多美人，帝厌收了美人，看青奴可怜，就养在座下，久而久之也有了些共同语言，同青奴如同好友一般下棋谈天习剑。

但在帝厌印象里，青奴始终还是个安静怯懦的人，受了姜禹的旨意背叛了他，从背后捅了他一剑，也仍旧一副惊惧懦弱的样子。

姜禹尚且能在帝厌的面前被他憎恨，而青奴早已经连灰都不剩了……

不等帝厌想完，突然手臂一疼，盛部的剑就擦了过去，白袍宽袖上洇出一道血色，空气中传来剑身颤动的嗡鸣。

帝厌看见盛部的目光变得痛苦，是心智不受控于自己的痛苦。

姜禹等不及了，他时日无多，再也等不了了，便催动全身灵力，唤神剑尤霄的名字。

盛部和他手里的剑化为一体，飞进姜禹的手中。

帝厌站在原地，轻轻弹了弹衣袖，丝毫不把姜禹放在眼里。姜禹几斤几两他是清楚的，即便尤霄在手，也碰不到他。

姜禹也有自知之明，二指缓缓抚摸上尤霄玄玉般的剑身，暗光四溢，锋利无比。

帝厌神色一冷，意识到姜禹想做什么时，身体已经先一步冲了过去。

姜禹二指重重弹在尤霄上，神剑"嗡"的一声，断成了两截。断剑掉落下来，被飞身过去的帝厌接进了手里。

帝厌单膝跪在地上，他一只手攥着剑刃，血水从指缝滚滚流出，湿了半个宽袖，俊目微骇，胸口爆发出强烈的心疼。

趁帝厌恍惚之际，姜禹用另一半尤霄狠狠劈在帝厌的后背。

帝厌的白袍崩裂，闷头吐出一口鲜血，但他毫无反应，只是垂眸看着手里的断剑，好像无法相信盛部刚刚还笑着和他说话，转眼就化作了断剑。

他的盛部，他的朋友，他的爱卿，他的剑。

帝厌微微发颤，在疼痛中对自己产生了憎恶般的怀疑：自己是不是狂妄了？是不是还不够狠？龙的心眼哪能比得上人精明，自己和姜禹玩什么算计，装什么大葱？

姜禹一击得手，眼睛亮得像火一样。他原地愣了一会儿，意识到自己成功了，忍不住笑起来："龙君啊龙君，这七千年你还是什么长进都没有，你看看是不是很可笑？

"本王捏死你就像捏死蚂蚁一样容易。

"龙君真是太蠢了。

"没人能拦得住本王，等本王得到了你所有的灵力，就要开始肃清所有的人和兽。

"本王要他们都知道，除了本王，你们都是废物，哈哈哈……"

说到最后，姜禹控制不住地得意起来，他是人，却活了七千年，多么的伟大，值得被世上所有凡夫俗子跪拜，他要让——

姜禹在欣喜若狂中低头看了一眼，一把剑无声无息从身后穿过他的胸口，在黑暗中绽一朵血花。

姜禹的笑容还凝固在眼角，瞳孔里却渐渐升起了震惊，迟钝的疼痛爬上大脑。姜禹的表情扭曲，黑色的头颅在腐肉里若隐若现，难以置信地扭过头。

身后是盛部的灵体。

盛部冷漠地看着姜禹，反手抽出剑，不等姜禹倒下，再一次捅了进去，淡淡地说："两次。"竟然敢伤他的龙儿两次。

姜禹喷出黑红腥恶的血水，骨头砸在地上，摔成了烂泥，眼睛还睁着，眼角残留着方才得意的笑，面目却已狰狞，一半躯体还做着一统天下的美梦，另一半躯体已经烂进了土里。

盛部丢下姜禹，走过去抱住帝厌。帝厌沉默着一把推开他，垂头看着把自己手割伤的断剑。

"我沾了你的血，修出了魂魄，只要剑身不是粉身碎骨，魂魄不是魂飞魄散，断这一下也无大碍。"盛部解释道。

帝厌闭了下眼，压下心里的剧痛，嗓子里带着血气："嗯。"

盛部感动不已，又有点难为情地说："我现在有点不结实。"

他现在是灵体状态，捅姜禹的剑也是灵体幻化的，而他的真身已经断成了两半，这让他感到挫折：什么上古神剑？质量也太差了，出厂合格吗？有三包吗？真想投诉自己。

帝厌安慰说："我将你……尤霄赠给了姜禹，姜禹是尤霄的主子，所以他才能轻易折断。"否则即便是帝厌动手，也不能这么轻易把尤霄弄断。

盛部从未修炼过，靠帝厌的龙血才生出灵智。千年已过，灵力不足消耗才被姜禹控制住了，刚刚重新沾了龙血才又清醒过来，纵然及时杀了姜禹，但还是没能阻止帝厌受伤。

"对不起。"盛部心疼地看着帝厌血淋淋的后背，小心避开伤口。

帝厌拍拍盛部的脑袋："别伤心，小剑人。"

这个昵称还有点可爱。

盛部想起自己的身世，犹如一场荒诞的大梦："对不起。"

"你已经说过了。"

"对不起，当年的事，你让我走，是不想再见我吗？"

帝厌弯了弯嘴角："不是，你的剑身沾了我的血，迟早是要生出灵识和灵智的，我被封印之初让你走，是不想让你再被姜禹控制。况且，当时姜禹不知道只有尤霄能伤得了本君，所以只要你走得远远的，本君也不会有事。"

盛部握住帝厌的手，与他对视，片刻后，两人都轻松地笑了起来。

等地铁隧道里的尸体、兽气被全部封印，已经过去了一个多月，此事告一段落以后，他们重新回到蛇酒店，才得知店铺主人已经失踪一个多月了。

帝厌掐指心算，才知道他们离开以后，董降就被跟踪他们的姜禹灭了口，怪不得当时他们与"段江南"见面时，对方好像刚从哪里赶回来似的，喘得很厉害。

帝厌怒不可遏，恨不得将死了的姜禹重新拉出来鞭尸，但人已经死了，纠缠数千年的恩恩怨怨就这么两清了。

其实帝厌心里还有恨，还有很多怨愤，但窗外有清风，身旁有知己好友，街上有车如流水，现在已经不是他的时代，人族建立了自己的秩序，兽族也习惯隐藏身份行走在人世间，这何尝不是一种新的共生。

帝厌活了太久太久，曾屹立云端呼风唤雨过，也曾狼狈遭人背叛过，曾十万山河自由行走，也曾困在一方瓶池中孤独沉睡数千年，如今，也该放下了。

帝厌曾读了一本盛部放在书架上的书，是海子的。帝厌没接受过九年义务教育，读不懂诗里最脍炙人口的那两句诗的含义，最喜欢的却是——

从明天起，做一个幸福的人，

喂马、劈柴、周游世界。

窗外天色渐渐暗淡，帝厌躺在盛部为他准备的小窝里，隔着窗户看着夜色流光溢彩，他闭上眼，心里很平静，想着：

从明天起，做一条幸福的龙。

泡澡、吃饭、饱览河山。

和盛部一起。

盛部睁开眼睛，天亮了，明亮炫目的阳光跳跃在他的眼皮上，他仿佛做了一场大梦，醒了以后有种恍然如隔世的错觉。

盛部披着睡袍起身，离开二楼卧室，沿着梨木色的楼梯往下走，站在空荡荡的客厅里，盛部不由得皱眉，感觉似乎缺少了什么。

他环顾客厅，每一样家具、物品都一如入睡前的样子，是什么变了？

他一寸一寸看去，看到了置物架上的水滴形状的酒瓶，瓶子里白色的小蛇倨傲地支着脑袋，眼睛像两枚绿豆大小的碧玉，一动不动地盯着前方。

盛部拿起酒瓶，晃了晃，里面的小蛇和梦中一样在高度白酒的漩涡中转起了"爱的圈圈"，什么也没有发生。

盛部按住额头，垂眼看着另一只手，他是活生生的人，有骨有肉。

原来，是梦啊！

那么长的梦。

盛部缓缓坐在电脑前，打开一个文档，盯着空白的文档沉思片刻，敲下了一行字：

"请龙君怜悯天下苍生。"说完这句话，姜王将头磕在了降星台下……

番外

这天，特物部部长陈立亲自上门拜访了帝厌。

陈立按了门铃，盛先生家的大门就自动打开了。

帝厌正坐在沙发上看电视，陈立左右看了看，问："盛先生不在？"

刚刚去给陈立开门的盛部愣了一下。

帝厌打个哈欠，没骨头一样歪在沙发靠背上，懒洋洋地说："你现在是灵体，人看不见你。"

陈立自然也听见了这句话，他来之前其实已经听伯仪和张菡说了当时山洞中发生的事，也知道了是盛部最后恢复了真实身份一举除掉了姜禹，也就是段江南。

陈立的眼睛闪着惊喜："那盛先生可否助阿囚出山？"

帝厌唤道："那只羊！"

伯仪咩咩咩地从里屋走出来，看见陈立向他打了个招呼，一手拿着一半尤霄："呃，盛大佬在这里，不好意思，我正在修复……"

陈立看着断成两截的尤霄剑，尴尬地问："是不是还要等？"

帝厌说："把尤霄修复好就可以了。"

"怎么修复？"陈立重新燃起希望，"龙君需要什么陈某定鼎力相助。"

伯仪说："我用法术半天也没接好。"

一人一兽期待地看着帝厌，帝厌则看看盛部，沉吟片刻，说道："先用透明胶带缠住吧。"

众人："……"

"鼎力相助"的陈部长跑到路边一口气买了十卷透明胶带，帝厌嫌胶带黏糊糊的，不愿意碰，就让伯仪缠，伯仪说自己浑身都是羊毛，虽然看不见，但被胶带粘住很疼的。

于是，盛部只好坐在沙发角落，凄凉地粘自己断成两截的真身。

胶带反正多，盛部就在断裂处缠了厚厚一圈，看上去就像神剑吃胖了，长了一圈肚腩。

粘好后，盛部在帝厌的帮助下附身上去，根据帝厌的新手指引，把真身变成了人形。

陈立带他们再次来到古庙，下到井底。帝厌在山洞里发出几道灵力，浅白色的灵力深入囚龟腹底，很快就拖出了几条顺山壁而生的山锁，粗大的锁链锁着囚龟的灵体和肉身，镇着延绵不绝的大山。

帝厌小心翼翼地分辨着哪条是锁灵体的山锁，万一砍错，地动山摇，谁也承担不了后果。

在场的人和兽都被帝厌的谨慎感染了，下意识地屏住了呼吸。

帝厌确定好了目标，走到一条山锁前，正要动手，瞥见尤霄剑上的胶带，想了想，对盛部说："你忍一忍，出去了给你买更好看的胶带。"

然后，帝厌用一团火把胶带烧化了，一手拿着一截断剑，蹲下来对着山锁，把两截剑交叉成剪刀，对着山锁轻轻一剪。

洞里静了一瞬。

山锁还是原本的样子。

陈立最先忍不住问道："这样就行了？"

帝厌撕了衣服的下摆，把尤霄的断裂处绑上，淡淡地说："嗯，尤霄有裂纹，太用力的话，断剑飞出去落在其他山锁上容易误伤。"

"不是，我是说山锁好像没有断开，阿囡它……"

帝厌打断陈立的话，朝入口的台阶上走去："你没发现囡龟没说话吗？"

陈立愣了一下，这才发现那双原本明亮如夜明珠的眼睛不知道什么时候闭上了，山洞里隐隐有风声，是囡龟入睡后发出的鼻息。

古庙里，顶着绿油油发色的年轻人坐在庙门的门槛上，好奇地张望着生机勃勃的人间。

"阿囡。"陈立叫道。

囡龟化身的年轻人转过头，笑着朝他们挥了挥手。

帝厌虽然看不上囡龟，觉得此龟太八卦，但每次盛先生出差，帝厌还总是跑过来找阿囚玩，不过没玩一会儿就要打起来。打架的原因还很幼稚，比如帝厌听了《龟兔赛跑》的故事，跑过来给阿囚讲，讲也不好好讲，说人家乌龟占了兔子便宜才跑赢了比赛，又说龟这种智商也就只能骗骗兔子，气得阿囚头发更绿了。

他们两尊大神，仗着自己神通广大，在深山老林里肆无忌惮地打架，但即便大山里人烟稀少，仍旧被来爬山的游客拍了个正着，传到网上去，差点暴露身份，还是盛部出面找人删了全网的视频，又发了声明，说是剧组在拍戏。

后来陈立私下找盛部商量，千万不要让阿囚和帝厌单独在一起。

但盛部确实很忙，前一段时间打小怪兽耽误了不少工作，所以现在只能每天忙得脚不沾地。

帝厌自己在家里无趣，伯仪又要打工，他又不能去找阿囚，气得鳞片都暗淡了几分。

盛部见他郁郁寡欢，正想有什么方法解决。

盛部还没想到主意，帝厌就自己要求去宠物托儿所，他在手机上看见宠物托儿所里有很多小宠物，每天都可以一起玩耍，简直太美好了。

盛部却不赞同，原因是帝厌跟囚龟都能打得天昏地暗，怕他到宠物托儿所里欺负其他小宠物，那里面的小宠物可是真真正正的小动物。

帝厌举爪发誓，自己一定会团结每一只宠物，尊重和爱护它们，不抢宠物的狗粮猫粮鼠粮兔粮鱼粮，不把狗狗当床铺，不揪猫猫的胡须，不给金鱼封妃，不把兔兔当坐骑。

盛部抽空带着帝厌去宠物托儿所报了名。

因为帝厌的身份特殊，所以宠物类型不能选"龙"，于是他们在蛇和蜥蜴之间展开了争论，讨论了半天最后选择了蜥蜴，毕竟宠物蛇大多数人都接受不了。

没过多久，盛先生因为要去国外出差，帝厌就扛着自己的小包袱住进了宠物托儿所。

帝厌去宠物托儿所的第二天，远在国外的盛先生在凌晨接到了托儿所所长打来的电话。

托儿所所长是位年近四十的中年女士，兽医专业毕业，从业十五年，什么妖魔鬼怪的小宠物没见过，没想到这次栽在了帝厌爪子里。

盛部安慰了所长，说自己一定好好管教自己的宠物，然后又说要在托儿所买一些高级宠物粮，所长才满意地挂断了电话。

盛部转头就给帝厌打了电话，他临走前专门给帝厌买了手机，帝厌用法术将手机缩小，藏在自己的鳞片底下。

电话响的时候，帝厌正搂着一只金毛睡得香甜。

盛部把所长的话转告了帝厌，问道："你对那只猫到底做了什么事？"

帝厌瞅了眼对面笼子里把脑袋对着墙角忧郁的受害猫，说道："也没做什么啊，就揪了它的胡须。"

"你揪它的胡须做什么？"

帝厌眯着眼，离开金毛的笼子，"嗖"一下就飞到了受害猫的笼子里。受害猫悄悄往后瞥了一眼，害怕得"喵呜"一声，努力把自己肥胖的身子缩到最小。

帝厌说："哦，你不是说猫是用胡须丈量洞口来判断自己能不能钻进去吗？我就想看看这是不是真的。"

盛部翻了个白眼："那是不是有点太残忍了，它只是一只小猫咪啊。"

帝厌抬起爪子抚摸着肥猫的背，告诉盛部这只肥猫是宠物托儿所里的常客，仗着自己身姿灵活，欺狗霸鱼，帝厌刚来的时候，该猫咪竟然还想让帝厌给它按摩。

帝厌向来行侠仗义，当即就收拾了此猫，为宠物托儿所除去一霸。

盛部又问："行吧，那鱼呢？所长说你差点把别人寄养的宠物鱼玩死了。"

帝厌又看向墙壁旁的立体方形鱼缸，那里面有一条成年人臂长的金龙鱼，正恹恹地沉在缸底。

帝厌委屈地说："这就更冤枉了，本君只是跟它比谁游得快，它自己游不过本君抑郁了，跟本君何干？"

"真的？"

帝厌含混地"嗯"了一声。

盛部显然不信："嗯？"

帝厌嘟嘟囔囔了半天，才终于说了实话："这条鱼的鳞片是金色的，金光闪闪，像撒了亮粉，太美了，本君都没有！"

所以果然是欺负了人家鱼。

盛部说："等我回去带你美甲。"

"什么叫美甲？"

"一种能给甲片上镶钻上色绘图的美容方式。"

帝厌想象了一下自己身披钻石五彩缤纷的样子，顿时被取悦了。

盛部哄道："你听话一些，不要欺负小宠物，我过两天就回去。"

帝厌连连点头，想到盛部也看不见，说："好的好的好的，本君以后一定团结每一只宠物，团结就是力量！"

盛部哭笑不得，挂断了电话。

后来，盛部按照承诺带帝厌和伯仪去了美容院，让帝厌做了美甲，让伯仪烫染了羊毛。

他们走了之后，美容院的老板说："这年头都给养的蜥蜴做美甲了。"

店员说："还给养的羊烫了羊毛卷，还染成了粉红色！羊蹄子也镶了钻！"

回家以后，帝厌在镜子面前扭来扭去，浴室的灯光照着它身上的一溜儿碎钻，流光溢彩，闪闪发光。

帝厌捧着下巴，快被自己感动了，自己怎么这么美！

盛部被迫充当了摄影师，全方位对镜子前的帝厌进行了跟拍，拍完还被帝厌强迫发朋友圈发微博。

盛部无奈，在照片上把帝厌的脸用表情图片遮住，配了文字：

【它最美。】